صادق چوبک

انتری که لوطیش مرده بود
و
داستان‌های دیگر

به انتخاب کاوه گوهرین

مؤسسهٔ

تهران ـ ۱۳۸۵

چوبک، صادق، ۱۲۹۵ ـ ۱۳۷۷.

انتری که لوطیش مرده بود و داستان‌های دیگر / صادق چوبک؛ به‌انتخاب کاوه گوهرین.

تهران: مؤسسهٔ انتشارات نگاه، ۱۳۸۵، ۲۰۹ ص.

ISBN: 964 - 351 - 226 - 6

فهرست‌نویسی براساس اطلاعات فیپا.

۱.داستان‌های کوتاه فارسی ـ قرن ۱۴. الف. گوهرین، کاوه، گردآورنده. ب. عنوان.

| ۱۳۸۵ | الف۷۲چ | ۱۳۸۵ | ۳/۶۲فا۸ | PIR۸۰۱۲/ | ۱۲آ۲۳و |

مؤسسهٔ انتشارات نگاه

صادق چوبک

انتری که لوطیش مرده بود و داستان‌های دیگر

به انتخاب کاوه گوهرین

چاپ دوم: ۱۳۸۵، لیتوگرافی: طیف‌نگار، چاپ: نوبهار، شمارگان: ۲۰۰۰

شابک: ۶ ـ ۲۲۶ ـ ۳۵۱ ـ ۹۶۴

دفتر مرکزی: خ ۱۲ فروردین، شمارهٔ ۲۱، طبقهٔ سوم، تلفن: ۶۶۴۶۶۹۴۰ فاکس: ۶۶۴۰۵۱۹۶

فروشگاه: خیابان ۱۲ فروردین، شمارهٔ ۲۱، طبقهٔ همکف، تلفن: ۶۶۴۸۰۳۷۹

در این مجموعه

۱ـ سخنی نه تازه ۵

۲ـ سال‌شمار زندگی و آثار صادق چوبک ۱۱

۳ـ از مجموعه «خیمه شب‌بازی»

عدل ۳۳

مردی در قفس ۳۷

مسیو الیاس ۶۵

یحیی ۷۵

۴ـ از مجموعه «انتری که لوطیش مرده بود»

قفس ۷۹

انتری که لوطیش مرده بود ۸۳

۵ـ از مجموعهٔ «روز اوّل قبر»

چشم شیشه‌ای ۱۰۹

دسته گل ۱۱۱

یک چیز خاکستری ۱۳۷

پاچه خیزک ۱۴۱

همراه ۱۴۹

عروسکِ فروشی ۱۵۱

همراه «شیوه دیگر» ۱۶۷

۴ / صادق چوبک

۶ـ از مجموعه «چراغ آخر»

دزد قالپاق..۱۷۳

بچه گربه‌ای که چشمانش باز نشده بود.......۱۷۷

کفترباز...۱۸۵

پریزاد و پریمان..۱۹۷

۷ـ تصاویر...

سخنی نه تازه

... در روز جمعه، دوازدهم تیرماه ۱۳۷۷ شمسی، پلک‌های نویسنده‌ای چشمانش را نهفت که نزدیک به پنجاه و پنج سال، با حلقه‌هایی از اشک در چشم و با دیدی تیز، از اعماق جامعه‌اش سخن گفته و نوشته بود.

بی‌هیچ تردیدی «صادق چوبک»، درکنار «هدایت» از بانیان داستان‌نویسی مدرن روزگار ماست. و تأثیرپذیری متقابل این دو نویسنده‌ی بزرگ از یکدیگر سبب گردیده است که ما امروز آثاری را پیش رو داشته باشیم که هرکدام سندی است ارزنده از غنا و پویایی ادب داستانی ایران.

تکنیک و زبان داستان‌های چوبک به همراه ژرفای دید و نگرش تلخ او به هستی، نمونه‌های بارزی از داستان‌های ذهنی است که پیش از او «هدایت» در خلق آن کوشیده بود. واقع‌گرایی چوبک در بیان زشتی‌های جامعه و اخلاقیات آدم‌های آثارش به قدری صریح است که عموم ناقدین او را یک «ناتورالیست» خوانده‌اند. امّا ناتورالیسم چوبک تنها در گزارش دقیق پستی‌ها و پلشتی‌ها خلاصه نمی‌شود ساخت مدرن داستان‌های او به همراه نثر روان و توصیف درگیری‌های ذهنی و حالات درونی شخصیت‌ها به قدری شگرف است که کمتر نویسنده‌ای را می‌توان یافت بدین قدرت و خلاقیت از توان نوشتن دست یازیده باشد.

داستان‌های کوتاه «عدل»، «قفس»، و داستان بلند «انتری که لوطیش مرده

بود»، و یا رمان سترگ «سنگ صبور» در ادب داستانی معاصر تکرارناپذیرند. با اینکه دید ناتورالیستی چوبک در تمام آثارش غالب است و همین ویژگی سبب گردیده است که در توصیف حالات درون و برون کاراکترها، تلخی و سیاهی چشمگیرتر باشد. امّا چوبک حتّی زمانی که زشتی‌ها را رقم می‌زند به انسان اندیشه می‌کند و بر او دل می‌سوزاند.

ساده‌اندیشانه است که اگر بخواهیم ناتورالیسم چوبک را فقط در خدمت توصیف سیاهی‌های جامعه و آدم‌ها تلقی کنیم. در این صورت بدو جفایی را روا داشته‌ایم که در قرن نوزدهم، «امیل زولا» را به اتهام هرزه‌نگاری می‌آزردند...

به گفته‌ی بزرگی، تمامی هنرمندان، زاده‌ی اضطراب جهان‌اند. زولا و چوبک نیز از این زمره‌اند، پس چه گناهی است آنان را که در عصر سیاهی که در آن می‌زیسته‌اند جز سیاهی رقمی نزده‌اند؟

آنانی که از نزدیک صادق چوبک را می‌شناختند به نیکی می‌دانند او چه عشقی به هستی و انسان‌ها داشت و چگونه واقعه‌ای تلخ اشگ را به دیدگان او می‌نشاند و چسان شادی یک انسان او را به دست‌افشانی وا می‌داشت. چوبک با شخصیت‌های آثارش می‌زیست و آنان را همان‌گونه که بودند ترسیم می‌کرد. به همین سبب چه درمیان کاراکترهای زن و چه مرد، چهره‌ها و حالات روحی گونه‌گونی را روایت می‌کند.

مادر داستان «چشم شیشه‌ای» و یا «شهرو» همسر «زارمحمد تنگسیر»، بهترین نمونه‌های زنانی نجیب و همسرانی سراپا عشق و عاطفه‌اند.

و مردانی همچون «زارمحمد» و یا «میرزا محمود» در داستان «مسیو الیاس» نیز نمونه‌های درخشان مردانی پاک‌طینت و ضد ظلم هستند.

چوبک، همان‌گونه که سیاهی و پلشتی را می‌بیند سپیدی و عشق انسانی را نیز رقم می‌زند. امّا این واقعیت را نیز نباید نادیده گرفت که به دلیل شرایط بحرانی سیاسی و اجتماعی دوران خلاقیت ادبی وی که از سال‌های ۱۳۲۲ تا ۱۳۴۵ را دربر می‌گیرد، حق دارد که در آثارش بیشتر تلخی و سیاهی را تصویر کند تا شادمانی. اینگونه است که اکثر شخصیت‌های داستانی چوبک از جمله

«لوطی جهان»، «مسیو الیاس»، «گوهر»، «کاکل‌زری» و آدم ظالم و درمانده‌ی داستان «دسته گل» به «پروتوتیپ» (Prototype)هایی بدل می‌شوند که حضور آنها را در دیگر آثار داستانی مشابه می‌توان یافت...

درباره‌ی این گزیده‌ی داستان:

خواننده به نیکی می‌داند که دست راقم این سطور در انتخاب داستان‌های این مجموعه تا چه حد بسته بوده است. شاید اگر نبود بعضی محدودیت‌ها، می‌شد در این گزیده داستان‌های درخشانی همچون «چرا دریا توفانی شده بود»، «چراغ آخر»، «دوست»، «نفتی»، «روز اول قبر» و چند داستان دیگر را نیز آورد. امّا همین مقدار داستان فراهم آمده در این مجموعه نیز می‌تواند ما را به گوشه‌ای از جهان شگرف آدم‌های چوبک میهمان کند.

در این گزیده سعی براین بوده است که تا حد امکان و آن‌گونه که خدشه‌ای به اصالت سبک نوشتاری و زبان نویسنده وارد نیاید داستان‌ها با رسم‌الخط امروزی عرضه‌شده و اغلاط چاپی ره‌یافته درچاپ‌های پیشین نیزاصلاح گردد.

گفتنی است که سالشمار آمده در آغاز کتاب حاصل تحقیق و رنج خانم «مهستی شاهرخی» است که به همّت دوست فرزانه «پرویز قلیچ‌خانی» برای درج در این گزیده، ارسال شده است.

می‌ماند سپاس از دوستی دیگر «بیژن اسدی‌پور» که یاوری‌اش شامل حال شد و عکس‌های زیبا و ماندنی انتهای کتاب نیز برگرفته از گنجینهٔ تصاویر اوست. نکته پایانی اینکه اگر نبود مهر و دوستی خانم «قدسی چوبک»، شریک شصت سال زندگی آن نویسنده بزرگ، نگارنده هرگز به کار گزینش این داستان‌ها اقدام نمی‌کرد.

با سپاس از این بانوی فرزانه، حاصل کار به یاد آن عزیز که ذرات پیکر خجسته‌اش در فضای این جهان پراکنده شد و با هستی جاودانه درآمیخت به محضر ایشان اهدا می‌شود...

کاوه گوهرین / دهم بهمن ماه ۱۳۷۷

به یاد قدسی خانم

کار انتشار گزیده‌ی داستان‌های زنده‌یاد صادق چوبک، آنقدر به درازا کشید تا اینکه قدسی خانم کحال‌زاده (چوبک) هم نتواند آن را ببیند. با اینکه زنده‌یاد چوبک، در حال حیات طی یک وکالت‌نامه‌ی مکتوب که شاهدش هم قدسی‌خانم بود مرا به عنوان امین و وکیل خود برگزیده بود، دریغا که هرگز امکان تجدید چاپ کامل آثار ایشان حاصل نشد. این گزیده هم با نظارت قدسی خانم فراهم آمد و به خود ایشان هم تقدیم شد ولی ای بسا آرزو که خاک شده، قدسی خانم هم فراق یار را تاب نیاورد و دیدار صادق را به دیـدن گزیـده‌ی ناقصی از کارهایش ترجیح داد.

و من دیگر چه دارم بگویم جز ستایش سه بانوی بزرگ که ادبیات معاصر ما بسیار مدیون آن‌هاست: قدسی کحال‌زاده (چوبک)، زهرا خانلری (کیا)، و آیدا سرکیسیان (شاملو).

ک.گ / ۳۰ مرداد ۱۳۸۱
تهران

بازخوانی فکر چوبک و تعمق در روح حساس و موج‌خیز او که در یکایک سی و هفت قصه‌ی نوشته‌ی وی منعکس است، ما را با یکی از شگفتی‌های ذهن بشر روبرو می‌کند. باید امیدوار بود که ارزیابی تأثیر و شناسایی منزلت به حق او شاید بتواند غفلتی را که نسل معاصر در ادای دین به این نویسنده‌ی بزرگ مرتکب شده جبران کند.

«محمود عنایت»

سال‌شمار زندگی و آثار
صادق چوبک

۱۲ تیرماه ۱۲۹۵ــ بوشهر ـ تولد: صادق چوبک، فرزند آقا محمداسماعیل (بازرگان) و رقیه سلطان

۱۳۰۱-۱۳۰۳ــ تحصیل دوره ابتدایی تا کلاس سوم در مدرسه سعادت بوشهر (با مدیریت میرزا احمدخان دریابیگی)

«شاگردها با صورت ترس‌آلود و کتک‌خورده «شق و رق، ردیف پشت سر هم نشسته بودند و با چشمان وق‌زده و منتظر خودشان به معلم نگاه می‌کردند... نگاه‌ها بی‌نور بود بیشتر به توله سگ شبیه بودند تا به آدمیزاد...» (بعدازظهر آخر پاییز)

۱۳۰۲ـ زمستان ــ ابتلا به بیماری مالاریا و سفر به شیراز برای معالجه

«نشسته بودیم سر سفره و ننم می‌خواس روزه‌اش رو واز کنه، یه زن‌عمو داشتم که اسمش رباب بود و خیلی با ننه‌م بد بود؛ برای این که او بچش نمی‌شد و ریختش مثه دیب منگلوسی بود. اومد تو ارسی ما وایساد کنار سفره؛ هنوز توپ افطار در نرفته بود. گفت: «باید بچه‌هات‌رو ورداری از این خونه بری. شوورت رفته شیراز زن‌گرفته و تورو طلاق داده.» ننم مثه این که برق گرفته باشدش، چشماش رو کاسه‌ی فرنی خشک شد. یه ساعت بعد عموم اومد تو

اتاق ما. ننم سرش دستمال بسته بود و رو پلک چشم چپش یه تکه‌کاه با تف چسبونده بود برای این که پلک چشمش از زور گریه می‌پرید.» (سنگ صبور، ۲۰۲) *پدر در کنار همسر دومش در شیراز زندگی می‌کند برای سرگرمی او میمونی به نام مخمل می‌خرد. پدر شب‌ها برایشان «یکی بود یکی نبود» جمال‌زاده و «هزار و یک شب» را می‌خواند و صادق چوبک در همان ایام بخش‌هایی از «سه مکتوب» میرزا آقاخان کرمانی را از زبان پدر می‌شنود.*

۱۳۰۴ـ تابستان ــ نقل مکان به شیراز

علاقه به عکاسی، مطالعه: دیوان سعدی، حافظ، شمس، قاآنی، منطق‌الطیر، فارس‌نامه ناصری، تاریخ سرجان ملکم (میرزا ملکم‌خان) و بخصوص: نقطه الکاف اثر میرزا جانی کاشی و بیست مقاله‌ی قزوینی و قصیده بلند امیر معزی «ای ساربان منزل مکن جز در دیار یار من». تحصیل در دبستان‌های: شفاعیه، باقریه و سلطانیه تا نیمه، کلاس ششم. آموزش زبان انگلیسی در کلاس فاضل‌زاده بدیع و زبان عربی به کمک معلم سرخانه (ملاعباس) در منزل و مطالعه‌ی جامع‌المقدمات به عنوان کتاب درسی.

۱۳۱۰ــ چاپ اولین نوشته‌ی صادق چوبک در روزنامه محلی بیان حقیقت در این سال‌ها چوبک جز چند مقاله برای این روزنامه هنوز داستان ننوشته است.

۱۳۱۲-۱۳۱۳ــ تحصیل در کالج آمریکایی در تهران و قبول شدن در کلاس هشتم کالج همزمان با تحصیل در دبیرستان حیات در شیراز

«سال ۱۳۱۳ من از مدرسه آمریکایی تهران به شیراز برگشتم که تصدیق سیکل اول متوسطه را از یک مدرسه دولتی بگیرم. در این زمان که سخت مشتاق فلسفه و حکمت اسلامی بودم در مسجد نو شیراز در محضر محمدعلی حکیم حاضر می‌شدم. این میرزا بعدها به تهران آمد و در مدرسه سپهسالار و دانشگاه معقول و منقول از اجله‌ی مدرسین حکمت الهی شد. در محضر او بود که من با یک سید شیرازی‌الاصل هندی شده آشنا شدم. مردی بود با لباس

سفید کتان پاکیزه که می‌گفت از هندوستان آمده و طالب کسب معنوی‌ست. چون انگلیسی او خیلی خوب بود با من که شاگرد مدرسه آمریکایی بودم، خیلی زود اُخت شد و ساعت‌ها با هم حرف می‌زدیم و وقت می‌گذراندیم. روزی که او را به جرم قتل گرفتند، برای من روز عجیبی بود. زیرا با محاسبه‌ی روزهایی که او مرتکب قتل زنان شده بود، می‌دیدیم که این روزها درست مصادف باایامی بوده که او یا قتل را انجام می‌داده و به مدرسه می‌آمده و یا بلافاصله بعد از درس به سراغ قربانی خود رفته بوده است.»

«گفتم سید! اگه این‌جا از این حرفا بزنی چوب تو آستینت می‌کنن...» بعد فکر کردیم نکنه خود یارو جاسوس نظمیه باشه. تو پشتم لرزید و از ترسم گفتم: «می‌دونی سید چیه؟ این‌جا هندسون نیست، این‌جا ایرونه، خدارو شکر که همه‌چی داریم. ما لازم نداریم که یه بوگندویی مثل تو از هندسون بیاد واسمون کمیته آدمکشی راه بندازه»، سنگ صبور، ۴۷

نوشتن گزارشی درباره‌ی سیف‌القلم، جانی معروف و قاتل زنان روسپی شیراز و چاپ آن (به همراه مقدمه‌ای درباره‌ی توانایی‌های نویسندگی صادق چوبک جوان به کوشش حسین شجره سردبیر روزنامه (و هم‌چنین معلم چوبک در کالج آمریکایی) در چندشماره‌ی روزنامه‌ی ایران (صاحب امتیاز: زین‌العابدین رهنما)

« جنایات و مکافات مرا دیوانه کرد. دنیای جنایت و مکافات دنیای تازه‌ای بود که‌گاه آدم از به یادآوردنش به خود می‌لرزید.»* در این دوران چوبک داستان‌های بسیاری از نویسندگان غیرایرانی می‌خواند: چخوف، موپاسان، اوهنری، مارک تواین، توماس‌مان... چوبک سلما لاگرلوف را دوست دارد و عاشق فالکنر است: *«نویسنده باید بخواند، زیاد بخواند، دائماً بخواند و مصالح کار خود را با خواندن، فکر کردن، به یاد آوردن و منظم ساختن آن‌ها آماده کند.»*

۱۳۱۳- خرداد ــ گواهی دولتی سیکل اول متوسطه در شیراز

۱۳۱۴ــ بازگشت به تهران و کالج آمریکایی‌ها و آشنایی با قدسی خانم (که

۱۴ / صادق چوبک

همزمان با کالج دخترانه آمریکایی‌ها می‌رفت.) آشنایی با مسعود فرزاد، آشنایی
با پرویز ناتل خانلری از طریق مسعود فرزاد.
۱۳۱۵ـ زمستان ـ آشنایی با صادق هدایت (که تازه از سفر هندوستان برگشته)
توسط مسعود فرزاد

**«* هدایت به نظر من یک انسان کامل بود در همه چیز، در انسان‌دوستی، در
جوانمردی، در وطن‌پرستی و بی‌طرفی، انسانی بی‌نظیر بود. اما... اگر منظورتان
درباره‌ی آثار اوست باید اعتراف کنم که هدایت در نویسندگی بزرگ‌تر از آن
است که بتوان آثار او را نقد کرد.»**

۱۳۱۶ـ خرداد ـ دریافت دیپلم دولتی در رشته ادبی همزمان با فارغ‌التحصیل
شدن از کالج آمریکایی‌ها

۱۳۱۶ـ مرداد ـ ازدواج با قدسی خانم (متولد ۱۲۹۶)

۱۳۱۶ـ مهرماه ـ استخدام در وزارت فرهنگ و هنر و آغاز کار تدریس در
دبیرستان شرافت خرمشهر

۱۳۱۷ـ نوروز ـ سفر پرویز ناتل خانلری در همراهی با علی‌اصغر حکمت، وزیر
فرهنگ وقت به خوزستان و اقامت چند روزه خانلری در منزل چوبک در
خرمشهر و آغاز دوستی عمیقی بین آن دو

۱۳۱۷ـ خرداد ـ بازگشت به تهران

۱۳۱۷ ـ خدمت نظام در دانشکده افسری

۱۳۱۹ـ پائیز ـ پایان دوره سربازی، استخدام قراردادی با سمت تحویل‌دار در
اداره کل ساختمان وزارت مالیه (دارایی)

۱۳۲۰ـ پائیز ـ انتقال به بخش زبان خارجی وزارت‌خانه و کار ترجمه به عنوان
کارمند قراردادی

۱۳۲۰ـ فروردین ـ تاریخ سفر چوبک و هدایت به مازندران (ساری و آمل)

۱۳۲۴ ـ منتظر خدمت شدن با حفظ حقوق از وزارت مالیه تنظیم و چاپ: خیمه‌شب‌بازی

« بزرگ علوی پس از خواندن داستان‌هایم مرا تشویق به چاپ آن‌ها کرد و گفت یا به ایرج اسکندری نشان بده و یا به خامه‌ای.»

چاپ اولین داستان چوبک «نفتی» در: هفته‌نامه‌ی مردم برای روشنفکران (نشریه‌ی هنری که در کنار نشریات ارگان حزب توده انتشار می‌یافت و انور خامه‌ای و احسان طبری از اعضای اصلی هیئت تحریریه آن بودند).

منتظر خدمت شدن به او فرصتی می‌دهد تا یادداشت‌هایش را تنظیم کند و اولین مجموعه داستان خود را منتشر کند. شب‌ها ساعت‌ها، بامدادهای تراشیده روی صفحه‌ای می‌نوشته و پاک می‌کرده و دوباره می‌نوشته تا صورت مطلوب کار خود را پیدا کند.

« نویسنده مثل یک بنا باید با کمک مداد و تردیدش مرتب کار تراز و شاغول را دنبال کند. تا پی دیوار اثر کج گذاشته نشود و ناگزیر دیوار تا ثریا کج نرود.»

در این دوران چوبک برای تأمین مخارج زندگی به تدریس زبان انگلیسی در اماکن مختلف می‌پردازد: کالج البرز و مدرسه دارالفنون، (شب‌ها)، انجمن فرهنگی ایران و بریتانیا (دوره عالی) و باشگاه افسران برای (افسران ارشد) (۱۲-۱۱ شب)، منشی‌گری موقت در تجارت‌خانه صادق ایپکچی در سه دالان ملک در بازار.

چاپ یکی دو داستان دیگر در هفته‌نامه‌ی مردم برای روشنفکران

برای چاپ کتاب خیمه‌شب‌بازی، احمد مهران پسر حاج معتضدالدوله رفاهی مالک عمده‌ی کوچه‌های مهران و رفاهی در لاله‌زار، هزار تومان به چوبک قرض داد و قرار شد که این قرض را خرد خرد از او پس بگیرد. و به این طریق خیمه‌شب‌بازی در هزار نسخه با خرج هزار تومان چاپ شد.

«... شب ماه بود... تابسون چه خوبه... گور پدر مدرسه هم کردن چقدر پای کوره‌ها لیس پس لیس بازی کردیم... قاب بازی کردیم «و اشهدان محمداً عبده

و رسوله»... و اونروز چقدر علی یه چش سپلشک آورد. همش یه خر و دو پوک آورد. همش یه خر و دو جیک آورد. چقدر مش رسول سر به سرش گذاشت. کاشکی حالا می‌شد بریم واسیه خودمون بازی کنیم.

«الهم صل علی محمد و آل محمد»... «بعد از ظهر آخر پائیز.»

«٭ کتاب در همان چاپخانه‌ای چاپ می‌شد که مجله صبا در آن به چاپ می‌رسید. روزهای سه شنبه، روز آخر صفحه‌بندی مجله بود و کارگرها باید مجله را می‌چیدند.»

چوبک تصادفاً هر سه‌شنبه تکه‌ای از کتاب را به چاپخانه می‌فرستاد.

«٭ کارگرها چیدن صبا را کنار می‌گذاشتند و قصه‌ها را که برایشان جالب بود دست می‌گرفتند.»

بالاخره ابوالقاسم پاینده چوبک را راضی می‌کند که روز ارسال قصه‌هایش را به چاپخانه عرض کند.

«٭ همان کارگران چاپخانه اولین خوانندگان کتاب بودند... آن‌ها چندین نسخه کتاب را مجانی بردند و خواندند و خوردند.

«٭ حقیقتش را بخواهید کارگران ساده چاپخانه‌ی مهران بزرگترین مشوقان من در کار نویسندگی بودند.»

چاپ خیمه شب‌بازی (مجموعه یازده داستان: نفتی، گل‌های گوشتی، عدل، زیر چراغ قرمز، آخر شب، مردی در قفس، پیراهن زرشکی، مسیو الیاس، اسائه ادب (تقدیم شده به صادق هدایت)، بعدازظهر آخر پائیز (تقدیم شده به مسعود فرزاد)، یحیی). علیرغم محبوبیت بسیاری که این کتاب در مدت کوتاهی کسب کرد به خاطر داستان «اسائه ادب»، این مجموعه تا ده سال بعد اجازه تجدید چاپ نداشت.

نجف دریابندری: «من گمان می‌کنم نخستین بار صدای مردم چنان که هست در مجموعه‌ی داستان‌های کوتاه صادق چوبک به نام خیمه‌شب بازی به گوش

رسید. در این داستان‌ها برای نخستین‌بار آدم‌هایی از قبیل نفت‌فروش و کلفت و مرده‌شور و لات آس و پاس و فاحشه و پسر بچه‌ی شاگرد مدرسه و کارمند وزارت مالیه به زبان خودشان حرف می‌زنند و نویسنده با دقت و مهارت غریبی عین صدای آن‌ها را ضبط می‌کند.»

رضا براهنی: «تخیل چوبک دوزخی است، به دلیل این که محیطی که او در آن زندگی می‌کند دوزخی است که آتش طمع و فقر و وحشت و گرسنگی و شهوت دمار از روزگار انسان درمی‌آورد دوزخ، زبانی می‌طلبد و امکان نداشت دوزخ با زبانی که معمول بهشت منزه‌طلبان حقیر است، نشان داده شود.»

محمدعلی سپانلو: «در خیمه‌شب بازی چوبک قوی‌ترین نقاشی‌ها را از دقایق و جزئیات موضوع عرضه کرده است. او واقعیت‌ها را جدا از آرمان‌های اصلاحی، زیر ذره‌بین حساس نهاد و ده‌ها مرتبه درشت‌تر نمود. پس اگر بپرسیم چرا محیط فساد و تعفن و پلشتی، حاکم براین قصه‌هاست؟ جواب اینست: محیط اجتماعی اثر را بنگر. این اهتمام چوبک ساخت ویژه‌ای به کارهایش داد. ساختی عکاس‌وار، بیرحم، بی‌توضیح، شبکه‌ای خشن که در آن شئامت نهان از طریق بزرگ‌نمایی (اگراندیسمان) عیان صورت می‌بندد.

جمال‌زاده در نامه‌ای خطاب به چوبک: «این هم خود فکری است و شاید نکاتی در آن باشد که برنکته‌سنجان پوشیده نخواهد بود و شاید واقعاً در میان مردم دورو و در محیطی که به اسم عفت و عصمت یوغ ستمگری بر روح و عواطف دختران و پسران ما زده‌اند بی‌اثر نماند. خدا می‌داند.»

دکتر پرویز ناتل خانلری: «در بعضی از داستان‌های این کتاب مانند «چراغ قرمز» و «گل‌های گوشتی» و «پیراهن زرشکی» توجه دقیق به منظره خارجی و رفتار و حرکات اشخاص که نتیجه و نماینده حالت روحی خاص آن‌هاست، نویسنده و هنرمند را در کار خود استادی زبردست معرفی می‌کند. بعضی از قطعات این کتاب حاوی هیچ‌گونه حادثه یا داستان جالب و غیرعادی نیست و بلکه فقط یک

گوشه‌ای از زندگی طبقه و دسته‌ای را بی‌اظهار نظر و استنتاج از آن نمایش می‌دهد. اما در همین قسمت‌ها زبردستی نویسنده آن منظره عادی و ساده را که همه روز با نظایر آن روبرو می‌شوند چنان زنده و برجسته نشان دهد که خواننده را مجذوب می‌سازد. نمونه قطعات، نفتی، عدل، آخرشب، یحیی، و بعدازظهر آخر پائیز است. شیوه خاص و ابتکار نویسنده در آن قطعات ظاهر می‌شود.»

رضا براهنی: «با انعکاس یافتن زبان و زندگی مردم در قصه، مردم هرچه بیشتر به سوی قصه روی خواهند آورد، همان‌طوری که در مورد سه نویسنده‌ی برجسته‌ی روزگار ما، هدایت و چوبک و آل احمد این کار را کرده‌اند.»

۱۳۲۴ ـ زمستان ــ چاپ داستان «فردا» از صادق هدایت در پیام نوین

** هدایت در یک روز زمستان ۱۳۲۴ در کافه‌ی فردوسی به من گفت: «چوبک به جنگت رفته‌ام.» نفهمیدم مقصودش چیست. شب که داشتیم می‌رفتیم کافه‌ی ماسکوت، بازگفت: «پیام نوین را بگیر، ببین چطور به جنگ «بعدازظهر آخر پائیز»ت رفته‌ام.» مجله را گرفتم، دیدم هدایت داستان «فردا» را براساس گرته‌ی تکنیکی «بعدازظهر آخر پائیز» نوشته است. داستان «بعدازظهر آخر پائیز» قدم اولی از نوع داستان‌های واقعی بود که راوی از درون خود حکایات و حوادث بیرون را می‌دید و نقل می‌کرد. هدایت در «فردا» کارگر چاپخانه را به همین صورت درآورده بود... داستان «فردا» داستان ضعیفی از هدایت است.»

۱۳۲۶ـ کار به عنوان مترجم در اداره روابط عمومی سفارت انگلیس به دعوت الول ساتن* (شرق‌شناس انگلیسی)، نوشتن داستان‌های کوتاه

انور خامه‌ای: «سال ۱۳۲۷ با زنده‌یاد خلیل ملکی و انشعابیون دیگر، ماهنامه‌ی اندیشه نو را منتشر می‌کردیم که بازکار انتخاب و ویرایش مقالات آن

---

* L. P. Elwell - Sutton

برعهده من بود. به چوبک مراجعه کردم و داستانی از او خواستم. داستان «قفس» را در دو صفحه ماشین کرده بود از کیفش درآورد و به من داد. اگر آن را خوانده باشید (در مجموعه‌ی انتری که لوطیش مرده بود چاپ شده است) می‌دانید که گذشته از تصویرگری بسیار ماهرانه، دارای محتوای عمیق فلسفی است. ماجراهای هستی و نیستی انسان در میان است. منتهی در این‌جا نیز واقع‌نگری چوبک، مانند بسیاری از داستان‌های دیگرش، رنگ بدبینی دارد، رنگی که غیر از آن نمی‌توانست داشته باشد. از این‌رو هنگامی که آن را برای چاپ به هیئت تحریریه ماهنامه دادم، اکثریت آن‌ها با انتشار آن مخالفت کردند. و دلیل دیگری جز این که بدبینانه است و ایدئولوژی سوسیالیسم با بدبینی سازگار نیست نداشتند! به هرحال چاپ نشد و نسخه‌ی ماشین شده آن نیز در میان اوراق دیگر ماند و از میان رفت.»

«(مرغ‌ها) جایشان تنگ بود. همه تو هم تپیده بودند. مانند دانه‌های بلال بهم چسبیده بودند. جا نبود کز کنند. جا نبود بایستند. جا نبود بخوابند. پشت سر هم تو سر هم تک می‌زدند و کاکل هم را می‌کندند. جا نبود. همه تو سری می‌خوردند. همه‌جای‌شان تنگ بود. همه گرسنه‌شان بود. همه با هم بیگانه بودند. همه‌جا گند بود. همه چشم به راه بودند. همه مانند هم بودند، و هیچ‌کس روزگارش از دیگری بهتر نبود.» «قفس.»

۱۳۲۸ ـــ چاپ انتری که لوطیش مرده بود. (مجموعه سه داستان: چرا دریا طوفانی شده بود، قفس، انتری که لوطیش مرده بود و نمایشنامه «توپ لاستیکی»)

۱۳۲۸ ـــ کار ترجمه در شرکت نفت ایران و انگلیس (که در دوره مصدق تبدیل به شرکت ملی نفت ایران شد)، زندگی در طبقه چهارم آپارتمانی مشرف به خانه دکتر مصدق، ترجمه‌ی یکی از قصه‌هایش به انگلیسی

۱۳۲۸ / ۱۳۲۹ ـــ نامه تحسین‌آمیز بلند بالای دکتر خانلری به چوبک از پاریس

به تهران درباره‌ی: انتری که لوطیش مرده بود.

«شتابزده پا شد فرار کند. می‌خواست از مرده لوطیش فرار کند. اماکشش و سنگینی زنجیر نیرویش را گرفت و با نهیب مرگباری سر جایش میخکوب کرد. گویی میخ طویله‌اش به زمین کوفته شده بود.» (انتری که لوطیش مرده بود)

۱۳۲۹ ــ «همکاری با مجلات مختلف ادبی (به‌خصوص سخن، دوره اول)

محمود عنایت: «یک‌بار آل احمد کار عجیبی کرد. مقاله‌ای چاپ کرد که عنوانش را از چوبک وام گرفته بود: «انتری که لوطیش مرده بود» و این قصه را تطبیق داد با وضع انگلوفیل‌هایی که با رفتن انگلیسی‌ها یتیم شده‌اند در حالی که این شباهت فقط در ظاهر امر بود و قصه چوبک مفهوم عمیق‌تری از این حرف‌ها دارد. دوران خروش و خشم و هیاهو بود و کار چوبک بی‌آن‌که شاید خودش بخواهد وارد جار و جنجال سیاسی شد.»

«از جایش پا شد و رفت پیش لوطیش و خیلی نزدیک به او نشست: صورت لوطیش به او هیچ نمی‌گفت، نمی‌گفت برو، نمی‌گفت بنشین، نمی‌گفت چپق چاق کن، نمی‌گفت لنگ رو سرت بپیچ، نمی‌گفت شمع شو، نمی‌گفت جای دوست و دشمن کجاست، نمی‌گفت چشم‌هاتو ببند، نمی‌گفت «بارک‌الله شمشیری، درس بگیر شمشیری» نمی‌گفت «سوار سوار اومده، چابک سوار اومده»، نمی‌گفت «آی حلوا حلوا حلوا داغ و شیرینه حلوا»، به او هیچ نمی‌گفت، هرچه تو چهره او دقیق می‌شد چیزی ازش دستگیرش نمی‌شد...» انتری که لوطیش مرده بود.

رضا براهنی: «چوبک گفتار را به صورت گفتار و زمان وصل را به صورت کتابی می‌آورد و معلوم است که این نوع طرز بیان را در نتیجه تمرین و ممارست و دقت در صحبت مردمی که عامیانه حرف می‌زنند یاد گرفته است و می‌داند که مردم عادی در کجاها حروف، صداها، کلمات را ادغام می‌کنند و در کجاها کش می‌دهند و در کجاها ضرب‌المثل‌ها را به کار می‌برند و کجاها نتیجه مطلوب را

می‌گیرند. چوبک نه فقط از طریق شخصیت‌هایی که خلق کرده خود را نویسنده‌ی مردم بدبخت نشان می‌دهد، بلکه با تقلید از زبان مردم بر خلق هنرمندانه آن زبان در قصه‌ها و اندیشه متعلق به آن طبقه، می‌ماند.»

۱۳۳۲- پائیز ــ نقل مکان به ساختمانی ناتمام از زمین‌های وقفی حاجی مخبرالسلطنه هدایت در دروس

۱۳۲۴ ــ چاپ دوم خیمه‌شب‌بازی (با حذف داستان «اسائه ادب» و اضافه کردن قطعه شعر آزاد: «آه انسان»)

ترجمه: پینوکیو به نام آدمک چوبی اثر کارلو کولودی

۱۳۳۴- تابستان ــ سفر چند ماهه‌ای به آمریکا برای شرکت در سمیناری در دانشگاه هاروارد، سفر به بوستون، نیویورک و واشنگتن، پیشنهاد مدیریت بخش فارسی «صدای آمریکا» که نپذیرفت. سفر به مسکو، سمرقند، بخارا و تاجیکستان به دعوت کانون نویسندگان اتحاد جماهیر شوروی

۱۳۳۴-۱۳۳۵ ــ سفر به فرانسه و اقامت چند ماهه‌ای در پاریس

۱۳۲۶ ــ ترجمه و چاپ انتری که لوطیش مرده بود توسط پیتر اوری در: دنیای جدید نویسندگی

۱۳۲۸ ــ ترجمه شعر «غراب» اثر ادگار آلن‌پو، کاوش (مجله انتشارات شرکت نفت)

۱۳۴۱ ــ اقدام به تهیه فیلم «دریا» بر مبنای داستان «چرا دریا طوفانی شده بود» «دریا» اولین فیلم بلند ابراهیم گلستان است که به تحقق نپیوست. بازیگران فروغ فرخزاد (نقش اول)، تاجی احمدی، پرویز بهرام، زکریا هاشمی، اکبر مشکین و رامین فرزاد (دو سکانس باقیمانده از این فیلم نشان‌دهنده این است که گویا تست‌های مقدماتی فیلم انجام شده ولی از اجرای طرح منصرف شده‌اند.»

۱۳۴۲- مرداد ــ چاپ تنگسیر (این رمان به قدسی خانم تقدیم شده است)

«هیچ چیز نیس که به قد شرف و حیثیت آدم برابر باشد... حتا زن و بچه‌ی

آدم درسه که چشمشون به دس ماس و ما باید به فکرشون باشیم. و زیر پر و بال خودمون بزرگشون کنیم. اما نه با بی‌آبرویی، این خوبه که فردا که بچه‌هامون بزرگ شدن مردم بشون بگن، باباتون نامردبود!» **(تنگسیر، ۹۱ـ۹۰)**

رضا براهنی: «[چوبک برای غنای زبان خاص خویش] بیشتر از تخیل خود و برای منابع بعد از حافظه‌ی کلامی خود استفاده می‌کند. کلمات احساساتی پوک و بی‌هدف را به کار نمی‌گیرد. کلمه مثل برچسبی است روی مفهوم و جهت و انرژی و تحرک آن را نشان می‌دهد.»

احسان طبری در نامه‌ای به فهیمه راستکار: «تنگسیر نخستین رمان ایرانی است که نه فقط فانتزی نویسندگی در آن، آن هم به حد جدی وجود دارد، بلکه دارای تکنیک صحیح و مدرنِ نویسندگی است... و اثری است که مسلماً نویسنده با استعدادی آن را نوشته. تنگسیر به علت تکنیک و مبتکرانه بودن زبان، کنکریت بودن محاوره‌ها، احساس‌ها، و واکنش‌های انسانی چهره‌ها و غیره برای من نیروی جاذبه‌ی واقعی داشت. روشن است که چوبک نویسنده‌ی پخته‌ایست و یکی از بهترین پروردگان مکتب هدایت (ولی بدون شک با مختصات و ویرگی‌های (Orginal) خود.) تنگسیر در ادبیات معاصر ما منزلگاهی است... خود این رشد نویسندگی است. این یک موفقیت شایان‌آفرین نویسنده و ارزش نسبی آن در ادبیات ایران (نه ارزش مطلق آن در ادبیات جهان) بالاست روح اجتماعی تنگسیر، طغیان مرد غول‌پیکری مانند محمد بر ضد پلیدی، مثبت است. رمان درخور آن است که درباره‌اش یک اتود وسیع نوشته شود. جوهر رمان در زبان Nuances و کنکرت آن است که شاید گاه به سوی آنومالی می‌رود ولی خیلی بندرت ولی همیشه به حد شگرفی بلیغ، کوتاه، تصویرانگیز و کوبنده است و مانند مشتی ریگ خشک و براق، با جسمیت و حجم روشن و معین روی هم صدا می‌کند.»

«* برای این که تنگسیر را بهتر بفهمی باید بدانی آن‌چه در آن‌جا به عنوان

داستان می‌خوانی واقعیت بی‌رحم و عریانی است که من خود شاهد آن بوده‌ام.»

رضا براهنی: «حسن بزرگ تنگسیر در این است که نثر از ابتدا تا پایان کاملاً یک دست است. زیباترین نمونه‌ی نثر توصیفی چوبک را باید در تنگسیر جست. حتی نثر سنگ صبور، گاهی تا این حد یک دست و قرص و زیبا و درخشان نیست.»

۱۳۴۳ ـ مرداد ـ چاپ روز اول قبر (مجموعه ده داستان کوتاه: گورکن‌ها، چشم شیشه‌ای، دسته گل، یک چتر خاکستری، پاچه خیزک، روز اول قبر، همراه عروسک فروشی، یک شب بی‌خوابی، همراه «شیوه‌ی دیگر» و نمایشنامه «هفت خط»)، این کتاب به روزبه چوبک «پسرش» تقدیم شده است.

۱۳۴۴ ـ اسفند ـ چاپ چراغ آخر (مجموعه هشت داستان کوتاه: چراغ آخر، دزد قالپاق، کفترباز، عمر کشون، بچه گربه‌ای که چشمانش باز نشده بود. اسب چوبی، آتما، سگ من، ره‌آورد (شعر بی‌وزن)، پریزاد و پریمان، دوست)

مسعود فرزاد در نامه‌ای خطاب به صادق چوبک: «ره‌آورد را خواندم. قطعه‌ای درخور ادگار آلن‌پو یافتمش.»

محمدعلی سپانلو: [در قصه «کفترباز»] چوبک را در یکی از موارد انگشت‌شمار می‌بینیم که ضمن نشان دادن احاطه‌اش به جزئیات موضوع، توانایی خود را در بیان شاعرانه به نمایش می‌گذارد... داستانی عاشقانه و شاعرانه (که شاید پاسخ دوری نیز به «داش آکل» هدایت باشد)، که بعد تازه‌ای در کارهای صادق چوبک است...»

۱۳۴۵ ـ چاپ: سنگ صبور (رمان) این کتاب به زادگاهش، بوشهر تقدیم شده است.

رضا براهنی: «تکنیک تمام قصه‌های چوبک، به استثناء («بعدازظهر آخر پائیز») پیش از رسیدن به سنگ صبور) قراردادی است... چوبک هرگز رئالیسم را کنار نمی‌گذارد، ولی در آن دو قصه می‌کوشد به واقعیت از یک زاویه دیگر بنگرد و

شاید می‌کوشد به واقعیت یک بعد دیگر نیز بدهد و تجربه‌ها را طوری به روی یکدیگر سوار کند که هرمی از تجربه‌ها برای شخصیت ایجاد شود، و این تقریباً همان کاری است که پیش از چوبک (هنری جیمز) کرده است...»

« سنگ صبور قرار بود داستان دوازدهم کتاب خیمه‌شب‌بازی باشد. طرح این داستان را من در سال ۱۳۲۰ ریختم. اول اسم آن را گذاشته بودم «لعان» یعنی فرزندی که پدر در حلال‌زادگی او شک می‌کند و در حقیقت با نفی و انکار ابوت خود، فرزندی را که به او منسوب است طبق قوانین اسلامی از خود نمی‌داند. اصل داستان حکایت زنی است که بر سر چهار زن دیگر وارد خانه‌ای می‌شود و مرد خانه که در حسرت فرزندی می‌سوزد از او صاحب اولاد ذکوری می‌شود. اما یک اتفاق به همراه توطئه چهار هوو سبب می‌شود که این بچه «لعان» بشود. اتفاق همان است که در سنگ صبور آمده. یعنی بچه در شلوغی «حرم شاه چراغ» به علت خوردن آرنج زائری به دماغش خون دماغ می‌گردد و براساس یک خرافه که می‌گوید اگر حرامزاده‌ای وارد حرم شاه چراغ بشود، خون دماغ خواهد شد. انگ حرامزادگی بر پیشانی طفل می‌خورد. این داستان که قرار بود داستان دوازدهم خیمه‌شب بازی باشد، یازده بار نوشته شد. ماشین شد، آماده شد که به مطبعه برود، ولی چون راضی نبودم، دوباره از سر نوشتم و بالاخره صورت دوازدهم آن به چاپ رسید.»

انور خامه‌ای: «بحث درباره سنگ صبور نیاز به کتابی جداگانه دارد. چون یک رمان به تمام معناست، آن هم رمانی عمیق و بسیار باارزش. تعدد تم‌ها و تعدد شخصیت‌ها، قهرمان‌ها، صحنه‌های بسیار حساس و تصویرگری ماهرانه چوبک از آن‌ها، و مهم‌تر از همه توصیف حالت روانی هرکدام و جنگ درونی هرکدام با خویشتن خویش، این کتاب را یکی از بهترین رمان‌های زمان ما ساخته است. رمانی که با داستان‌های برجسته‌ترین نویسندگان جهان برابری می‌تواند کرد.»

یک، دو، سه، چهار، چقدر ماهی تو حوض هس. مثه النگوای دس ننم تو

آفتاب برق می‌زنن. مثه خون سر مرغ. همه این ماهیها مال خودمه. **احمد آقا گفت:** *«همش مال خودت باشه.» می‌گیرم می‌برم شب تو بغل خودم می‌خوابونمشون. حالا که ننم نیس تو بغل ماهیا می‌خوابم.»* (سنگ صبور، «کاکل زری») ۳۶

محمود عنایت: «تا وقتی سنگ صبور را نخوانده بودم نمی‌دانستم فقر هم می‌تواند مثل ثروت شکوه و جلال داشته باشد. این اثر به سنفونی غریبی می‌ماند که از تک صداهای رنج‌آلود و دردآلود به وجود آمده و در گرماگرم همهمه و طنطنه‌ای که سطور خاموش کتاب از آمیزه استیصال و درماندگی مشتی انسان درگوش تو ایجاد می‌کند ناگهان متوجه می‌شوی که شوکت فقر کم از کوکبه‌ی ثروت نیست.»

جمال‌زاده در نامه‌ای خطاب به چوبک: «چوبک از پیش‌کسوتان ما در میدان ادب و داستان‌سرایی و رمان‌نویسی است و خودش رتبه، استادی یافته است... جسارت ورزیده می‌گویم در چاپ دوم سنگ صبور داستان‌های «انوشیروان و بوذرجمهر» و «یعقوب لیث و از هر خر» و «زروان و اهریمن» را از داستان جهان سلطان و کاکل‌زری و شیخ محمد و احمد آقا و بلقیس و گوهر که بدون مبالغه بسیار عالی و ممتاز است جدا بکنید. زیاد باهم جور نمی‌آیند. می‌دانم که تازگی دارد ولی زیاد در پی تازگی هم نباشید. مراعات حال و ذوق خواننده را بکنید. ما برای مردمان چیز می‌نویسیم نه برای خودمان.

«* **سنگ صبور برخلاف نوشته‌های دیگر چون دارای کلید مفتاح است، باید سمبول‌ها را شناخت. باید از گذشته آگاه بود. باید گذشته، زمان و مکان و فضا همه‌چیز را در نظر گرفت. در هر خط صفحه آن گرهی خفته است. کلید مفتاح در خم این سمبول‌ها، این گره‌هاست. پس از این چنین شناختی آن وقت رمز ناآشنای آن، آشنا خواهد شد. تازه آن وقت است که خواهی فهمید سنگ صبور یعنی چه... اگرمن به کتابی ببالم به سنگ صبور است.»**

انور خامه‌ای: «با این همه به نظر من سنگ صبور به صورتی که منتشر شده یک نقص عمده دارد که از ارزش بزرگ آن می‌کاهد و این بی‌تناسبی نمایشنامه آخر کتاب با تمام داستان است. این نمایشنامه هم از حیث شکل و هم از جهت محتوی با اصل داستان تفاوت فاحش دارد. مثل این که آن را با یک سنجاق، آن هم سنجاق قفلی به بقیه داستان وصل کرده باشند...»

«* این ایرادها را کسانی می‌گیرند که روح سنگ صبور را نشناخته‌اند، مخصوصاً نمایشنامه‌ی آخر کتاب، حکایت درخت دانش است که در باغ سنگ صبور روییده.»

۱۳۴۶ ــ چاپ مصاحبه‌ای از صدرالدین الهی با دکتر پرویز خانلری (درباره چوبک)

۱۳۴۸ ــ چاپ «درازنای سه شب پرگو» از نصرت رحمانی (درباره چوبک) در روزنامه آیندگان

«* ازش [از نصرت رحمانی] خوشم آمد که نشستم حرف‌هایم را با وی در میان نهادم. اما قرار نبود این‌ها چاپ شود. من اهل مصاحبه نیستم... شعرهای رحمانی را خوانده بودم. به این جهت به خلوت خود راهش دادم ولی چرا این کار را کرد؟ چرا؟»

۱۳۴۹ ــ تدریس در دانشگاه یوتا به عنوان استاد مهمان (سال تحصیلی ۱۹۷۰-۱۹۷۱)

۱۳۵۱ ــ شرکت در کنفرانس نویسندگان آسیایی و آفریقایی در آلما‌آتا در قزاقستان شوروی

چاپ برگزیده آثار چوبک به زبان روسی توسط: خانم زویا عثمانوا و آقای جهانگیر دری زیر نظر پروفسور کمیساروف

چاپ ویژه صادق چوبک در: روزنامه اطلاعات

۱۳۵۳ ــ نمایش عمومی فیلم تنگسیر (براساس رمان چوبک) به کارگردانی امیر نادری در سینماها

ترجمه انگلیسی داستان «مسیو الیاس» توسط: پروفسور ویلیام هانوی (استاد زبان فارسی دانشگاه پنسیلوانیا)

۱۳۵۳ ـ بازنشستگی چوبک و سفر او به انگلستان و آمریکا

فوت پدرش در سن هفتاد و نه سالگی در لندن

۱۳۵۵ ـ ترجمه انگلیسی داستان‌های: «نفتی» و «آه انسان» در: مجله ادبیات شرق و غرب، ۲۰

۱۳۵۸ ـ ترجمه انگلیسی سنگ صبور توسط محمدرضا قانون‌پرور (چاپ: ۱۹۸۹، انتشارات مزدا، کالیفرنیا)

۱۳۵۹ ـ ترجمه انگلیسی روز اول قبر توسط مینو ساوت گیت

۱۳۶۱ ـ ترجمه انگلیسی برگزیده‌ای از آثار چوبک با مقدمه‌ای از باگلی

«* ***هنوز باور نمی‌کنم که نمی‌بینم. هر روز صبح که از خواب بلند می‌شوم، فکر می‌کنم که بینایی‌ام را باز یافته‌ام.***»

۱۳۶۱، ۱۹ فروردین (۸ آوریل) ـ بزرگداشت چوبک توسط، بنیاد پر و مرکز مطالعاتی دانشگاه برکلی، کالیفرنیا

در این دوران دیگر نمی‌بیند چون فقط یک هشتم نیروی بینایی برایش باقی مانده است. از این‌رو همسرش به جای او می‌خواند و می‌نویسد و گاهی هم چوبک از کتابخانه‌ی کنگره نوارهای ویژه نابینایان را به امانت می‌گیرد و گوش می‌دهد.

«* ***اگر در کتابخانه نوار ترجمه انگلیسی*** La Condition humaine ***یا*** Antimemoires ***مالرو را داشته باشند خوبست.***»

محمود عنایت: اکنون وقتی کتاب‌های چوبک را ورق می‌زنی می‌بینی جای جای نوشته‌های چوبک طنینی از... فریادهاست و او از گواهان عادلی است که بر معرکه زمان خود شهادت‌نامه نوشته‌اند.»

۱۳۷۰ ـ چاپ ترجمه مهپاره [ترجمه از سانسکریت به انگلیسی توسط: ف-

و. بین. و از انگلیسی به فارسی توسط، صادق چوبک]، انتشارات نیلوفر، تهران

مهپاره شانزدهمین بخش از نسخه‌ی کهن متن مفصل سانسکریتی است که به نام «جوهر اقیانوس زمان» معروف است. مهپاره بااین که حکایت عشق است ولی لبریز از اندرزهای والای انسانی و حکمت و فلسفه است.

کاوه گوهرین: «متن [مهپاره] را زنده‌یاد استاد مسعود فرزاد در اواخر پائیز ۱۳۲۵ می‌خواند و آن را به زیبایی غزلی از حافظ می‌یابد و چون برای ترجمه آن فراغتی پیدا نمی‌کند آن را جهت ترجمه به صادق چوبک می‌دهد، دریغا که روزگار کج مدار چنان بازی می‌کند که قصه‌نویس ایران فراغتی نمی‌یابد که ترجمه‌ی کامل این اثر سترگ را در همان زمان به انجام رساند.»

۱۳۷۱ ــ جلسه‌ای درباره داستان‌نویسی چوبک در کنفرانس مطالعات خاورمیانه در شهر پورتلند

«* به ظاهر کارهای من نگاه نکنید. این کارها را باید با حوصله و با توجه به زمانی که نوشته شده خواند.»

صدرالدین الهی: «گاه ساعت‌ها با دفترهای جالبی که از روزگار گذشته دارد خلوت می‌کند. گاه نکته‌ای از آن را برای محرمی فرو می‌خواند. چوبک شاید اولین و تنها نویسنده ایرانی است که روزنامه‌ی خاطرات نوشته به طریق دقیق روزانه. تنی چند از ما این دفترها را دیده‌ایم. وقتی اوقاتش تلخ است می‌گوید: «می‌خواهم آتشش‌ان بزنم» وقتی ملامتش می‌کنی، می‌گوید: «برای کی چاپ کنم؟ این دفترها را من در شرایط دشوار تهران می‌نوشتم. داده بودم از آهن سفید صندوق برایم درست کرده بودند توی حیاط خانه چال کرده بودم و با این همه شب از ترس این‌که اگر بیایند و این‌ها را پیدا کنند و مرا آزار بدهند خوابم نمی‌برد. به هزار حقه آن‌ها را آورده‌ایم این‌جا و حالا وقتی به آن‌ها برمی‌گردم، به ایران برمی‌گردم، دلم تنگ می‌شود و حالم بد.» پیرمرد دلش برای خانه، دروس، حیاط و باغچه و دفترش تنگ شده و ساعت‌های سختی را در خیال خانه می‌گذراند. چونان همه ما.»

* «... این همه دفتر و کاغذ سفید حالم را بد می‌کند. از این که نمی‌توانم سیاه‌شان کنم. فکرها و قصه‌هایی در سرم می‌جوشد، خیلی قشنگ و وقتی نمی‌توانم بنویسم، از این ناتوانی عصبانی می‌شوم...»

۱۳۷۲ ــ ویژه صادق چوبک به همت صدرالدین الهی در: مجله ایرانشناسی (بنیاد کیان)

صدرالدین الهی: [چوبک] از چند حکایت که در ذهنش جولان دارد حرف می‌زند و این که با تقریر، کار تحریر را نمی‌توان انجام داد. در فکر است که درباره‌ی دام‌هایی که در زندگی پیش پای او گسترده شده چیزی بگوید. بر سبیل خاطره می‌گوید: «می‌خواهم اسم این کار بگذارم، دام‌ها و دانه‌ها». این‌طور را شاید بشود روی نوار گفت و بعد پیاده کرد.»

۱۳۷۳ ــ چاپ: ویژه صادق چوبک، دفتر هنر، نیوجرسی

چاپ شش صفحه از دفتر خاطرات صادق چوبک با عنوان «دیروز» و قطعه داستان شعرگونه، «مبادا» در همین دفتر

۱۲ تیرماه ۱۳۷۷ و ژوئیه ۱۹۸۸ ــ فوت صادق چوبک (جسد چوبک به درخواست خودش سوزانده شد)

نه، نه

من نمرده‌ام

و هیچ کس نمرده

آدمی مرگ را کشته

* * *

نقل‌قول‌هایی که با علامت ***** مشخص شده است از صادق چوبک است.

منابع

الف ـ آثار صادق چوبک و مصاحبه‌های او با دیگران

ب ـ با استفاده‌ی فراوان از نقل قول‌ها و اظهارنظرهای دیگران راجع به صادق چوبک و آثارش در:

۱ـ براهنی، رضا، قصه‌نویسی، چاپ سوم، تهران، نشر نو ۱۳۶۲

۲ـ ویژه صادق چوبک به همت صدرالدین الهی در مجله ایرانشناسی، شماره ۲، آمریکا، مریلند. (بنیاد کیان)، ۱۳۷۲

۳ـ ویژه‌صادق چوبک، دفترهنر، سال دوم، شماره ۳، امریکا، نیوجرسی، ۱۳۷۴، به کوشش بیژن اسدی‌پور.

از مجموعه‌ی

خیمه شب‌بازی

عدل

مردی در قفس

مسیو الیاس

یحییٰ

عدل

اسب درشکه‌ای توی جوی پهنی افتاده بود و قلم دست و کاسه زانویش خرد شده بود. آشکارا دیده می‌شد که استخوان قلم یک دستش از زیر پوست حنائیش جابجا شده و از آن خون آمده بود. کاسه زانوی دست دیگرش به کلی از بند جدا شده بود و فقط به چند رگ و ریشه که تا آخرین مرحله وفاداریشان را به جسم او از دست نداده بودند گیر بود. سُم یک دستش، آنکه از قلم شکسته بود به طرف خارج برگشته بود، و نعل براق سائیده‌ای که به سه دانه میخ گیر بود روی آن دیده می‌شد.

آب جو یخ بسته بود و تنها حرارت تن اسب یخ‌های اطراف بدنش را آب کرده بود. تمام بدنش توی آب گل‌آلود خونینی افتاده بود. پی در پی نفس می‌زد. پره‌های بینی‌اش باز و بسته می‌شد، نصف زبانش از لای دندان‌های کلید شده‌اش بیرون زده بود. دور دهنش کف خون‌آلودی دیده می‌شد. یالش به طور حزن‌انگیزی روی پیشانیش افتاده بود و دو سپور و یک عمله راهگذر که لباس سربازی بی‌سردوشی تنش بود و کلاه خدمت بی‌آفتاب گردان به سر داشت می‌خواستند آن را از جو بیرون بیاورند.

یکی از سپورها که بدستش حنای تندی بسته بود گفت:

«من دمبشو می‌گیرم و شما هرکدومتون یه پاشو بگیرین و یه‌هو از زمین بلندش می‌کنیم. اونوخت نه اینه که حیوون طاقت درد نداره و نمی‌تونه دسّاشو رو زمین بذاره، یه‌هو خیز ورمیداره. اونوخت شماها جلدی پاشو ول‌دین، منم دمبشو ول می‌دم. روسه تا پاش می‌تونه بندشه دیگه. اون دسّش خیلی نشکسّه. چطوره که مرغ‌رو دو تا پا وامیسّه این نمی‌تونه رو سه تا پا واسّه؟»

یک آقائی که کیف چرمی قهوه‌ای زیر بغلش بود و عینک رنگی زده بود گفت:

«مگر می‌شود حیوان را این‌طور بیرونش آورد؟ شماها باید چند نفر بشید و تمام هیکل، بلندش کنید و بذاریدش تو پیاده‌رو.»

یک از تماشاچی‌ها که دست بچه خردسالی را در دست داشت با اعتراض گفت:

«این زبون بسّه دیگه واسیه صاحابش مال نمیشه. باید با یه گلوله کلّکّشو کند.»

بعد رویش را کرد به پاسبان مفلوکی که کنار پیاده‌رو ایستاده بود و لبو می‌خورد و گفت:

«آژدان سرکار که تپونچه دارین چرا اینو راحتش نمی‌کنین؟ حیوون خیلی رنج می‌بره.»

پاسبان همان‌طور که یک طرف لُپش از لبوئی که تو دهنش بود باد کرده بود با تمسخر جواب داد:

«زکی قربان آقا! گلوله اولنده که مال اسب نیس و مال دزّه دومنده، حالا اومدیم و ما اینو همین‌طور که میفرمائین راحتش کردیم، به روز قیومت و سئوال و جواب اون دنیاشم کاری نداریم؛ فردا جواب دولتو چی بدم؟ آخه از من لاکردار نمی‌پرسن که تو گلولتو چیکارش کردی؟»

سید عمامه به سری که پوستین مندرسی روی دوشش بود گفت:

«ای بابا حیوون باکیش نیس. خدارو خوش نمیاد بکشندش. فردا خوب میشه. دواش یه فندق مومیائیه.»

تماشاچی روزنامه به دستی که تازه رسیده بود پرسید:

«مگه چطور شده؟»

یک مرد چپقی جواب داد:

«والّله من اهل این محل نیسّم. من رهگذرم.»

لبوفروش سرسوکی، همانطورکه با چاقوی بی‌دسته‌اش برای مشتری لبو پوست میکند جواب داد:

«هیچی، اتول بهش خورده سقط شده. زبون بسه از سحر تا حالا همین‌جا تو آب افتاده جون میکنه. هیشکی به فکرش نیس. اینو...» بعد حرفش را قطع کرد و به یک مشتری گفت: «یه قرون» و آن وقت فریاد زد:

«قند بی‌کوپن دارم! سیری یه قرون می‌دم.»

باز همان آقای روزنامه به دست پرسید:

«حالا این صاحب نداره؟»

مرد کت چرمی قلچماقی که ریخت شوفرها را داشت و شال سبزی دور گردنش بود جواب داد:

«چطور صاحاب نداره. مگه بی‌صاحابم میشه؟ پوسّش خودش دسّ کم پونزده تومن میرزه. درشکه‌چیش تا همین حالا اینجا بود؛ به نظرم رفت درشکشو بذاره برگرده.»

پسربچه‌ای که دستش تو دست آن مرد بود سرش را بلند کرد و پرسید:

«بابا جون درشکه‌چیش درشکشو با چی برده برسونه مگه نه اسبش مرده؟»

یک آقای عینکی خوش لباس پرسید:

«فقط دستاش خرد شده؟»

همان مرد قلچماق که ریخت شوفرها را داشت و شال سبزی دور گردنش بود جواب داد:

«درشکه‌چیش می‌گفت دنده‌هاشم خرده شده.»

بخار تُنکی از سوراخ‌های بینی اسب بیرون می‌آمد. از تمام بدنش بخار بلند می‌شد. دنده‌هایش از زیر پوستش دیده می‌شد. روی کفلش جای یک پنج انگشت گل خشک شده داغ خورده بود. روی گردن و چند جای دیگر بدنش هم گِلی بود. بعضی جاهای پوست بدنش می‌پرید. بدنش به شدت می‌لرزید. ابداً ناله نمی‌کرد. قیافه‌اش آرام و بی‌التماس بود. قیافه یک‌اسب سالم را داشت و با چشمان گشاد و بی‌اشک به‌مردم نگاه‌می‌کرد.

مردی در قفس

سید حسن خان در خواب غلتی زد و پهلو به پهلو شد و تا آمد بیدار شود و رنج‌های زندگی تنهای خود را به یاد بیاورد دوباره خوابش برد. اما این خواب خیلی سبک بود. در حالتی بین خواب و بیداری دو دل مانده بود که آیا پیش از این هم زنده و در دنیا بوده یا نه. در آن بیهوشی شیرین که داشت، می‌گشت بلکه از زنده بودن خودش چیزی به یادش بیاید؛ اما چیزی دستگیرش نشد و عکس‌العمل تنفر سرشاری که در بیداری به زندگی داشت او را در شک باقی گذاشت.

از عمر گذشته سابقه‌ای در خاطرش نمانده بود. برای یک لحظه به نظرش آمد که با شعور و سادگی یک طفل در دنیائی دیگر که سراسر آن را رؤیا و فراموشی گرفته از شکم مادر زائیده شده و یادگارهای نیم قرن زندگی بریده بریده و محو شده‌اش که از هیچ شروع شده و به هیچ ختم می‌شد در آن فراموشی سر به‌نیست شده بود.

اما با همه اینها در آن وقت حالتی داشت که از خواب و بیهوشی روشن‌تر و به بیداری و هوشیاری دردناکش نزدیک‌تر بود. با یک کوشش باطنی تقلا می‌کرد بلکه حقیقت تلخ آن حالت را از بین ببرد و رشته‌ای که او را به زندگی و بیداری مربوط کرده بود پاره کند و زنده بودن خودش را از یاد ببرد. اما همین کوشش نهائی سبب شد که کاملاً

بیدار شود و یقین کند که تازه متولد نشده بلکه نیم قرن پیش از این در لاهور به دنیا آمده و زجر کشیده و پای چپش را از بالای زانو بریده‌اند و سودابه را از دست داده و اکنون هیچ‌کس را درین دنیا ندارد و فقط با یک سگ و یک دده زرخرید دور از مردم در خانه پدرش خود را زنده به گور کرده و محکوم است که زندگی کند. برای همین بود که چون به زنده بودن خود یقین کرد آزرده و دلگیر شد و برای این زندگی دوباره دلش گرفت و تعجب کرد که هنوز زنده است.

با چشمان بسته سایه و روشن در و پنجره را تشخیص می‌داد و از پشت پلک‌های بسته نور مزاحم و وقیح بامداد را می‌دید؛ اما نمی‌خواست چشم‌هایش را باز کند. از دیدن در و دیوار اتاقش یک نوع ترس و زدگی در خودش حس می‌کرد. و از دوباره روبرو شدن با محیط خود دل‌چرکین و بیزار بود. باز او بود و همان اتاق‌های تو در توی پرده افتاده گرد گرفته که در آنها پرنده پر نمی‌زد. باز او بود و یک مشت اسباب‌خانه قدیمی که سال‌های سال بود روی آنها گرد نشسته بود و کسی نبود آنها را جابجا کند.

فقط یک دلخوشی داشت و آن راسو بود. فکر راسو خاطرش را آسوده می‌کرد. راسو شب‌ها بغل تختخوابش روی تشکچه‌اش بی‌صدا و بی‌خور خور، مثل یک حلزون دور خودش چنبره می‌زد و می‌خوابید. بودن یک موجود دیگر در اتاقش که به هیچ‌وجه درصدد خرده‌گیری و کنجکاوی از کارهای او نبود باعث دلگرمی و آرامش خاطرش بود. پس او به فکر راسو و بعد به امید و به دلخوشی تریاک چشمانش را باز کرد.

سید حسن‌خان بعد از مرگ زنش سودابه که تمام مدت زن و شوهریشان بیش از سه ماه نکشیده بود انس و علاقه‌اش را از همه‌چیز

بریده بود و دوباره مثل اوّل تک و تنها در خانهٔ قدیمی‌ساز اجدادیش با یک مشت اسباب خانهٔ ارثی مانند قدح‌های مرغی کار چین و لاله و مردنگی و تنگ بلورهای اتریشی و شمعدان و پیه‌سوزهای نقره‌کوب کنده‌کاری شده و تسبیح‌های شاه مقصودی و کشکول و یسر و مرجان و علی مرادی و جوین و اقسام چوب وافورهای کهور زرک‌دار، مثل میکربی که محیط مساعدی گیر آورده باشد برای خودش میان آنها می‌لولید و وجود داشت. نه‌گاهی به فکر فروش آن همه اثاثیه می‌افتاد و نه آنها را لازم داشت و نه‌گاهی حوصله می‌کرد به آنها سر بزند. بین آن همه اسباب خانه فقط یک قلم‌تراش دسته صدفی دوازده تیغه‌ای «راجرز» بود که آن را سی سال پیش در «آگره» از روی میز یک رفیق صمیمی هندی خودش دزدیده بود و به این قلم‌تراش علاقه و هم کینهٔ شدیدی داشت. خودش هم نمی‌دانست چرا آن را دزدیده بود. شاید برای اینکه در نهان، کاری را انجام داده باشد. به هرحال آنچه واقع شده بود، این بود که او بی‌آنکه رفیقش ببیند چشم او را پائیده بود و آن را از روی میزش کش رفته و در جیب خود پنهان کرده بود و تمام مدتی که در آن شب با هم به گردش رفته بودند دستش را از جیبش بیرون نیاورده بود، و به قدری آن را سفت و سخت در دست خود فشار داده بود که انگشتانش عرق کرده و خسته شده بود. هنوز هم بعد از سی سال آن قلمتراش زیر تشکچه‌ای که رویش می‌نشست و تریاک می‌کشید دیده می‌شد. و هروقت به یادش می‌آمد آن را برمی‌داشت و خیلی با تعجب و ناآشنا، مثل اینکه هرگز آن را ندیده باشد، نزدیک چشمانش می‌برد و از پشت عینک بادامیش آن را تماشا می‌کرد و با حوصله و عناد سمجی قیچی و ارّه و سوهان و قاشق و چنگال و گوش پاک‌کن و تیغه‌های براق و برنده آنرا یکی یکی باز

می‌کرد و با یک نوع کینه و خشم کهنه آنها را دوباره می‌بست و زیر تشک قایم می‌کرد. اغلب همان‌طور که تیغه‌های براق و تیز آنرا با ناخن امتحان می‌کرد و به فکرش می‌رسید آنرا سر به نیست کند و کاری کند که دیگر نبیندش. چونکه از دیدنش ناراحتی و ترسی به او دست می‌داد که آزارش می‌داد و روحش را می‌خورد. بعد از آنکه فکر می‌کرد آن را توی حوض یا مستراح یا توی قنات بیندازد، دوباره همه تیغه‌های آن را می‌بست و دزدکی اطراف خودش را نگاه می‌کرد و آنرا سرجایش می‌گذاشت.

همسایه‌ها خیال می‌کردند که سید حسن خان تمام مدت شبانه‌روز در خانه‌اش مشغول عبادت و نماز و روزه برای زن جوان‌مرگش سودابه است. چونکه گویا یک وقت یکی از آنها از دده یاسمن، کنیز سید حسن خان پرسیده بود و او هم از راه لجبازی و حرص جواب داده بود. «بله سید حسن خان از وقتی که زنش این‌طور شده تمام وقت تو خانه مشغول نماز و روزه برای زنش است.» از آن روز دیگر در محله به قدری به این حرف شاخ و برگ گذاشته بودند که سید حسن خان در نظر اهل محل امامزاده شده بود. زن‌های بیوه و دخترهای ترشیده بر وفای او غبطه می‌خوردند و آرزو داشتند او را ببینند. اما مگر سید حسن خان گاهی پایش را از خانه بیرون می‌گذاشت؟

برخلاف گفته دده یاسمن سید حسن‌خان در خانه خودش هرگز مشغول نماز و روزه نبود. بلکه برعکس، او صوفی سست اعتماد و هُرهُری مذهبی بود که به این‌جور چیزها بغض و عداوت پرپیله‌ای داشت. این آدم از دنیا و آدم‌ها و مذهب‌هایش سرخورده بود و به چهاردیوار خانه خود پناه برده بود. و از روزی که سودابه مرده بود درصدد برآمده بود که از علاقه‌ها و آرزوهای خودش بزند و به چیزی انس نگیرد.

برای همین بود که هنوز هفته زنش سر نرفته بود که قناری‌های هلندی فرفری به آن نازنینی که هرکدام را با خون جگر به دست آورده بود و از آنها جوجه‌کشی کرده بود، از قفس آزاد کرد.

این روز هم در خاطرات زندگی او غم‌انگیز و فراموش نشدنی بود. وقتی که یکی یکی آنها را پر داد دلش بهم فشرده شد و بغض گلویش راگرفت. همچنان‌که لب‌هایش را به هم فشار می‌داد و کوشش داشت گریه خود را بخورد به علاقه شدیدی که سودابه به آنها داشت فکر می‌کرد و دلش می‌سوخت. اما قناری‌ها چون از اول به قفس عادت کرده بودند و بلد نبودند آزاد بپرند، به چند خیز خود را روی علف‌های خشکیده چینه باغ انداختند و با آشفتگی و ترس سرهایشان را به این طرف و آن طرف حرکت می‌دادند و جیک جیک می‌کردند. سید حسن‌خان از آوارگی و بی‌خانمانی آنها دلش به درد آمد و از کار خود پشیمان شد. دلش می‌خواست اگر بشود آنها را دوباره به قفس برگرداند. برایشان موج کشید. ولی آنها همانطورکه نابلد روی چینه باغ نشسته بودند، از محیط ناآشنای خود در تعجب بودند. او می‌دید که آنها هنوز در قلمرو علاقه و محبت او هستند. اما از علاقه دوباره‌اش احساس ناراحتی کرد و چوب زیر بغلش را به طرف آنها تکان داد و کیششان کرد. قناری‌ها با ترس هرکدام به گوشه‌ای پرواز کردند. از رفتن آنها دلش آرام شد. چونکه دیگر نبودند که برایشان غصه بخورد. فقط قفس‌های خالی آنها که از چنگک آویزان بود مثل جسد مردگان به دار آویخته‌ای که تازه جانشان در رفته باشد تکان می‌خورد. آن روزها سید حسن‌خان جوان بود و خیلی وقت نبود که با پای بریده از هندوستان برگشته بود.

اما راسو ماده سگی بود از نژاد «سه‌تر»های ایرلندی که دو سال

پیش از این، موقعی که هنوز چشم‌هایش باز نشده بود، خود به خود وارد زندگی او شده بود. سیدحسن‌خان که تا آن روز کوشش کرده بود که از انس و علاقهٔ خودش کم‌کند نه اینکه چیزی برآن بیفزاید هنگامی که او را در سوراخ راه‌آب باغ چشم بسته و نالان دید که سر لرزانش را به این طرف و آن‌طرف تکان می‌داد و پوزهٔ مرطوبش را به خاک می‌مالید نتوانست او را ندیده بگیرد و بگذرد.

از آن روز به بعد با دست خودش به او شیر داد و خیال داشت همین که کمی قوت بگیرد او را از سر وا کند. اما کم‌کم کار به جائی کشید که نه‌تنها او را بیرون نکرد، بلکه چنان به او انس گرفت که جدا شدن از او برایش مشکل می‌نمود. برای همین بود که در خانه خود نگاهش داشت.

راسو مثل قناری نبود که وقتی که به آنها آب و دانه می‌داد بی‌معنی و احمقانه به دور خودشان هی چرخ بخورند و از روی نفهمی و حق ناشناسی پرهایشان را توی فنجان بشویند و با حالت عصبانی‌کننده هی این‌طرف و آن‌طرف ورجه ورجه کنند و به طرف او آب پشنگ بزنند. راسو هر حرکتی می‌کرد معنی‌دار و دلچسب بود. راسو بهتر از یک آدم رنج و شادی و ترس را حس می‌کرد. او در برابر پیش‌آمدها بی‌اعتنا و باگذشت بود. هیچگاه عکس‌العملی شبیه به آدم‌ها را از خود نشان نمی‌داد. ادا و اصول آدمیزادها را نداشت. خودش بود. سگ بود. اگر گاهی سیدحسن خان به او خشمگین می‌شد و او را از خودش می‌راند، بعد که پشیمان می‌شد و نازش را می‌کشید. او هم بی گله وکرشمه پیش او می‌رفت و دستش را می‌لیسید و خودش را برای او لوس می‌کرد. دیگر خیال از سر وا کردن او برایش از همه چیز ناگوارتر بود. زیرا همانطور که به تریاک عادت کرده بود به راسو هم

عادت کرده بود. و تنها مایه دلخوشیش او بود.

راسو در تنهائی و رنج‌های او شریک بود. روزها می‌شد که سید حسن خان وقتی که مشغول تریاک حب کردن بود، یا هنگامی که عرق توی تنگ می‌ریخت، یا سیگار رشتی می‌پیچید، با راسو درددل می‌کرد و سرگذشت‌های زندگی دردآلودش را که با احدی نگفته بود با وسواسی خاص برای او نقل می‌کرد. راسو هم چشمان سیاه غزال مانندش را به صورت او می‌دوخت و تمام قوای نهانیش را به کار می‌برد تا خودش را شریک تنهائی و اندوه او نشان بدهد. آنها با هم دوست بودند.

چندبار پشت سر هم چشمانش را بهم زد. نور خفیف و محوی که از پشت شیشه‌های رنگارنگ ارسی توی اتاق پخش شده بود چشمانش را زد. باز هم با اخم چند بار دیگر چشمانش را به هم زد و عاقبت آنها را به سقف اتاق روی عکس گل اندام دوخت و لحظه‌ای مات به آن عکس خیره شد. بعد دوباره جلو خودش روی دیوار نگاه کرد. اما روی دیوار هم برای یک لحظه عکس گل اندام همانطور که توی سقف نقاشی شده بود منتها محوتر جلوش مجسم شد. چندبار دیگر چشمان خود را باز و بسته کرد. عکس رفته بود؛ و فقط چهارچوب سیاه آن در ذهنش جابجا می‌شد.

باز به عکس توی سقف نگاه کرد. و برای اینکه امتحانی کرده باشد سریع و دزدیده چشمانش را کودکانه به دیوار انداخت. اما باز عکس گل اندام روی دیوار افتاده بود. به هرجای دیوار نگاه می‌کرد، عکس نیز به همان جا می‌پرید. تا آنکه کم‌کم اول خود گل‌اندام و بعد چهارچوبه عکس آن از نظرش محو شد.

نگاهش که به ساعت دیواری روی شاه‌نشین افتاد، عکس گل اندام

را فراموش کرد. این ساعت چهارده سال بود که کسی آنرا کوک نکرده بود. در تمام این مدت عقربه‌هایش روی چهار و سه دقیقه ایستاده بود. مثل اینکه در تمام مدت این چهارده سال زندگی او سر جای خود مانده و حرکت نکرده بود. چهارده سال تمام زندگی پر از رنج و یکنواخت او روی ساعت چهار و دسه دقیقه مانده بود. این چهار و سه دقیقه که شاهد یک عمر زندگی تاریک و غم‌انگیز او بود از جای خود تکان نمی‌خورد که نمی‌خورد.

هر صبح که از خواب بیدار می‌شد عادت داشت که از میان تمام نقاشی‌های توی سقف به عکس گل اندام نگاه کند و بعد رو به دیوار سفید عکس نگاهش را برگردان کند و همین بازی را هر روز در بیاورد.

گل اندام توی سقف، دختر چارقد به سر تپل مُپل لب قرمزی بود که پیراهن اطلس و شلیته سفید پف کرده به تن داشت و گاو از خود بزرگتر اخموئی راکه زبانش ازگوشه دهنش بیرون جسته بود به دوش گرفته بود و روی آخرین پله عمارتی ایستاده بود و با چشمان بی‌حالت و وق زده‌اش به جلو نگاه می‌کرد. پشت سر گل اندام، با آنکه دو طرفش پرده مخمل عنابی با شرابه و منگوله‌های طلائی آویزان بود، یک کوه هم همانجا سبز شده بود که پشت آن روی یک کوه دیگر سر و کله یک شکارچی با سبیل‌های چخماقی و زلف دم اردکی با چشمان درشت بی‌مژه ایستاده بود و انگشتش را تو دهنش تپانده بود. این شکارچی که پشت کوه ایستاده بود از خود گل‌اندام و حتی از گاوش هم بزرگتر بود و با دقت زیادی جزئیات صورتش نقاشی شده بود. یک تازی و یک شیر و دوبچه آهو و یک خرگوش، قاتی پاتی پهلوی شکارچی بودند که از تنگی جا خرگوش زیردست و پای شیر خوابیده بود و البته شکارچی به آنها اعتنائی نمی‌کرد.

امروز هم سید حسن خان مثل هر روز به عکس گل اندام خیره شد و آن را مانند همیشه دست نخورده دید. خرده خرده عکس‌هـای شکار مرغابی در مرداب و ملکه چین و دریاچه و کشتی و خیام و معشوقه شراب به دست و حضرت اسمعیل و گوسفند قربانی و ضحاک ماردوش و شـیخ صنعان و دختـرک تـرسا و عکس جـوان خوشگلی که به معشوقه‌اش گل سرخ تعارف می‌کرد، همه را تماشا کرد. هرکدام از آنها برایش خاطراتی داشت، اما عکس گل اندام چیز دیگری بود.

سودابه به هیچ کدام از آنها به قدر عکس گل اندام علاقه نداشت. وقتی که زنده بود، صبح‌هـا کـه در همین ارسی بیدار می‌شدند، سودابه راجع به یک یک نقش‌ها از او چیزهائی می‌پرسید و با هم خنده و شوخی می‌کردند. اما سودابه که سیزده سال بیشتر نداشت، از قصه گل اندام خیلی خوشش می‌آمد و هر روز یک چیز تازه‌ای راجع به آن از شوهرش می‌پرسید.

«اگه منم هر روز یه گوساله رو دوشم بگیرم و از پله‌هـای پشت‌بوم بالا برم، بعد که گوساله گاو شد بازم می‌تونم بغلش کنم؟ اون شـیره چطوره که به خرگوشه و آهواکاری نداره؟ اون مرتیکه مگر نه تفنگ رو دوشش داره، چطور اون شـیره رو نـمی‌کشه؟ اون آهوا ننه بـابا ندارن؟»

سید حسن خان گاهی در جواب عاجز می‌ماند و برمی‌گشت بـه صورت بچه گانه زنش خیره می‌شد و بعد می‌خندید و چال صورت او را ماچ می‌کرد.

حالا هم به یاد گذشته به عکس گل اندام نگاه می‌کرد و زنـدگی گذشته‌اش جلوش مجسم بود. پیش خودش خیال کرد:

«سودابه چقدر به این عکس‌ها نگاه کرد و یه ذره نگاه خودشو اون‌رو نتونس برای تسکین دل من جا بذاره. حالا او خاک شده و اینا همونجور سرجاشونن. ای تف برین دنیا.»

از این خیال سوزشی در نوک دماغش حس کرد. آهسته و با احتیاط پدرانه‌ای، مثل اینکه بخواهد سودابه را ناز بکشد یا او را از خواب بیدار کند پچ‌پچه کرد.

«راسو جون بیداری؟»

راسو مدتی پیش از او بیدار بود. او هم روی تشکچه خودش پائین پای او روکف اتاق چنبره زده بود و نیمی از زیرگلوی سفیدش را یک وری بیرون انداخته بود و خودش را به خواب زده بود. بودن سید حسن‌خان در اتاق برای راسو آرامش و دلگرمی بود. او خیلی خوب می‌فهمید که یک موجوددیگر توی اتاق روی تختخواب خوابیده است. صدای نفس‌هایش را یکی یکی می‌شنید و خودش را نیازمند نوازش‌های او می‌دید. دلش می‌خواست بوی گرم و زنده دست او را که بوئی غیراز بوی خوردنی، ولی لذتی شبیه به آن داشت، از نزدیک بشنود. این بو هم او را جور دیگر سیر می‌کرد.

همان موقعی که سید حسن‌خان به عکس گل اندام نگاه می‌کرد و به سودابه فکر می‌کرد، راسو به انتظار شنیدن صدای پرمحبت، وگوش نواز او چشمانش را به هم می‌زد و سراپا گوش بود. ازگوشه چشم به طرف تختخواب نگاه می‌کرد و منتظر بود که او را صدا کند. برای همین بود که تا پچ‌پچه اسم خودش را شنید به یک خیز از روی تشکچه پا شد و آمد روی فرش. اول کش و قوس رفت؛ روی دو دست بلند خود فشاری آورد و روی دو پایش خوابید. بعد پاهایش را از عقب دراز کرد و به آنها هم فشاری داد و دهن دره‌ای کرد و صدای

نازکی مثل اینکه حظی برده باشد از بیخ گلویش بیرون آمد. بعد زبان پشت گلیش را به دور پوزه‌اش چرخاند و یک سر رفت بغل تختخواب و سرش را برای نوازش دست‌های او روی تشک گذاشت و روی دو پایش نشست.

سید حسن‌خان دست کرخت و بی‌حسش را که انگشتانش به زحمت تا می‌شد، به سر او گذاشت و نوازشش کرد. از احساس پوزه تر و سردش حظ شدیدی، مثل یک حظ شهوانی درش پیدا شد. چشمانش را که به سقف و هنوز روی عکس گل اندام افتاده بود آهسته و با لذت بهم گذاشت.

آناً بدن نحیف و مهتابی سودابه پیشش مجسم شد. عیناً همان‌طور که او را همیشه در رختخواب دیده بود ولی دستش بی‌اراده مثل یک عادت، با یک عکس‌العمل با پوزه راسو ور می‌رفت. آنرا فشار می‌داد و انگشتانش را جلو سوراخ‌های بینی او می‌برد و نفس گرم نمناکش را حس می‌کرد. موهای نرم مخملیش را نوازش می‌داد. راسو هم لب‌های گوشتالودش را بی‌شرم و ناز به اختیار نوازش او گذاشته بود. بعد مثل اینکه قانع شده باشد پوزه‌اش را ول داد و با حرکت سریعی گوشش را گرفت. زیر بناگوشش غضروف کوچک برآمده‌ای بود که زیر دستش لیز می‌خورد. همیشه از بازی کردن با این غضروف خوشش می‌آمد. همان‌دم آن را پیدا کرد. راسو آب دهنش را قورت می‌داد و دمش را با کیف روی فرش می‌زد.

«لاسی جون، لوسی جون من، شگ‌شگ من، تو شگی یا آدمی؟ از آدم بهتری؟ بارک‌الله؛ چه خوب کردی که آدم نشدی. اگه آدم شده بودی هرگز اینجا جات نبود... می‌دونم گشنه‌ای. ای دله سیاه سگ. کیفت دیر شده حیوونکی؟ حالا پا میشم. ناشتائی می‌خوریم، تریاک

می‌کشیم؛ دودت می‌دم...»

اینها را همان‌طور با چشمان بسته می‌گفت و نفس نفس می‌زد. با هرجمله‌ای که می‌گفت دستش را به یک هوا روی پوزه و گوش راسو می‌کشید. دلش تپ تپ می‌کرد.

«امان از دس این قلب. مثه اینکه روز به روز بدتر می‌شه. یه وخت دیدی وایساد. یعنی همچی روزی میاد؟»

اینها را پیش خودش خیال کرد، بعد گوش راسو را ول کرد. لحظه‌ای دستش از تختخواب آویزان شد و خودش مدتی در رختخواب بی‌حرکت ماند.

بعد آهسته با کمک دو دست توی رختخوابش نشست. کمرش بی‌حس بود و خستگی دردناکی اذیتش می‌کرد. همین که نشست قدری صبر کرد؛ و آن وقت یک ور شد و لب تختخواب نشست. پای راستش به کف اتاق رسید. ران بریده‌اش توی زیر شلوار چلوار سفیدش پنهان بود؛ و آنچه که از رانش باقی مانده بود افقی روی لبه تختخواب قرار گرفت. پاچه شلوار تا خورده و بهم چسبیده‌اش روی کف اتاق پهلوی پای راستش افتاده بود.

پاچه شلوارش را با دست بالا کشید و از پائین شروع به پیچیدن آن کرد. قدری که آنرا پیچید ولش کرد. چیزی از ران بریده‌اش نمایان نشد. بعد به کمک دو چوب بلوطی رنگی که چرم بالشتک‌های زیربغلش پوست پوستی شده بود و بالای تخت‌خوابش جا داشت، بلند شد و ایستاد. این یک جفت چوب زیر بغل را با یک پای تخته‌ای که کفش زرد نارنجی به پایش بود در مریض‌خانه «جی‌جی هاسپیتال» بمبئی وقتی که پایش را بریدند به او دادند. اما آن پا هنوز نو و در صندوقش گوشه انبار افتاده بود. او فقط یک بار و آنهم روز عروسیش

با سودابه آنرا بسته بود.

روی پای راستش ایستاد و با دو چوب زیر بغل تعادل خود را نگاه
داشت. قد بلند و شانه‌های بالا آمده و گردن تو رفته داشت. یک اخم
دائمی توی صورتش قالب گرفته بود. قیافه گریه‌آلودی داشت. گوشه
چپ لبش پائین کشیده شده بود مثل اینکه بخواهد گریه کند. پایش
خشک و بی‌جان بود. خود را روی آن دو چوب و سینه پای راست
بلند کرد و به راه افتاد. تمام قوت خود را درین راه رفتن غیرطبیعی به
کار می‌برد.

این آدم ناقص‌الخلقه واخورده هم مثل تمام مردم در مقابل
احتیاجات طبیعی خودش زبون و بیچاره بود. او هم ناچار بود که به
تلافی و کفاره چند لقمه غذائی که می‌خورد مدت‌ها تو مستراح بدبو
و دخمه مانند خانه خود بنشیند و بوی گند بالا بکشد. مجبور بود که
به کمک چوب زیر بغل کوتاهی که همیشه گوشه مستراح تکیه داده
بود، روی یک پا بنشیند و بوی گند بالا بکشد. مجبور بود که به کمک
چوب زیر بغل کوتاهی که همیشه گوشه مستراح تکیه داده بود، روی
یک پا بنشیند و با عجز و انکسار مثل فانوس چین بشود و نفس نفس
بزند و آنچه را که با لذت و حرص خورده بود با اکراه پس بدهد. این از
قیودی بود که او را پیش خودش کوچک می‌کرد. اما در اینجا، در
چاهک مستراح خانه‌اش موش بزرگ بوری بود با چشمان کهربائی و
پوزه و سبیل دراز که سال‌ها بود او را همانجا دیده بود. این موش او را
مشغول می‌کرد. اما از این معاشر تحمیلی خوشش نمی‌آمد. یک روز
به خیالش رسید که او را مرگ موش بدهد. اما به نظرش آمد که اول
باید خودش بخورد تا بتواند موش را مسموم کند. از فکر مسخره
خودش خنده‌اش گرفته بود.

او را می‌دید که دزدانه و با ترس پوزه درازش را در مدفوع او فرو می‌برد و با قیافه تقصیرکار و گدامنشی از آن می‌خورد و سبیلش را حرکت می‌داد. ترس از وجود یک جاندار دیگر که از خودش بزرگتر بود او را برآن می‌داشت که پی در پی از بالای چشم به سید حسن‌خان نگاه کند مثل اینکه مرتکب جنایتی شده باشد.

اینهم مخلوقی بود که درست مثل انسان با ترس و لرز از خوان نعمت بی‌دریغ پروردگار خود متمتع می‌شد. اما او مثل آدم روزی‌رسان خود را نمی‌شناخت و او را سپاس و ستایش هم نمی‌کرد. شاید از این حیث اقلا از آدم خوشبخت‌تر بود. این موش منفور برای به دست آوردن روزی خود کار هم نمی‌کرد. انگل بود؛ اما پولی هم نداشت که تنزیل بدهد.

این موش ساعت‌ها توی سوراخ عقب چاهک مستراح چرت می‌زد و بچه‌های خودش را می‌لیسید و هر روز سر موقع رزقش کف دستش بود. سید حسن‌خان با دلچرکی و اخم به او نگاه می‌کرد و برایش غصه می‌خورد و در دلش از او خجالت می‌کشید. اما موش ابداً از افکار و دلسوزی‌های سید حسن‌خان اطلاع نداشت. بلکه با لذت و اشتها شکمش را از آنچه که برایش می‌رسید می‌انباشت.

وقتی که به ارسی برگشت تازه آفتاب از پشت شیشه‌های رنگین درها روی فرش افتاده بود و نقش رنگ و رو رفته آن را جلائی داده بود. توی شاه‌نشین بساط ناشتائی و منقل و وافور آماده بود. یک جفت قوری شلغمی فیروزه‌ای رنگ «گردنر»، مثل دو دختر دوقلو توی منقل هشتی برنجی کنار هم نشسته بودند. یک سینی بزرگ «نوربلین» که تویش دو جور مربا و نان روغنی و کره و پنیر بود، کنار منقل روی سفره چرمی دیده می‌شد. توی سینی دیگر، یک وافور

بلند که توی کیسه ترمه بته جقه‌ای پیچیده شده بود و یک نعلبکی پر از تریاک که تماماً به یک اندازه حب شده بودند و یک چای‌دان زمردی صورت شاهی کنار منتقل گذاشته شده بود. اینها را همه دده یاسمن، پاک و پاکیزه فراهم آورده بود و این کار هر روزش بود. دده یاسمن خیلی غم سید حسن‌خان را می‌خورد.

وقتی که سید حسن‌خان آمد تو، راسو وسط ارسی تو نورهای مینیاتوری شیشه‌های رنگارنگ خوابیده بود و داشت خودش را می‌لیسید. اما تا سید حسن‌خان پشت بساط وافور نشست، راسو هم مثل اینکه مدتها در انتظار او باشد، بلند شد و کش و قوسی کرد و رفت نزدیک منقل؛ و به فاصله کمی که حرارت آتش را به خوبی حس می‌کرد دراز کشید و دستهایش را به جلو دراز کرد و آنها را روی هم برگرداند و با گردن شق و گوش‌های تیز به منقل نگاه می‌کرد. عکس دو قوری فیروزه‌ای و گل‌های آتش توی چشمانش افتاده بود.

سید حسن‌خان با تأنی و از روی فرصت انگشتان باریک مفصل درآمده و زرچوبه‌ای رنگش را روی آتش گرفت و بعد دست‌هایش را بهم مالید. حرارت آتش که به صورتش رسید گرمی و نشاط پرکیفی در خود حس کرد. هرم آتش حالش را کمی به جا آورد. او در کار خود تعجیلی نداشت. می‌خواست با آسودگی و دل راحت کارش را انجام بدهد؛ و یقین داشت که کسی نیست که او را از کارش باز بدارد. رو· دو تکه نان روغنی کره مالید و گذاشت جلو راسو و گفت «بخور حیوونکی.» راسو هم نان‌ها را یکی یکی از توی بشقاب با دهن برداشته و میان دو دستش گرفت و با نزاکت خانمانه‌ای کوروچ کوروچ شروع به خوردن کرد.

راسو دودی بود و از اینرو با حیوانات دیگر فرق فراوان داشت.

چونکه این احتیاج انسانی از آنها زیادی داشت و همین احتیاج اضافی او را به انسان خیلی نزدیک کرده بود. دود تریاک برایش احتیاجی بود که تأثیر مستقیم و فوری روی اعصابش داشت و سربار احتیاجات دیگرش شده بود. هنگامی که از دود تریاک سرمست می‌شد، هر احتیاج دیگری که داشت از یادش می‌رفت. او چنان اسیر این کیف شده بود که هیچ‌گونه مقاومت در برابر آن برایش میسر نبود. اگر کیفش دیر می‌شد، بی‌آنکه خودش بداند که چه باکش است و باید چکار کند تا راحت بشود، لخت و مرده‌وار رو زمین می‌افتاد و چشمانش را با عصبانیت به هم می‌زد و دم خود را روی فرش می‌کوبید و زبان سمباده مانندش را به دور دماغش می‌چرخانید و گاهی از حال می‌رفت و حالت تهوع به او دست می‌داد و سرفه خشک می‌کرد.

بوی تریاک که بلند شد راسو خود به خود به پهلو افتاد و دست و پایش را درازکرد و کش و قوسی رفت. سنگینی و خنکی دود را روی بینی مرطوب خود، حس کرده بود. چشمانش را بست و چندبار زبان ماست و لبوئی رنگش را بیرون آورد و دودها را بلعید. بیهوشی و لذت شیرینی در خود دید، لذتی که از غذا خوردن برایش دل‌چسب‌تر بود. سید حسن‌خان ازکیف او لذت می‌برد و مرتب دود را به طرفش سر می‌داد و از این هم منقل بی‌آزار خیلی خوشش می‌آمد. راسو هم با نفس‌های عمیق دودها را می‌بلعید و به صدای آشنای جز جز تریاک گوش می‌داد و هردود تازه‌ای که به طرفش هُل می‌خورد آن را بالا می‌کشید.

کیف تریاک سید حسن‌خان را به عالم دیگر می‌برد و زندگی یک نواخت او را تنوعی می‌داد، آن‌گونه زندگی تاریک و سرپوشیده‌ای که

پیمودن آن مثل یک راه‌پیمائی ممتد درگندابی بودکه تا زیرگلوی آدم سوسمار و قورباغه و مار آبی وول بزند.

سید حسن‌خان آخرین فرد خانواده بزرگی بودکه به مردن او دیگر کسی در آن خانواده باقی نمی‌ماند و خانواده منقرض می‌شد. سال وبائی که خودش در هندوستان بود وبا خانه آنها را جاروکرد و هوکه را که بود کشت. بعد از چند سال که او برگشت، خانه را از آدم خالی دید، فقط دده یاسمن بودکه هنوز سرو مروگنده راه می‌رفت و بگذار و وردار می‌کرد. هنوز لباس‌های خواهر و برادرهایش تو صندوق‌خانه توی یخدان‌های متعدد رویهم تپیده بودند. هنوز آن قالیچه عکسی که خواهرش به دار انداخته بود نیمه کاره از دار آویزان بود.

تا با سودابه عروسی نکرده بود حالت دیوانه‌ها را داشت. اما عشق سودابه زندگیش را عوض کرد و علاقه و انس او را به زندگی تازه‌کرد. عشق سودابه داغ بزرگ خانوادگیش را از دلش برداشت؛ اما هنوز سه ماه نگذشته بودکه سودابه خناق گرفت و مرد و تمام دل او را داغ گرفت.

این ضربت سید حسن‌خان را از پا درآورد. مرگ سودابه که جلو چشم خودش اتفاق افتاده بود و او با دست‌های خودش چشم‌های او را بسته بود دلش را از جاکند و به ناچار برای فراموشی چنان مصیبتی دست به دامان تریاک و عرق زد. هرچند قلبش خیلی ضعیف بود و هردوی آنها برایش مثل سم بودند ولی تریاک و عرق او را مشغول می‌کرد. در تمام مدتی که بیدار بودکیف تریاک او را در حالتی میان بیهوشی و بیداری نگاه می‌داشت. همه‌چیز را می‌دید ولی چیزی حس نمی‌کرد. آن وقت بودکه حتی نسبت به راسو هم بی‌اعتنا می‌شد. کیف تریاک اراده‌اش را ازش می‌گرفت و نه مانده خاطراتش را

خواب می‌کرد. وقتی که وافور را به زمین می‌گذاشت و به مخده لم می‌داد، بدنش از بی‌حسی مثل آن بود که سالها زیر فشار سنگ مانده بود و قدرت حرکت نداشت. گاه می‌شد که به قدری تریاک می‌کشید که تمام روز بیهوش مثل مرده تو شاه‌نسینِ اُرسی می‌افتاد.

وقتی که دده یاسمن برای جمع کردن اسباب چای داخل اتاق شد، هوا یک‌پارچه دود شده بود. سید حسن‌خان تو شاه‌نشین، روی تشکچه به پشتی لم داده بود و چشمانش مثل چشمان بیماری جان به‌سر، گشاد و بی‌حالت به طاق افتاده بود و نای حرکت را نداشت. مثل این بود که مدت‌ها پیش مرده بود و مچاله شده بود، دست‌هایش زیر بدنش ستون شده بود. صورتش رنگ موم گرفته بود. راسو هم برابرش، مثل اینکه مرده و خشک شده باشد، همانطور با دست و پای کشیده به پهلو خوابیده بود و هیچ حرکت نمی‌کرد. به نظر می‌رسید که هیچ کدام زنده نیستند.

اما هردو زنده بودند و سید حسن‌خان همه چیز را می‌دید. اما حال اینکه حتی پلک چشمانش را از روی اراده به هم بزند نداشت. گاهی که پلک‌هایش می‌افتاد و چشمانش مرده‌وار نیمه‌باز و بی‌حالت می‌ماند توانائی بالاکشیدن آنها را نداشت. مغزش باد کرده بود و از داخل به دیوار جمجمه‌اش فشار می‌آورد. بدنش مور مور می‌کرد. قدرت هرکار و هر خیال ازش سلب شده بود. راسو هم همان‌طور که به پهلو افتاده بود، گاهگاه با چشمان بسته و قیافه خواب‌زده، زبانش را به دور دهن می‌چرخاند و آب دهنش را قورت می‌داد و آه‌های خفه‌ی صدادار می‌کشید.

دده یاسمن چشم دیدن راسو را نداشت و اگر دستش می‌رسید با دست خودش خفه‌اش می‌کرد. چونکه می‌دید تمام زحماتی که او

می‌کشید راحتش را راسو می‌برد. هرچه گوشت لخم تو سفره بود مال راسو بود. هـرجـا کـه از آن راحت‌تـر نبـود راسـو مـی‌خوابیـد. سیـد حسن‌خان اول برای راسو غذا می‌کشید بعد خودش می‌خورد. دده یاسمن وقتی که می‌دید راسو تو شاه‌نشین جاخوش کرده و از دود تریاک کیفور شده و از طرف دیگر به خودش نگاه می‌کرد و می‌دید که عمری زحمت کشیده و حالا روزگارش از یک سگ هم کمتر است، از غصه و حرص آتش می‌گرفت و مـی‌خواست از سـوز بترکد. نفـس کشیدن و راحتی راسو را چنان با رشک و خشم نگاه می‌کرد که دلش می‌خواست با پا محکم بزند روی دلش و جابجا خلاصش کند. بعضی وقت‌ها که از پشت درگوش می‌ایستاد و قربان صدقه‌های اربابش را به راسو می‌شنید، از حرص و جوش لب‌هاش را گاز می‌گرفت. اما چاره نداشت.

امشب شب سوم بود که سید حسن‌خان از دست راسو بی‌خوابی می‌کشید. سگی که زندگی مرتب داشت و به هیچ‌وجه اسباب زحمت نبود سه شب بود که خواب به چشمش نرفته بود و از چشم صاحب خود نیز خواب ربوده بود. امشب هم مثل دیشب و پریشب مرتب با در اتاق‌ور می‌رفت و با ناخن آنرا می‌خراشید.

می‌خواست بیرون برود، ولی چون در بسته بود هر دم ناامید به تختخواب سید حسن خان نزدیک می‌شد و با قیافه التماس‌آمیز و منتظر به او نگاه می‌کرد و سر و دمش را برای او تکان می‌داد و از او می‌خواست که پا شود و در را برایش بازکند تا بیرون برود.

تاریکی سنگینی فضای اتاق را فراگرفته بـود. سیـد حسن‌خان طاق‌باز خوابیده بود و با چشمان زُک به سقف نگاه می‌کرد. او علت بی‌تابی راسو را به خوبی می‌دانست، امـا جـرأت بـاور کردن آن را

نداشت. نمی خواست ونمی تونست باورکند که راسوی عزیز دُردانه‌اش مست شده و برای رسیدن به سگ نر در تب و تاب است. می دانست که راسو تلاش می‌کند بیرون برود تا با سگ‌های تو کوچه معاشقه کند.

این حقیقت دردناک و رشک‌آور او را شکنجه می داد؛ زیرا چنان به راسو علاقه داشت که راضی نمی‌شد محبت و احتیاج او به کس دیگر به غیر از خود او باشد. او پیش خود حل کرده بود که راسو باید هرچه بخواهد از او بخواهد، نه از غیر. به چشم او راسو سگ نبود که احتیاجات سگی داشته باشد، بلکه دخترک باهوش و باعاطفه‌ای بود، که خوشبختانه به صورت سگی درآمده بود و رفیق زندگی او شده بود. در دنیا دلش را فقط به راسو خوش کرده بود که او هم داشت از دستش در می‌گرفت. رقیب‌های صلاحیت‌دارتری او را از راه در برده بودند و کار سید حسن‌خان به جای بن‌بستی کشیده بود.

راسو را آهسته و سرزنش‌آمیز صدا کرد.

«راسوی من. دخترک خوشگل من، تو چقده بی‌وفا هسّی؟ مگه تو آدمی؟ تو که آدم نبودی، از کی تا حالا آدم شدی؟»

راسو که در این موقع مؤدب و منتظر نزدیک تختخواب او نشسته بود، فوراً بلند شد و پیش او رفت و سرش را به عادت همیشه روی تشک گذاشت. سید حسن‌خان به خود زحمت داد و به پهلو خوابید و گوش او را در دست گرفت و دوباره آهسته و دردناک گفت:

«دخترک من!»

راسو دهنش را باز کرد و نوک زبان را به دور بینیش چرخانید. بعد سرش را از روی تشک برداشت و دست سید حسن‌خان را لیسید. آنگاه ساکت و غم‌انگیز همانجا نشست و در تاریکی به سید حسن‌خان نگاه کرد.

گرمی بدن راسو و زنده بودن پوست و موی او و از اینکه دیگر دل
او به جای دیگر بند است او را چنان دل‌غشه داد که نوک بینیش
سوخت و سنگینی ورقه نازک اشکی سوزان و گرم را توی چشمانش
حس کرد. لرزش اشک، تاریکی نفوذناپذیر شب را جلو چشمش به
رقص درآورد و در آن تاریکی لرزان چشمان درخشان و آشنای راسو
مثل دو تا شمع کم نور که در ته چاهی منعکس شده باشد جلوش
سوسو می‌زد.

«بیا جلو زبون بسه. تو هم مثه آدم بیچاره شهوت هسی؟ این ادها
برای آدمای متمدن که می‌خوان تخم و ترکه‌شون تو دنیا بمونه و
ارثشونو بخوره خوبه؛ تو بچه می‌خوای چکنی؟ بچه‌های تو فردا زیر
بازارچه‌ها و سر زباله‌دونی‌ها، هنوز چشماشون وانشده که بچه‌های تو
کوچه بند گردنشون می‌بندن و رو زمین دنبال خودشون میکشنشون.
مگه من خودتو رو کجا پیدا کردم؟ تازه اگه بچه‌هات بزرگم بشن جلو
دکون‌های قصابی اونقده لگد تو پهلوشون می‌زنن که خون قی می‌کنن.
راسّی که ستم و بیدادگری خالق تو اندازه نداره... اما من، منکه خودم
همیشه از انس و دلبستگی فرار می‌کردم حالا می‌بینم که از هر چی
ترسیدم بهش رسیدم. تو هم خیلی در حق من مرحمت کردی که تا
حالا باهام زندگی کردی. اگه تو نبودی کی بود که با من سر کنه؟ مثه
اینکه من نفرین شده هسّم. مرا مادر دعا کرده است گوئی، که از تو دور
بادا هرچه جوئی. اگه من اقبال داشتم که سودابه به اون نازنینی از
دسّم نمی‌رفت. اگه من اقبال داشتم چرا پامو می‌بریدن؟ اگه من اقبال
داشتم تو این دنیای گل و گشاد دلم را به تو تنها خوش نمی‌کردم که تو
هم سربدر بشی و فیلت یاد هندسون کنه.»

برآمدگی لغزنده بناگوش راسو زیر انگشتان کم قوت او و سر

می‌خورد و بالا و پائین می‌رفت و گاه می‌شد که اصلاً جای آنرا گم می‌کرد. حالا دیگر راسو دو چندان در نظرش عزیز شده بود. خیال دوری راسو و تنهائی آینده‌اش او را شکنجه می‌داد. لحظه‌ای به فکر خودکشی افتاد دید یک سگ هم از زندگی کردن با او امتناع دارد. پیش خودش خیلی کوچک و حقیر شده بود. اما از این خیال وحشت کرد و ناگهان بوی تند کلرفرومی که در بیمارستان «جی جی هاسپیتال» بمبئی هنگامی که می‌خواستند پایش را ببرند به دماغش زده بودند شنید. سرش گیج رفت و فشردگی و درهم رفتگی دردناکی در خود حس کرد.

چند فشار پشت سر هم به گوش راسو داد و جای دستش را عوض کرد و پوزه‌اش را گرفت.

«می‌خوام بدونم که تو، تو عالم حیوونی خودت این مدت دستگیرت نشده که از من بدبخت‌تر و بی‌کس‌تر تو این دنیا کسی نیس؟»

صدای زوزه پی در پی چند سگ مثل ناله ممتدی که از زور سرما باشد از خارج شنیده شد. آهنگ آرزومند و التماس‌کننده‌ای بود که از راه دور پوزه راسو را از دست سید حسن‌خان فراری داد و متوجه در ساخت. راسو به یک حرکت که تا آن وقت سید حسن‌خان نظیرش را ندیده بود به سوی در دوید. صدای خراش ناخنش که روی در می‌کشید مثل صدای چاقوئی که روی چینی شکسته بکشند، برای سید حسن‌خان چندش‌آور بود.

«راسو! راسو!»

سید حسن‌خان او را نهیب زد.

اما راسو توی آستانه دراز کشیده بود و پوزه‌اش را به درز در گذاشته

بود و بو می‌کشید. شاید برای اولین‌بار فرمان او را نشنیده گرفته بود. سیدحسن‌خان پیش خودش خجل شد. به‌نظرش رسید که سقف اتاق رویش فرو ریخت و سنگینی خفه‌کننده‌ای روی سینه‌اش فشار آورد.

«من نباید حیوونو اذیتش کنم. او هم مثه همه آدما شهوت داره. اینم کم‌کم داره آدم میشه... اما دیگه به کار من نمی‌خوره. وختی که آلوده شد و لذت نر چشید و شکمش بالا اومد دیگه نمی‌تونه منو مشغول کنه. اما این انصاف هم نیس که زبون بسّه‌رو حبسش کنم. تو خودت مگه یادت رفته برای خاطر سودابه چه زحمت‌ها کشیدی و چه خون دلها که خوردی؟ تا تو باشی و دیگه به کسی دل نبندی تا چشمت کورشه.»

آن شب نخوابید و تمام شب را با چرت‌های کوتاه بریده بریده به سحر رسانید و دَم دَم‌های سحر بود که از جایش بلند شد. تصمیم خودش را گرفته بود.

این برخاستن شبانه برایش غیرعادی و تحمیلی بود. چوب‌های زیر بغلش را از بالای تختخواب برداشت و به کمک آنها راست ایستاد. بعد پوستینش را هم از پایین تشک برداشت و روی دوشش انداخت. سپس فشاری به چوب‌ها داد و روی آنها بلند شد و با سینه پای راستش کمی آن طرف‌تر پائین آمد. راسو جست و خیزی کرد و جلوش به رقاصی پرداخت.

از پله‌های عمارت که پائین آمد و به باغ رسید قلبش تو سینه‌اش می‌کوفت. سال‌ها بود که مانند آن شب تند و از روی اجبار راه نرفته بود و تکلیف به آن شاقی را انجام نداده بود. سال‌ها بود که حس وظیفه را در خود کشته بود و به سختی از آن بیزار بود. او همیشه از هرچه به وی تکلیف و وظیفه می‌داد فرار می‌کرد و چنان از آن گریزان

بود که جن و بسم‌الله.

روی پله‌ها نشست و چوب‌هایش را پهلویش گذاشت. قلبش سخت می‌زد و مثل پرنده‌ای وحشی که هنوز به هوای قفس آموخته نشده باشد از تو به دیوار دنده‌هایش می‌خورد و صدای طبلی که پوستش نم کشیده باشد از خود درمی‌آورد. گوشه لب‌هایش پائین کشیده شده‌بود. هنوز هم همان اخم دائمی توی صورتش قالب‌گرفته بود.

باران ریز و تندی از ابرهای خاکستری پائیز می‌بارید. صدای مرموز و یکنواخت چکه‌های ریز باران که روی برگ‌های خشک چنار و انبوه سوزن‌های سرسبز کاج می‌خورد هراس مالیخولیائی شگرفی درون او پدید آورده بود. صدای تپ تپ بال و قار قار خفه کلاغ‌ها که باران آنها را از جایگاهشان گریزانده بود به‌گوشش می‌رسید. اما او نه به سردی قطره‌های بارانی که به سر و رویش می‌خورد و نه به صدای نامأنوس کلاغ‌ها، به هیچ‌کدام توجه نداشت. حواسش فقط متوجه یک جا بود. تنها به یک جا و یک چیز. فقط به در باغ که رو به رویش زیر برگ‌های خفه پاپیتال پنهان شده بود و به صدای زوزه سگ‌های پشت آن.

صدای تپش قلبش با صدای ریزش باران و پرپر زدن و غار و غار کلاغ‌ها و صدای شب و زوزه سگ‌ها در خاطرش آهنگ ناهنجاری برپا داشته بود. درین میان دید که راسو هم پهلویش نبود.

از روی پله‌ها بلند شد و با شتاب به سوی در باغ به راه افتاد. همچنان روی دو چوب خود بلند می‌شد و چند ثانیه در هوا چرخ می‌خورد و جلو می‌رفت. قدش بلند و خمیده بود. هیکلی تاریک‌تر از شب فضای تیره را می‌شکافت و پیش می‌رفت. یکنواخت و معذب راه می‌رفت و صدای خشک ریگ‌های کف باغ زیر چوب‌هایش خش خش می‌کرد. آستین‌های پوستینش که سر دست آنها ریشه ریشه‌ای و

مثل گردن بریده بود که خون ازش می‌چکید، این‌طرف و آن‌طرف در فضا تکان می‌خورد. پیش خودش خیال کرد:

«آیا واقعاً آدم ناقص‌الخلقه بیشتر به مرده‌ها نزدیک‌تر نیست تا به زنده‌ها؟ من نیمه راه مرگ را رفته‌ام و نیمه دیگر باقی مانده.»

راسو رو زمین گل‌آلود باغ خوابیده بود و پوزه‌اش را به درز در بزرگ باغ چسبانده بود و بو می‌کشید. صدای خورخور و ناله جویده جویده چند سگ دیگر از پشت در بلند بود. سید حسن‌خان که برای باز کردن کلون به در نزدیک شد، راسو بلند شد و جستی زد و عقب ایستاد. کوچک‌ترین اعتنائی به او نشد و نوازشی ندید؛ اما او هم تمام حواسش پیش سگ‌های پشت در بود. مثل گربه‌ای که منتظر باز شدن در تله موش باشد باگوش‌های تیز و قیافه متعجب به در باغ خیره شده بود و پشت سر هم دمش را تکان می‌داد. منتظر بود در باز شود و آنچه را که تا آن وقت نمی‌دانست چیست ببیند.

اما در دیرتر از آنچه راسو منتظر بود باز شد، چون که انگشتان لاغر و بی‌توان سید حسن‌خان به باز کردن آن آموخته نبود. زوزه سگ‌ها درین موقع به دندان غرچه‌های خشمناک و خور خورهای ترسناک مبدل شده بود. آنها درهم افتاده بودند و روی زمین می‌غلتیدند و همدیگر را گاز می‌گرفتند.

ناگهان فشار سختی که تحمل آن برای سید حسن‌خان دشوار بود به در وارد آمد. چند سگ به در بسته حمله‌ور شده بودند. صدای زوزه دردناک یکی از آنها که از پا درآمده بود و صدایش رفته رفته دور می‌شد به گوش می‌رسید. سید حسن‌خان تمام سنگینی بدنش را روی در انداخته بود و به آن زور می‌آورد. یکی از چوب‌هایش به زمین افتاد. بدنش می‌لرزید و نفسش به تنگی افتاده بود. با کوششی که در

زندگیش نظیر آن را به یاد نداشت، با یک پا و یک چوب تعادل خود را حفظ کرده بود و بازهم به در فشار می‌آورد.

ناگهان سگ‌های پشت در ساکت شدند. سید حسن‌خان قدری مکث کرد و چون صدای آنها قطع شده بود دستپاچه شد. خیال کرد سگ‌ها بوی او را شنیده و فرار کرده بودند. برای همین روی چوب خود فشار آورد و تکیه‌اش را به آن داد، با احتیاط و آهسته لای در را بازکرد. فضای تاریک کوچه باغی با تاریکی نفوذناپذیر فضای باغ بهم راه یافت و قاتی شد. ناگهان اول پوزه و بعد سر و کله یک سگ گنده با چشمان براق و بی‌حیا و مغرور و نترس از لای در تو آمد و به داخل باغ سرک کشید. سید حسن‌خان دلش قرص شد؛مثل آنکه بخواهد ببری را به‌دام بکشد خودش را پشت لنگه در قایم کرد و لای در را اندکی بازکرد. سگ غریبه بی‌آنکه به او اعتنا کند گوش‌هایش را تیز کرد و خودش را به یک خیز به راسو رسانید. هنوز سر و کله سگ دومی از لای در تو نیامده بود که سید حسن‌خان به چابکی کودکانه‌ای در را قایم بهم زد و کلونش را انداخت. او فقط یکی می‌خواست و همان یکی را هم به دام انداخته بود.

صدای ریزش شلاق کش و چسبیده چکه‌های باران روی شاخه‌های کاج و برگ‌های خشک چنار مثل صدای چراغ پریموس کشیده و منگ‌کننده بود. نیروی سید حسن‌خان تمام شده بود. قلبش غیرطبیعی و تند می‌زد و درد شدیدی در آن حس می‌کرد. بدنش خیس عرق شده بود و سوزن سوزنی می‌شد. بی‌اراده توی درگاه نشست و به در باغ تکیه زد.

ضربت این گذشت برایش غیرقابل تحمل بود. اما ته دلش راضی بود. دیگر مسئولیتی در خودش نمی‌دید. کارش را تا آخر انجام داده

بود. ولی از تنبلی و سستی جسم خود در عذاب بود. تپش قلب آزارش می‌داد نفس تاگلویش می‌رسید و در همانجا فرو می‌رفت و بالا نمی‌آمد. ترس مرگباری در خودش حس می‌کرد. بازهم همان بوی کلرفرمی که در بیمارستان «جی جی هاسپیتال» بمبئی شنیده بود به دماغش خورد. در آنجا که نشسته بود یک سنگ نوک تیز زیرش بود و جایش را ناراحت‌تر کرده بود اما هرچه کوشش کرد که جای خود را عوض کند نتوانست. سنگ نوک‌تیز همانطور زیرش بود و آزارش می‌داد و او توان تکان خوردن نداشت.

صبح دمیده بود، اما باران به همان شدت سحر می‌بارید. آسمان سخت گرفته بود. حالا دیگر درخشش ریگ‌های کف باغ در هوای گرگ و میش بامداد دیده می‌شد. سطح حوض مثل دیگ آب‌جوش غلغل می‌جوشید و دانه‌های فراوان باران را می‌بلعید. کلاغ‌ها به پرواز در آمده بودند و صدایشان بازتر و گوش‌خراش‌تر شده بود. صدای کشِش حی علی خیرالعمل خواب‌آلود و خفه‌ای از دور به‌گوش می‌رسید.

سید حسن‌خان پشت در باغ در خودش مچاله شده بود و بدنش خیس باران شده بود و سرش روی سینه‌اش افتاده بود و صورتش دیده نمی‌شد. جلوش در دو قدمی، راسو گل‌آلود با قیافه کتک خورده و قابل ترحم با سگ غریبه ته به ته به هم قفل شده بودند و از بودن یک آدمیزاد مچاله شده در دو قدمی خودشان هیچگونه شرم و خجالتی نداشتند.

مسیو الیاس

آمیرزا محمودخان سالهاست که در وزارت مالیه خدمت می‌کند و امانت و درستکاریش را همه همکارانش تصدیق دارند. وقتی که شوستر به ایران آمد این آقا سال‌ها بود در ادارت مختلف مالیه استخوان خرد کرده بود و پیر دیر شده بود. هنوز هم که صحبتش گل می‌کند و از صاحب‌منصبان قدیمی این وزارتخانه صحبت می‌شود شوستر را از همه کاردان‌تر و بی‌غرض‌تر و دایه مهربان‌تر از مادر می‌داند و از رفتنش افسوس‌ها می‌خورد.

بینی و بین‌الله خود آمیرزا محمودخان هم آدم کاری و سربشوی است. از انبارداری و مباشری و صندوق‌داری و حسابداری گرفته، تا ریاست محاسبات و پیشکاری مالیه را همه در موقع خود با کمال امانت و درستکاری انجام داده و یک لکه سیاه تو پرونده‌اش نیست و اگر خدا قسمت کند و بخت یاری کند و اخلاقتان جور بیاید که با او رفیق شش دانگ بشوید و در خانه‌اش درک حضور او را کنید، یک کیف چرمی رنگ و رو رفته به چه گندگی پر از تقدیرنامه و رضایت‌نامه و احکام انتقالی و تغییر مأموریت و حکم اضافه حقوق و ترفیع رتبه و چه و چه به امضای وزرای مختلفه که هرکدام در موقع خود سرکار آمده و چون آب روان این مالیه‌چی پیر را مثل ریگ ته جو گذاشته و

گذاشته‌اند جلوتان پخش می‌کند. ولی باید بدانید که اگر شاهرگش را هم بزنید از یکی از آن کاغذ پاره‌ها نخواهد گذشت. این آدم این جوری است چکارش می‌شود کرد.

این آمیرزا محمودخان ما خیلی نقل‌ها دارد که اگر انشاءالله فرصت شد در موقع خودش همه را برایتان تعریف می‌کنم. حالا در اینجا فقط می‌پردازیم به شرح شمه‌ای از اخلاق معمولی و خوی جبلّی او که می‌توان گفت میان همقطاران خودش و شاید بین تمام مردم دیگر کمتر کسی چنین اخلاقی داشته؟

آدم به این خوبی و سر به راهی یک عیب بزرگ داشت که اطرافیانش به همین علت ازش فراری بودند. زنش بیچاره و دخترهایش از زندگی بیزار شده بودند. این آقا در تمام مدت بیست و چهار ساعت برای مردم غصه می‌خورد و غصه خوردن بی‌جهت برایش یک عادت ثانوی شده بود. هرکس راکه می‌دید سر و وضعش خوب نیست یا خلقش تو هم است و یا اینکه اگر جزئی حسی می‌کرد که مثلاً وضع داخلی فلان آدم خوب نیست، فوراً قضیه را پیش خودش حلاجی می‌کرد و هزار دستک و دمبک به آن می‌بست. درین موقع وای به حال کسی که پرش به پر او می‌گرفت. اگر در خانه بود قهر می‌کرد. غذا نمی‌خورد. دعوا می‌کرد. هرچه دم دستش می‌آمد تو حیاط پرت می‌کرد که چه شده؟ فلان آدم بیچاره است. فلان رفیق اداری حقوقش کفافش را نمی‌دهد. هنوز عبدالله خان پیشخدمت نتوانسته است یک دانه هلو رو زن و بچه‌اش تو ببرد. فلان پیرزن در دکان نانوائی غش کرده. یک آدم وافوری از زور بی‌تریاکی کنار کوچه ضعف کرده و پاهایش را رو به قبله کرده‌اند. یک عمله تو یکی از قناتهای نازی‌آباد زیر آوار رفته و معلوم نیست کی از زن و بچه‌اش نگاهداری خواهد کرد. کلفت فلان رفیق اداری که آب و رنگی داشته

گول یک خاله چادری را خورده و رفته شهرنو. سگ‌های زبان بسته را این مأمورین خدانشناس بلدیه تو کوچه‌ها سم می‌دهند. ازین‌جور چیزها.

اینها و هزارها مثل این‌ها چیزهائی بود که هرکدامشان به تنهائی ساعت‌ها به این مالیه‌چی بیچاره که خودش از مال دنیا آه نداشت که با ناله سوداکند و از همه تنگدست‌تر بود، رنج و غصه می‌داد. از بس غصه مردمو را خورده بود یک نوع مالیخولیا بهم زده بود و مثل دوک لاغر شده بود. تو کوچه، تو اداره، تو سلمانی، تو حمام، تو مطب دکتر، هر دوست و آشنائی که به چنگش می‌افتاد بیخ خرش را می‌چسبید و آنقدر از بیچارگی و بدبختی مردم می‌نالید که سر طرف را می‌برد.

زنش دیگر بیچاره شده بود. شوخی نیست آدم بیست و پنج سال با یک سنخ گله و شکایت و آه و ناله و زنجموره و نق‌نق سر و کار داشته باشد. دو دختر نورسیده و ملوس داشت که همیشه پژمرده و غمگین بودند و پیش خودی و بیگانه از داشتن چنان پدر دل نازک و وراجی سر به زیر و شرمسار بودند.

آمیرزا محمودخان در منزل حاج علی محمّد عبافروش دو اتاق رو به قبله اجاره کرده بود که زمستان خوب و تابستان جهنمی داشت. این خانه پانزده شانزده اتاق داشت که گلین خانم از حاج علی محمّد عبافروش اجاره کرده بود و اتاقهایش را یکی یکی یا دوتا دوتا به اجاره اشخاص داده بود. تمام اتاق‌های این خانه به اجاره رفته بود مگر یک اتاق یک دری که گوشه حیاط بغل چاهک بو گندوئی بود و سه پله می‌خورد تا به کفش می‌رسید. این هُلُفدونی به قدری مرطوب بود که همیشه مثل سقف حمام از در و دیوارش آب می‌چکید. تمام بوی گند چاهک آن تو ول بود. نه برای زغال خوب بود نه برای هیزم. برای هیچ‌چیز خوب نبود. یک مشت پاره آجر و دوتا منقل اسقاط و یک خورده گچ مرطوب گوشه آن ریخته بود. حاج علی محمّد هرچه کرده

بود خودش را راضی کند و پولی از جگرش بکند و خرج تعمیرات آن بکند که نشد. برای همین هم بود که آن سوراخی همینطور افتاده بود و کسی آنجا را نمی‌گرفت.

گفتیم آمیرزا محمودخان با برو بچه‌هایش در آن خانه دوتا اتاق رو به قبله داشتند که تابستان سگی می‌گذراندند. اما روزهای زمستان وقتی که میرزا محمودخان غصه نداشت بخورد که خیلی کم اتفاق می‌افتاد پاهایش راتو آفتاب دراز می‌کرد و با صدای دو رگه‌اش آهسته مثنوی معنوی می‌خواند. آنوقت بود که دخترهایش ذوق می‌کردند و زنش نفس راحتی می‌کشید. این تنها تفریح آنها بود.

تنگ غروب یکی از روزهای خفه مرداد آمیرزا محمودخان دم در خانه ایستاده بود و به رفت و آمد مردم تماشا می‌کرد. رویهمرفته آن روز کیفور بود. چونکه جمعه بود و از صبح از خانه بیرون نرفته بود که موضوع تازه‌ای برای غصه خوردنش پیدا کند. دم در ایستاده بود و به لباس‌های رنگارنگ زن‌ها که خیابان را رنگ‌آمیزی کرده بودند نگاه می‌کرد. اینهم یک خوبی تابستان است که لباس نازک پوشیدن، زن‌ها را یک پله به برهنگی نزدیک می‌کند. زن‌ها و دخترها و بچه‌ها با لباس‌های رنگ و وارنگ می‌گذشتند و آمیرزا محمودخان از دیدن آنها لذت می‌برد. اما او هیچوقت خیال بد به دلش راه نمی‌داد. چونکه خودش دو دختر نورسیده و ملوس داشت که این جور فکرها را از سر او بیرون می‌کرد. اما این خوشی و تفریحی بود که برایش خیلی بی‌مایه و بی‌خرج تمام می‌شد.

آمیرزا محمودخان همانطور که مردم را تماشا می‌کرد خیال داشت قدم‌زنان برود در دکان مشهدی حسین میوه‌فروش یک‌دانه هندوانه بگیرد ببرد خانه بدهد بچه‌ها بخورند، که ناگهان دید یک گاری اسباب‌کشی برابر منزلش ایستاد. آمیرزا محمودخان اول خیال کرد که

گاریچی جا را عوضی گرفته چونکه به خوبی می‌دانست که در خانه حاج علی محمّد عبافروش اتاق خالی نیست که مستأجر تازه بیاید.

اصلاً یک عیب بزرگ همسایه‌نشینی این است که آدم خواه و ناخواه از جزئیات زندگی همسایه‌های دیگر باخبر می‌شود. در همین خانه حاج علی محمّد عبافروش، تمام همسایه‌ها از حال هم خبر داشتند. همه می‌دانستند که اتاق دم دری، مردش در بانک ملی تحویلدار است و به تازگی یک فرش مشک‌آبادی خریده صد تومان. خیاط‌ها مردمان بی‌سر و صدائی‌اند و خود خیاط باشی آن وقت‌ها خیلی خوب تار می‌زده، اما حالاها از وقتی که زیارت رفته توبه کرده. می‌گویند یک زن دیگر هم در محله عرب‌ها دارد. خوراکشان همیشه اشکنه است. ارمنی‌های دو اتاقی هردو با هم خواهراند و ظاهراً از گلدوزی و خیاطی امورشان می‌گذرد. اما مردم بعضی حرف‌ها پشت سر آنها می‌زنند. هر عصر شنبه خودشان را درست می‌کنند و می‌روند بیرون و بعضی از شب‌ها اصلاً به خانه برنمی‌گردند. گلین‌خانم که دیگر از کفر ابلیس مشهورتر است. علاوه‌بر اینکه خانم صاحب‌خانه است از آن زن‌های تنبان دراری است که سوار را پیاده می‌کند و همه ازش حساب می‌برند. این زن هفت تا داغ دیده و با وجود این هنوز سُر و مُر گنده راه می‌رود. خوب می‌خورد، خوب می‌خوابد و فقط از آمیرزا محمدخان حرف‌شنوی داشت و او را از تخم چشمانش بیشتر دوست می‌داشت. اینها را همه کس می‌دانست و ورد زبان همه بود.

همینکه گاری ایستاد یک نفر دوچرخه سوار هم عقبش رسید و ترمز کرد و گفت: «همینجاست».

اسباب بار چرخ به قدری فکسنی و اسقاط بود که در نظر اول معلوم نبود چه چیزها هستند. یک گونی وصله‌دار زغالی و یک کرسی که چند تا بالش پاره و یک لحاف کرسی شله و بعضی خرت و خورت

دیگر تویش چپانده بودند و یک سماور حلبی و یک آفتابه بی‌دسته و چندتا پیت خالی و دوتا پسربچه شش هفت ساله مفنگی و یک زن جوان که بچه شیرخواره‌ای مثل کنه به پستانش چسبیده و آن را مک می‌زند بیش از سایر اسباب تو ذوق می‌زد.

وضعیت اسف‌آور این خانواده که رئیس آن تازه از یک دوچرخه فکسنی پیاده شده بود، آمیرزا محمودخان را فوراً به یاد زیرزمین بغل چاهک انداخت. یکپارچه آتش شد و دود از مغزش بلند شد و فوراً شروع کرد به غصه خوردن اما حالا خودمانیم که آمیرزا محمودخان کاملاً حق داشت که برای این خانواده غصه بخورد؛ چونکه واقعاً نکبت از سر و رویشان می‌بارید.

دو پسربچه بی‌تنبان دوتا پیراهن پر لک و پیس تازیر نافشان تنشان بود. پلک‌های چشمان آنها از زور تراخم قرمز شده بود و بهم آمده بود. مثل ترک زنگوله و میان ترک ناسور خونین پلک‌ها دوتا نی‌نی کدر مثل دانه‌های تسبیح گلی به چپ و راست تکان تکان می‌خورد. یکی از آنها یک خیار زردانبوی تخمی نیش می‌کشید و مُف خودش را به جای نمک با آن می‌لیسید. سر و صورتشان مثل اینکه با دوده بازی کرده باشند، خطمخالی بود. دو جوی باریک اشک که چرک‌های روی گونه آنها را شسته بود از گوشه چشمشان بیرون زده بود و روی صورتشان خشکیده بود. بینی کج و چشمان برآمده و موی صافِ رنگ کاکل ذرت مادر بچه‌ها و چشمان رک‌زده مثل چشمان موشی که توی تله گیر افتاده باشد و صورت گرد و گوشتالو و شکم گنده و پیشانی بلند و پهن و سر بی‌موی مرد خانه بی هیچ گفتگو می‌رساند که این خانواده یهودی است.

آمیرزا محمودخان درست حدس زده بود. در یک چشم بهم زدن اسباب مختصر گاری بر زیرزمین بغل چاهک ریخته شد. خود رئیس

خانواده اسباب‌ها را بغل می‌زد و می‌گذاشت و برمی‌گشت و باز می‌برد. چون دیگر چیزی نماند پس از دعوای مفصلی با گاریچی و فروختن ننه و بابای همدیگر دیگر خبری از آن خانواده نشد. همشان رفتند توی اتاق بغل چاهک، خیلی بیچاره و مظلوم‌وار بی‌آنکه با احدی کاری داشته باشند گرفتند و خوابیدند.

لیکن قیافه آمیرزا محمودخان وقتی که وارد اتاق خودشان شد تماشائی بود. صورتش رنگ نیل شده بود و رگ‌های توی پیشانیش به کلفتی یک انگشت باد کرده بود. موهای سفید ریش و سبیلش سیخ شده بود دخترهایش با آنکه آن‌جور قیافه را از پدرشان زیاد دیده بودند، باوجود این از ترس نفسشان بند آمد. طیبه خانم زنش همانطور که تو آستانه مشرف به حیاط روی گلیم پاره‌ای نشسته بود و دیگ آبگوشت‌بزباش روی منقل‌فرنگی جلوش می‌جوشید، نگاه سرزنش ـ آمیزی به شوهرش کرد و هم با آن نگاه پرسید: «دیگر چه شده؟»

فریاد آمیرزا محمودخان بلند شد:

«رحم و مروت از این مردم گرفته شده و هیچ‌کس به فکر کسی نیس. ببینید خدا را خوش میاد که این اطفال معصوم تو این هلفدونی زندگی کنن؟ خدا را به حق پنج تن آل‌عبا قسم می‌دم که از این حاجی علی محمّد نگذره که یک ذره رحم و انصاف بو نکرده. اون مکه‌ای که رفتی تو کمرت بزنه. بگو آخر اگه این سوراخی را اجاره نمی‌دادی یا لااقل حالا که می‌خواستی کرایه بدی دسّی توش می‌بردی چه می‌شد؟ از اون همه پولات که معلوم نیست مال کدوم پیره‌زن و صغیره که انشاءالله سر مزارت بیارن کم میومد؟ همش هی میاد میگه آب تو حیاط نپاچین. مرغ و خروس نگه ندارین. همین یه هفته پیش شما ندیدین برای اینکه شیرازیا یه دونه خرگوش واسه بچشون خریده بودن که باهاش بازی کنه چه پیسی سرشون درآورد.

بی‌انصافای لامروت والله مال دنیا به دنیا میمونه و خودتون میرین. اینقده خون مردمو شیشه نکنین. اینقده فکر کلاه کلاه نباشین. به قرآن من ازاین اطفال معصوم خجالت می‌کشم. آدم اونارو که می‌بینه جگرش آتیش می‌گیره. من چطور می‌تونم ببینم زن و بچه خودم تو اتاق کرسی‌دار زندگی میکنن و اون بچه شیرخوره تو اون هلفدونی زنده به گور بشه؟ پاشو پاشو، ضعیفه؛ این‌جوری بهم نگاه نکن. قباحت داره. هر زهرماری که برای شوم شب بچه‌هات دُرُس کردی یه خردشو بریز تو ظرف بذار تو سینی بده ببرم بدم به‌اینا بخورن. کسی که اسباب‌کشی کرده که شام نداره. اینهائی که من دیدم شایدم ماه به ماه گوشت بدهنشون نرسه.»

طیبه خانم آتشی شده بود دیگر طاقت نداشت بیشتر از این وراجی‌های شوهرش را گوش بکند. از توی آستانه بلند شد و آمد وسط اتاق ایستاد دستهایش را به حالت تهدید به طرف او حرکت داد و گفت:

«خبته، قباحت داره. مگه ما چه گناهی کردیم که باید از دست تو شب و روز نداشته باشیم. مگه ما خودمون چه داریم که باهاس همش غصه مردمو بخوریم؟ تو خودت سی چهل ساله‌نوکری دولت می‌کنی کدوم یه شاهی سنّارو کنار گذاشتی؟ دخترات لختن. کفش پاشون نیس. لباس تنشون نیس. یه چمدون حموم ندارن. کسی که دوتا دختر دم بخت تو خونشه... لا اله الا الله حالا دیگه نذار زبونم واشه‌ها. تو به مردم چکار داری؟ پناه بر خدا. روز به روز خرفت‌تر میشه. پنج ساله که زمستونا خودم با یه دونه یل رنگ و رو رفته مال عهد دقیانوس سر می‌کنم و صدام درنمی‌یاد. همش با سیلی رو خودمو سرخ می‌کنم، بازم دو قورت و نیمش باقیه... بیا! همین دیروز ننه خجسته اومده میگه از خونیه حاجی حریرفروش می‌خوان واسیه دخترات خواستگار بفرسن (به شنیدن اسم خواستگار هردو دخترها بلند

شدند و از اتاق بیرون رفتند). اما من گفتم مبادا همچو کاری بکنی.
حالا باشه تا خودم خبرت کنم. برای اینکه می‌دونسم این بیچاره‌ها یه
دس لباس حسابی ندارن که تنشون کنن و جلو دلاله بیان.»

آمیرزا محمودخان چشمانش را به کف اتاق دوخته بود و برخلاف
همیشه صدایش درنمی‌آمد. موضوع خواستگاری دخترهایش او را
تکان داده بود و کاملاً برایش تازگی داشت. پیش خودش فکر می‌کرد
که حالا که می‌خواهد دخترهایش را شوهر بدهد هیچ از مال دنیا
ندارد که به آنها بدهدو چون فکرکرد که ممکن است دخترهایش
به‌واسطه نداشتن جهیزتا آخرعمر بیخ ریشش بمانند لرزشی در پشتش
حس کرد وخواست گریه کند.

روز دیگر آمیرزا محمودخان آرام و بی‌صدا بود. افراد خانواده دور
سماور نشسته بودند و مشغول خوردن ناشتائی بودند. آمیرزا
محمودخان چشمانش را به زمین دوخته بود و خجالت می‌کشید به
دخترهایش نگاه کند. حس می‌کرد در حق آنها کوتاهی کرده. از این
غصه دلش مالش گرفته بود.

درین بین گلین خانم با قلیان نارگیلی که زیر لبش بود وارد اتاق آنها
شد. آمیرزا محمودخان از دیدن گلین خانم برای فرار از خیالات و
خجالت از دختـرهایش فرصت را غنیمت شمرد و از آن حـالت
خودمانی و پهلوی زن و بچه بودنش بیرون آمد و برحسب عـادت
خودش را برای شنیدن حرف‌های گلین خانم آماده کرد.

گلین خانم همانطورکه کجکی تو آستانه نشسته بود و قلیان نارگیل
زیر لبش بود و دود می‌کرد گفت:

«شما را به خدا ببینین روزگار ما به کجاها کشیده؛ آدم چیزهائی
میشنفه که شاخ در میاره.»

آمیرزا محمودخان که گوش به زنگ شنیدن یک واقعه غم‌انگیز بود

تا فوراً غصه بخورد و برایش اشک بریزد، مثل خروسی که از پشت دیوار صدای خروس همسایه را شنیده باشد سرش را شق بلند کرد و نگاهی از پهلو به گلین خانم انداخت و از روی همدردی با صدای نازکی پرسید «گلین خانم خیر باشه، چه شده؟»

گلین خانم با صدای کلفت باباشملی جواب داد:

«چی میخواسین بشه؟ ما رو فروختن! مثه زر خریدا. مثه حلقه بگوشا. دیگه تموم شد. این جهود ورپریده دیروزی نبود که خبر مرگش اومد اتاق بغل چاهکو گرفت، صُب اومده یه گز بنچاق تو دسّشه و میگه خونه‌رو از حاج علی محمّد خریده. نمی‌دونم چن صدهزار تومن. می‌گفت ما باهاس اجاره رو به ماه به ماه به اون بدیم. خودشونم می‌خوان تابستونی تو همون هلفدونی بمونن. من گفتم خوبه یه روز بگین حاج علی محمّد هم بیاد روبرو کنیم با زبون خودش بگه. گفت باشه.»

ناگهان گلین خانم، ندانسته از روی غیظ حرکتی کرد و دستش خورد به سر غلیان و ریخت روی تنها فرش ترکمنی که آمیرزا محمودخان از پدرش ارث برده بود. دخترها و طیبه خانم از جا پریدند و هولکی به کمک گلین‌خانم مشغول جمع کردن آتش‌ها از روی فرش شدند. آمیرزا محمودخان از جایش تکان نخورد و چشمانش را به قوری بند زده روی سماور دوخته بود و کاردش می‌زدند خونش درنمی‌آمد.

اما هیچکس نفهمید که چطور شد که با آنکه آمیرزا محمودخان آنقدر زیاد با آن قالیچه ترکمنی علاقه داشت از جایش تکان نخورد و در جمع کردن حب‌های آتش با زن و دخترهایش و گلین خانم کمک نکرد.

یحیی

یحیی یازده سال داشت و اولین روزی بود که می‌خواست روزنامه
دیلی نیوز بفروشد. در اداره روزنامه، متصدی تـحویل روزنـامه‌هـا و
چندتا بچه هم‌سال خودش که آنها هم روزنامه می‌فروختند چندبار
اسم دیلی نیوز را برایش تلفظ کردند و او هم فوری آن را یادگرفت به
نظرش آن اسم به شکل یک دیزی آمد. چندبار صحیح و بی‌زحمت
پشت سر هم پیش خودش گفت: «دیلی نیوز! دیلی نیوز! دیلی نیوز!»
و از اداره روزنامه بیرون آمد.

تو کوچه که رسید شروع کرد به دویدن. فریاد می‌زد «دیلی نیوز!
دیلی نیوز!» به هیچ‌کس توجه نداشت. فقط سرگرم کار خودش بود.
هرقدر آن اسم را زیادتر تکرار می‌کرد و مردم از او روزنامه می‌خریدند
بیشتر از خودش خوشش می‌آمد و تا چند شماره هم که فروخت هنوز
آن اسم یادش بود. اما همینکه بقیه پول خرد یک پنج ریالی را تحویل
آقائی داد و دهشاهی کسر آورد و آن آقـا هـم آن دهشـاهی را بـه او
بخشید و رفت و او هم ذوق کرد، دیگر هرچه فکر کرد اسم روزنامه
یادش نیامد. آن را کاملاً فراموش کرده بود.

ترس ورش داشت. لحظه‌ای ایستاد و به کف خیابان خیره نگاه
کرد. دو مرتبه شروع به دویدن کرد. بازهم بی‌آنکه صدا کند چند

شماره ازش خریدند. اما اسم روزنامه را به کلی فراموش کرده بود.

یحیی به دهن آنهائی که ازش روزنامه می‌خریدند نگاه می‌کرد تا شاید اسم روزنامه را از یکی از آنها بشنود، اما آن‌ها همه با قیافه‌های گرفته و جدی و بی‌آنکه به صورت او نگاه کنند روزنامه را می‌گرفتند و می‌رفتند.

بیچاره و دستپاچه شده بود. به اطراف خودش نگاه می‌کرد شاید یکی از بچه‌های هم‌قطار خود را پیدا کند و اسم روزنامه را ازش بپرسد، اما کسی را ندید. چند بار شکل دیزی جلوش ورجه ورجه کرد اما از آن چیزی نفهمید. روی پیاده‌رو خیابان فوجی از دیزی‌های متحرک جلوش مشق می‌کردند و مثل اینکه یکی دو بار هم اسم روزنامه در خاطرش برق زد، اما تا خواست آن را بگیرد خاموش شد.

سرش را به زیر انداخته بود و آهسته راه می‌رفت. بسته روزنامه را قایم زیر بغلش گرفته بود و به پهلویش فشار می‌داد. می‌ترسید چون اسم روزنامه را فراموش کرده روزنامه‌ها را ازش بگیرند. می‌خواست گریه کند اما اشکش بیرون نیامد. می‌خواست از چند نفر عابر بپرسد اسم روزنامه چیست اما خجالت می‌کشید و می‌ترسید.

ناگهان قیافه‌اش عوض شد و نیشش باز شد و از سر و صورتش خنده فرو ریخت. پا گذاشت و به دو و فریاد کرد.

«پریموس! پریموس!»

اسم روزنامه را یافته بود.

از مجموعه‌ی

انتری که لوطیش مرده بود

قفس

انتری که لوطیش مرده بود

قفس

قفسی پر از مرغ و خروس‌های خصی و لاری و رسمی و کله ماری و زیره‌ای و گل باقلائی و شیربرنجی و کاکلی و دم کل و پاکوتاه و جوجه‌های لندوک مافنگی کنار پیاده‌رو، لب جوی یخ‌بسته‌ای گذاشته بود. توی جو، تفاله چای و خون دلمه شده و انار آب لمبو و پوست پرتقال و برگ‌های خشک و زرت و زبیل‌های دیگر قاتی یخ بسته شده بود.

لب جو، نزدیک قفس، گودالی بود پر از خون دلمه شدهٔ یخ بسته که پر مرغ و شلغم گندیده و ته سیگار و کله و پاهای بریدهٔ مرغ و پهن اسب توش افتاده بود.

کف قفس خیس بود. از فضلهٔ مرغ فرش شده بود. خاک و کاه و پوست ارزن قاتی فضله‌ها بود. پای مرغ و خروس‌ها و پرهایشان خیس بود. از فضله خیس بود. جایشان تنگ بود. همه تو هم تپیده بودند. مانند دانه‌های بلال به هم چسبیده بودند. جا نبود کز کنند. جا نبود بایستند. جا نبود بخوابند. پشت سرهم تو سر هم تُک می‌زدند و کاکل هم را می‌کندند. جا نبود. همه توسری می خوردند. همه جایشان تنگ بود. همه سردشان بود. همه گرسنه‌شان بود. همه با هم بیگانه بودند. همه جاگند بود. همه چشم به راه بودند. همه مانند هم بودند

و هیچکس روزگارش از دیگری بهتر نبود.

آنهائی که پس از توسری خوردن سرشان را پائین می‌آوردند و زیر پر و بال و لاپای هم قایم می‌شدند، خواه ناخواه تکشان تو فضله‌های کف قفس می‌خورد. آن وقت از ناچاری از آن تو پوست ارزن ورمی‌چیدند. آنهائی که حتی جا نبود تُکشان به فضله‌های ته قفس بخورد، به ناچار به سیم دیوارهٔ قفس تُک می‌زدند و خیره به بیرون می‌نگریستند. اما سودی نداشت و راه فرار نبود. جای زیستن هم نبود. نه تُک غضروفی و نه چنگال و نه قدقد خشم‌آلود و نه زور و فشار و نه تو سرهم زدن راه فرار نمی‌نمود. اما سرگرمشان می‌کرد. دنیای بیرون به آنها بیگانه و سنگدل بود. نه خیره و دردناک نگریستن و نه زیبائی پر و بالشان به آنها کمک نمی‌کرد.

تو هم می‌لولیدند و تو فضلهٔ خودشان تُک می‌زدند و از کاسه شکستهٔ کنار قفس آب می‌نوشیدند و سرهایشان را به نشان سپاس بالا می‌کردند و به سقف دروغ و شوخگن و مسخرهٔ قفس می‌نگریستند و حنجره‌های نرم و نازکشان را تکان می‌دادند.

در آندم که چرت می‌زدند، همه منتظر و چشم به راه بودند. سرگشته و بی‌تکلیف بودند. رهائی نبود. جای زیست و گریز نبود. فرار از آن منجلاب نبود. آنها با یک محکومیت دستجمعی در سردی و بیگانگی و تنهائی و سرگشتگی و چشم به راهی برای خودشان می‌پلکیدند.

بناگاه در قفس باز شد و در آنجا جنبشی پدید آمد. دستی سیاه سوخته و رگ درآمده و چرکین و شوم و پینه بسته تو قفس رانده شد و میان هم قفسان به کند و کو درآمد. دست با سنگدلی و خشم و بی‌اعتنائی در میان آن به درو افتاد و آشوبی پدیدار کرد. هم قفسان

بوی مرگ‌آلود آشنائی شنیدند. چندششان شد و پرپر زدند و زیر پر و بال هم پنهان شـدند. دست بـالای سـرشان مـی‌چرخید؛ و مـانند آهن‌ربای نیرومندی آنها را چون برادهٔ آهن می‌لرزاند. دست همه‌جا گشت و از بیرون چشـمی چـون «رادار» آن‌را راهـنمائی مـی‌کرد تا سرانجام بیخ بال جوجهٔ ریقونه‌ای چسبید و آن را از آن میان بلند کرد.

اما هنوز دست و جوجه‌ای که در آن تقلا و جیک‌جیک می‌کرد و پر و بال می‌زد بالای سر مرغ و خروس‌های دیگر می‌چرخید و از قفس بیرون نرفته بود که دوباره آنها سرگرم چریدن در آن منجلاب و توسری خوردن شدند. سردی و گرسنگی و سرگشتگی و بیگانگی و چشم به‌راهی به جای خود بود. همه بیگانه و بی‌اعتنا و بی‌مهر، بربر به‌هم نگاه می‌کردند و با چنگال خودشان را می‌خاراندند.

پای قفس، در بیرون کاردی تیز و کهن بر گلوی جوجه مالیده شد و خونش را بیرون جهاند. مرغ و خروس‌ها از تو قفس می‌دیدند. قدقد می‌کردند و دیوارهٔ قفس را تُک می‌زدند. اما دیوار قفس سخت بود. بیرون را می‌نمود اما راه نمی‌داد. آنها کنجکاو و ترسان و چشم به‌راه و ناتوان به جهش خون هم‌قفسشان که اکنون آزاد شده بود نگاه می‌کردند. اما چاره نبود. این بود که بود. همه خاموش بودند و گرد مرگ در قفس پاشیده شده بود.

همان‌دم خروس سـرخ روی پر زرق و بـرقی تُک خـود را تـوی فضله‌ها شیار کرد و سپس آن را بلند کرد و بر کاکل شـق و رق مـرغ ریزه‌ای پاکوتاهی کوفت. در دم مرغک خوابید و خروس به چابکی سوارش شد. مرغ توسری خورده و زبون تو فضله‌ها خوابید و پاشد. خودش را تکان داد و پر و بالش را پف و پرباد کرد و سپس بـرای خودش چرید. بعد تو لک رفت. کمی ایستاد، دوباره سرگرم چرا شد.

قدقد و شیون مرغی بلند شد. مدتی دور خودش گشت. سپس شتابزده میان قفس چندک زد و بیم خورد، تخم دلمهٔ بی‌پوست خونینی تو منجلاب قفس ول داد. در دم دست سیاه سوختهٔ رگ درآمدهٔ چرکین شوم پینه بسته‌ای هوای درون قفس را درید و تخم را از توی آن گندزار ربود و هماندم در بیرون قفس دهانی چون گور باز شد و آن را بلعید. هم قفسان چشم به‌راه، خیره جلو خود را می‌نگریستند.

انتری که لوطیش مرده بود

راست است که می‌گویند خواب دم صبح چرسی سنگین است. مخصوصاً خواب لوطی جهان که دم‌دمهای سحر با انترش مخمل از «پل آبگینه» راه افتاده بود و تمام روز «کتل دختر» را پیاده آمده بود و سرشب رسیده بود به «دشت برم» و تا آمده بود دود و دمی علم کند و تریاکی بکشد و چرسی برود و به انترش دود بدهد، شده بود نصف شب و خسته و مانده توکنده کت وکلفت این بلوط خوابیده بود. اما هرچه خسته هم که باشد نباید تا این وقت روز از جایش جنب نخورد و از سر و صدای آن همه کامیون که از جاده می‌گذشت و آن همه داد و فریاد زغال‌کش‌هائی که افتاده بودند تو دشت و پشت سر هم بلوط‌ها را می‌سوزاندند و زغال می‌کردند بیدار نشود.

بس که مخمل گردن کشیده بود و سر دو پا ایستاده بود که ببیند آیا لوطیش بیدار شده یا نه پکر شده بود و حوصله‌اش سر رفته بود. و حالا او هم گوشه‌ای کز کرده بود و منتظر بود. لوطیش ازخواب بیدار شود، او هم تمام روز را پا به پای لوطیش راه آمده بود. گاهی دو پا و زمانی چهار دست و پا راه رفته بود و ورجه ورجه کرده بود. حالا هم هرچه سرک می‌کشید، لوطیش از جایش تکان نمی‌خورد. خرد و خسته شده بود. کف دست و پایش درد می‌کرد و پوست پوستی شده

بود. هنوز هم گرد و خاک زیادی از دیروز توی موهایش و روی پوست تنش چسبیده بود. چشم‌های ریز و پوزهٔ سگی و باریکش را به طرف بلوطی که لوطیش زیر آن خوابیده بود انداخته بود و نشسته بود. دستهایش را گذاشته بود میان پایش و مات به خفتهٔ لوطیش نگاه می‌کرد. دوباره حوصله‌اش سرآمد و پاشد چندبار دور خودش گشت و زنجیرش را که با میخ طویله‌اش تو زمین کوفته شده بود گرفت و کشید و دوباره مثل اول چشم به‌راه نشست. بلاتکلیف چشمانش را بهم می‌زد و به لوطیش نگاه می‌کرد.

هنوز آفتاب تو دشت نیفتاده بود و پشت کوه‌های بلند قایم بود. اما برگردان روشنائی ماتش از شکاف کوه‌های «کوه مره» تو دشت تراویده بود. هنوز کوه‌های دوردست خواب بودند. نور خورشید آنها را بیدار نکرده بود.

دشت سرخ بود. رنگ گل ارمنی بود و مه خنکی رو زمین فروکش کرده بود. بلوطهای گندهٔ گردآلود و بن و کهکم تو دشت پخش و پرا بود. جادهٔ دراز و باریکی مثل کرم کدو دشت را به دو نیم کرده بود. از هرطرف دشت ستون‌های دود بلوطهائی که زغال می‌شد تو هوای آرام و بی‌جنبش بامداد بالا می‌رفت و آن بالا بالاها که می‌رسید نابود می‌شد و باآسمان قاتی می‌شد.

لوطی جهان تو کندهٔ گندهٔ بلوط خشکیدهٔ کهنی که حتی یک برگ سبز نداشت خوابیده بود. شاخه‌های استخوانی و بی‌روح و کج و کوله آن تو هم فرورفته بود. از بس کاروان‌ها زیرش منزل کرده بودند و ازش شاخه کنده بودند و تو کنده‌اش الو کرده بودند شکاف بی‌ریخت دخمه مانندی تو کنده‌اش درست شده بود که دیوارش از یک ورقه زغال ترک ترک و براق پوشیده شده بود. سالها می‌گذشت که این بلوط مرده بود.

لوطی جهان تو این شکاف، زیر شولای خود خوابیده بود. تکیه‌اش به دیوارهٔ توئی کنده بود و به آن لم داده بود. جلوش رو زمین؛ کشکولش بود، چپقش بود؛ وافورش بود؛ توبره‌اش بود، کیسهٔ توتونش بود، قوطی چرسش بود، و چند حب زغال وارفتهٔ خاکستر شده هم جلوش ولو بود. صورت آبله‌ایش و ریش کوسه‌اش از زیر شولا یک‌وری بیرون افتاده بود. مثل اینکه صورتکی در شولا پیچیده شده باشد.

مخمل رو دو پایش بلند شد و به سوی لوطیش سرکشید. چهرهٔ اخمو و سه گره ابروهایش تو هم پیچ خورده بود. پره‌های بریدهٔ بینی درازش رو پوزهٔ باریکش چسبیده بود و می‌لرزید. خلقش تنگ بود. هیچ دل و دماغ نداشت. چهرهٔ مهتابی و چشمان وردریدهٔ لوطی برایش تازگی داشت. این‌طرف و آن‌طرف خودش را نگاه کرد و باز نشست رو زمین. چشمانش رو زمین می‌دوید. گوئی پی چیزی می‌گشت.

او را لوطیش زیر درخت بن بزرگی بسته بود. میخ طویلهٔ بلند و زمختش تو خاک چمن پوشیدهٔ نمناک دفن شده بود و مرکز دایره‌ای بود که او را به زمین وصله کرده بود. جوی صاف باریکی میان او و بلوطی که لوطی زیرش خوابیده بود جاری بود.

به لوطیش خیره نگاه می‌کرد. گوئی چیز تازه‌ای در او دیده بود. یکبار خیال کرد که لوطیش از خواب بیدار شده. اما در پوست صورتش هیچ جنبشی نبود. چشم او آن نور همیشگی را نداشت. صورت او بی‌رنگ بود. مانند چرم خام بود. چشمان لوطی باز بود و خیره جلوش کلاپیسه و وق‌زده نگاه می‌کرد. معلوم نبود مرده است یا تازه از خواب بیدار شده بود و داشت فکر می‌کرد. چهره‌اش صاف و

رک و مرده‌وار خشکیده بود. چشم‌خانه‌هایش دریده و گشاد بود. از گوشهٔ دهنش آب لزجی مثل سفیدهٔ تخم‌مرغ سرازیر شده بود.

مخمل ترسیده بود. چند بار پشت سر هم با تمام زوری که داشت هیکل درشت نکرهٔ خود را از زمین بلند کرد و پرید تو هوا. اما قلاده‌اش گردنش را آزار می‌داد. همهٔ نگاهش به‌لوطیش بود. یک چیزی فهمیده بود. صورت او برایش جور دیگر شده بود. دیگر ازش نمی‌ترسید. او برایش بیگانه شده بود. هرچه به آن نگاه می‌کرد چیزی از آن نمی‌فهمید چه شده. تا آن روز لوطیش را با این قیافه ندیده بود. تا آن روز آدم را چنان زبون و بی‌آزار ندیده بود. او دیگر از این قیافه نمی‌ترسید. صورتی که تکان خوردن هرگوشهٔ پوست آن جانش را می‌لرزاند اکنون دیگر به او چیزی نمی‌گفت. چشمانی که هرگردش آن رازی از همزاد دنیای دیگرش به او می‌فهماند اکنون دریده و خاموش و بی‌نور باز بود.

به ناگهان وحشت تنهائی پرشکنجه‌ای درونش را گاز گرفت. تنهائی را حس کرد. لوطیش برایش حالت همان کنده بلوط را پیدا کرده بود. شستش باخبر شد که او در آن دشت گل و گشاد تنهاست و هیچ‌کس را نمی‌شناسد. دایم این‌سو و آن‌سو تکان می‌خورد و دور خودش می‌چرخید. بعد ایستاد و به آدم‌هائی که دورادور دشت پای دودهائی که به آسمان می‌رفت در تکاپو بودند نگاه کرد. آن وقت بیشتر ترسید. کتک‌هائی که همیشه از لوطیش خورده بود و زهر چشم‌هائی که از او دیده بود پیش چشمش بود. باز نشست رو زمین و تو صورت لوطیش ماهرخ رفت. بعد چشمان ریز و پرتشویشش را به برگ‌های تیرهٔ گرد گرفتهٔ وز کردهٔ درخت بنی که خودش زیرش بسته شده بود دوخت. سپس چشم‌ها را به سوی لوطیش که تو کنده بلوط

کنجله شده بود گرداند. مثل اینکه تکلیفش را از او می‌پرسید.

لوطی اتفاقاً خواب به خواب شده بود و مخمل هم خیلی زود حس کرده بود که لوطیش فرسنگ‌ها از او فرار کرده و دیگر او را نمی‌شناسد.

دیشب که از راه رسیدند زیر همین بلوط منزل کردند. لوطی جهان به رسیدن آنجا زنجیر مخمل را رو زمین، رو همین بلوط، ول کرد و خودش هول هولکی آتشی روشن کرد و قوری و استکان و دم و دستگاهش و قوطی چرسش و وافورش و تریاکش را از توبره‌اش درآورد و کنار آتش گذاشت. بعد هم چهار تا گنجشک پخته چرزیده و پرزیده که روز پیشش در «کازرون» خریده بود و لای نان پیچیده بود از تو توبره‌اش درآورد و با مخمل مشغول خوردن شد. و بعد هولکی، شام خورده نخورده، وافور را پیش کشید و چند بستی پشت سر هم زد و آخرهای بستش هم مانند همیشه به مخمل دود داد.

مخمل روبرویش نشسته بود و ذرات دود را می‌بلعید. پره‌های بینیش مانند شاخک سر مورچه حساس و گیرنده بود. اما لوطی بست‌های اوّل را برای خودش می‌کشید و دودش را توی ریه‌اش نابود می‌کرد و اعتنایی به مخمل نداشت. هرچند می‌دانست او هم مانند خودش دود می‌خواهد، اما به او محل نمی‌گذاشت. لوطی وقتی که خلقش تنگ بود و کیفش دیر می‌شد خدا را بنده نبود. در شهر هم همینطور بود. مخمل در قهوه‌خانه‌ها و شیره‌کش خانه‌ها بیشتر از دود دیگران بهره می‌برد تا از دودی که لوطیش بیرون می‌داد.

در شهر وقتی که معرکه‌اش می‌گرفت و چراغ‌ها را یکی یکی جمع کرده بود و می‌خواست سر مردم را شیره بمالد و جیم بشود، خماری مخمل را بهانه می‌کرد و با صدای مودارش به مخمل می‌گفت:

«مـخمل، مـخمل جـونم، خـماری هـندی لامسب! شیـره‌ای مبتلا! خماری؟ غصه نخور همین حالا می‌برم دودت می‌دم سرحال میای.»

اما تو قهوه‌خانه‌ها که می‌رسیدند به او محل نمی‌گذاشت و خودش می‌نشست و سیر تریاکش را می‌کشید و بعد چند پک دود تنگ بی‌رمق که لعاب و شیرهٔ آن توی ریهٔ خودش مکیده شده بود به سوی مخمل ول می‌داد. حالا هم که تو بیابان بودند همینطور بود. و دیشب هم دود حسابی به مخمل نرسیده بود و حالا خمار بود.

دیشب پیش از خواب لوطی جهان پس از آنکه از تریاک سیر شد چندتا سرچپق حشیش چاق کرد و پی در پی باقلاج کشید. به مخمل هم دود داد. سپس بی‌شتاب از جایش بلند شد و زنجیر مخمل را گرفت و برد سوی دیگر جو، زیر یک درخت بن، میخ طویله‌اش را تا ته تو زمین کوفت و برگشت خوابید.

اما خواب به خواب شد. و صبحگاه که مخمل چشمانش را باز کرد، از تو هوای فلفل نمکی بامداد دانست که لوطیش حالت همان کنده بلوط را پیدا کرده و خشکش زده و چشمانش بی‌نور است و به او فرمان نمی‌دهد و با او کاری ندارد و او تنهاست و آزاد است.

دیگر لوطیش آنجا برایش وجود نداشت. نمی‌دانست چکار کند، هیچ‌وقت خودش را بی‌لوطی ندیده بود. لوطی برایش همزادی بود که بی‌او، وجودش ناقص بود. مثل این بود که نیمی از مغزش فلج شده بود و کار نمی‌کرد. تا یادش بود از میان آدم‌ها، تنها لوطی جهان را می‌شناخت؛ و او بود که همزبانش بود و به دنیای آدم‌های دیگر ربطش می‌داد. زبان هیچ‌کس را به خوبی زبان او نمی‌فهمید. یک عمر برای او جای دوست و دشمن را نشان داده بود و کونش را هوا کرده بود؛ اما هرکاری کرده بود به فرمان و اشارهٔ لوطی جهان کرده بود.

در قهوه‌خانه‌ها، در میدان‌هـا، در تکیه‌ها، در گـاراژهـا، در گورستان‌ها، درکاروانسراها، زیر بازارچه‌هاکه لوطی بساط معرکه‌اش را پهن می‌کرد همه جور آدم دور او و مخمل جمع مـی‌شدند. و از آدم‌ها همیشه این خاطره در دلش بودکه برای آزار و انگولک کردن او بودکه دورش جمع می‌شدند. اینها بودندکه سنگ و میوهٔ گندیده و چوب و استخوان وکفش پاره و پوست انار و سرگین و آهن‌پاره بـه سوی او می‌انداختند و همه می‌خواستند که اوکونش را هوا کند و جای دشمن را به آنها نشان دهد.

اما مخمل سنگسار می‌شد و حرف هیچکس راگوش نمی‌داد. فقط گوش به زنگ لوطی بودکه تا زنجیرش را تکان مـی‌داد هـرچـه او می‌خواست برایش می‌کرد. گاه می‌شد که آدم‌ها بـرای اینکه او ادایشان را دربیاورد کونشان راکج می‌کردند و به او جای دشـمن را نشان می‌دادند. اما او بشان لوچه پیچک و دندان غرچه می‌کرد؛ و بعد پشتش را به آنها می‌کرد وکون قرمز براقش راکه مثل یک دمل گنده باد کرده زیر دم منگوله‌دارش چسبیده بود به آنها نشان مـی‌داد. و ایـن حرکتی بودکه لوطی به او یاد داده بـودکه بـرای اشـخاص نـاتو و خرمگس‌های معرکه بکند. آنهائی کـه بـه لوطی مـتلک مـی‌گفتند و می‌خواستند مردم را از دور و ورش دور کنند لوطی زنجیر مخمل را تکان می‌داد و با صدای چسبناکش می‌گفت: مخمل جای خرمگس معرکه کجاس؟»

مخمل سرش را می‌گذاشت زمین وکونش را هوا می‌کرد و دستش را با بیچارگی مـی‌گذاشت روی آن و صدای خـام و انـدوهباری از گلویش بیرون می‌پرید.

«اوم، اوم، اوم».

دوباره لوطی جهان می‌گفت: «جای آدمای مردم آزار کجاس؟»

دوباره همانطور که کونش هوا بود با دستش روی آن فشار می‌آورد و همان صدای نارس از گلویش درمی‌آمد.

«اوم، اوم، اوم».

همه را با ترس و نگاه‌های دزدکی بـرای لوطیش انجام مـی‌داد. «دشمن» لغتی بود که تو گوشش قالبی داشت و هرگاه از زبان لوطیش بیرون می‌پرید می‌رفت تو گوشش و تو آن قالب جا می‌گرفت و آنجا را لبریز می‌کرد و آن وقت بود که سرش را مـی‌گذاشت زمین و دست می‌گذاشت رو کونش. این کارش بود. برای همین به دنیا آمده بود.

اما از هرچه آدم که می‌دید بیزار بود. چشم دیدن آنها را نداشت. نگاه لوطیش پشتش را می‌لرزاند. از او بیش از همه کس می‌ترسید. از او بیزار بود. ازش می‌ترسید. زندگیش جز ترس از مـحیط خـودش برایش چیز دیگر نبود. از هرچه دور و ورش بود وحشت داشت. با تجربه دریافته بود که همه دشمن خونی او هستند. همیشه منتظر بود که خیزران لوطی رو مغزش پائین بیاید یا قلاده گردنش را بفشارد؛ یا لگد تو پهلویش بخورد. هرچه می‌کرد مـجبور بـود. هـرچـه مـی‌دید مجبور بود و هرچه می‌خورد مجبور بود.

زنجیری داشت که سرش به دست کس دیگر بود و هـرجـا کـه زنجیردار می‌خواست می‌کشیدش. هیچ دست خـودش نبود. تـمام عمرش کشیده شده بود. اما حالا ناگهان دید که تمام آن نیروئی که تا پیش از ا ین از هیکل لوطیش بیرون می‌زد و او را تسخیر کرده بود، به کلی از میان رفته. دیگر پیوندی وجود نداشت که او را بـه لوطیـش بچسباند. لوطی لاشهٔ تاریک و بی‌نوری بود که هیچ‌گونه بستگی به مخمل نداشت. مثل زمین بود. حالا دیگر تنفری که مـخمل بـه او

داشت کاهش یافته بود و به درجه‌ای رسیده بود که او به‌زمین و محیط سفت و زمخت و پردوام دور و ور خودش داشت.

چندک نشست و سرش را خاراند. سپس گیج، چند بار دور خودش چرخید. ناگهان چشمش به زنجیرش افتاد. آن را دید. تا آن زمان این‌گونه پرشگفت و کینه‌جو به آن ننگریسته بود. خشن و زنگ‌خورده و سنگین بود. همیشه همانطور بود و تا خودش را شناخته بود مانند کفچه ماری دور او چنبره زده بود. هم او را کشیده بود و هم او را در میان گرفته بود و هم راه فرار را بر او بسته بود. یک‌سویش با میخ طویله درازی به زمین گیر بود و سر دیگرش به دور گردن او پرچ شده بود. همیشه همینطور بود. تا خودش را دیده بود این بار گران به گردنش بود. مانند یکی از اعضای تنش بود. آن را خوب می‌شناخت و مانند لوطیش و همه چیز دیگر ازش بیزار بود. اما می‌دانست که با اعضای تنش فرق دارد. از آنها سخت‌تر بود. جز گرانباری و خستگی و زیان و آزار از آن چیزی ندیده بود.

زنجیر را با هر دو دستش گرفت و از روی زمین بلندش کرد. دستش را آورد بالا. رسید زیر گلویش؛ همانجا که قلاب و قلاده به هم پرچ شده بود. آن را تکان تکان داد و با ناشیگری با آن ور رفت.

با گیجی و نافهمی دستهایش را آورد پائین زنجیر، به سوی میخ طویله. یک دستش آن را می‌گرفت و دست دیگرش آن را ول می‌داد. خودش هم با دست‌هایش به سوی میخ طویله‌ای که به زمین گیر بود می‌رفت، مثل اینکه از بندی آویزان شده بود و با دست روی آن راه می‌رفت. رسید به آخر زنجیر که دیگر از آن او نبود و یک دنیای دیگر بود که او را گرفته بود و به خودش گیر داده بود.

لوطی جهان میخ طویلهٔ زنجیر مخمل را تا حلقه‌اش قرص و قایم

تو زمین می‌کوبید. می‌گفت: «از انتر حیوونی حرومزاده‌تر تو دنیا نیس. تا چشم آدمو می‌پاد زهرش را می‌ریزه. یکوخت دیدی آدمو تو خواب خفه کرد.»

کوبیدن میخ طویله زنجیرش به زمین برای او عادی بود. همیشه دیده بود وقتی که لوطی آن را تو زمین فرو می‌کرد او دیگر همانجا اسیر می‌شد و همانجا وصلهٔ زمین می‌شد. هیچ زورورزی نمی‌کرد. عادت و ترس او را سر جایش میخکوب می‌کرد. گاه حس می‌کرد که میخ طویله‌اش شل است و تو خاک لق لق می‌زند. اما کوششی برای رهائی خود نمی‌کرد. اما حالا یک جور دیگر بود. حالا می‌خواست هرطوری شده آنرا بکند.

حلقهٔ میخ طویله را دو دستی چسبید و با خشم آن را تکان داد. غریزه‌اش به او خبر داده بود خطری برایش نیست و کتکی در کار نیست. نیروئی که او برای کندن میخ طویله به‌کار انداخته بود خیلی زیادتر از آن بود که لازم بود. او هم بلد بود که چگونه دست‌هایش را به کار بیندازد و با شست و انگشتان نیرومندش دور میخ طویله را بگیرد. پس با هرچه زور داشت میخ طویله را تکان داد و سرانجام آن را از تو خاک بیرون کشید.

خیلی ذوق کرد. ورجه ورجه کرد.

از رهائی خودش شاد شد. راه می‌رفت. اما زنجیر هم به دنبالش راه افتاد و آن هم با او ورجه ورجه می‌کرد. آن هم با او شادی می‌کرد. آن هم رها شده بود. اما هردو به هم بسته بودند. و این دفعه هم زنجیر با صدای چندش‌آور و تنهائی برهم‌زنش دنبال او راه افتاده بود. مخمل پکر شد. برزخ شد. اما چاره نداشت.

راه افتاد به سوی لاشهٔ لوطیش. با یک خیز کوچک از جو پریده

یک خرده راست ایستاد و با تردید به لوطیش نگاه کرد و سپس پیش رفت اما همین که نزدیک او رسید شکش برداشت. پس همانجا دور از او، رو به رویش چندک نشست. هنوز هم می‌ترسید که بی‌اشارهٔ او نزدیکش برود.

لاشه، نیم‌خیز به بلوط تکیه خورده بود. دورا دورش شولای زهوار در رفته‌ای پیچیده بود. جلوش خـاکسـترهای آتش دیشب و اجاق خاموش و قوری و چپق و وافور و توبره و کشکول ولو بود.

مثل این بود که داشت به مرده ریگ خودش نگاه می‌کرد.

مخمل حالا خوب می‌دانست که او مثل تکه سنگی افتاده بود و تکان نمی‌خورد. نگـاهش را از روی او بـرداشت. بعد بـرگشت بـه ستون‌های دودی که در دشت بالا می‌رفت نگاه کرد. به آدم‌های دور و ور آنها نگاه کرد. از آنها می‌ترسید. همهٔ آنها برایش بیگانه بودند.

از جایش پا شد و رفت پیش لوطیش و خیلی نزدیک به او نشست. صورت لوطیش به او هیچ نمی‌گفت: نمی‌گفت برو، نمی‌گفت بنشین، نمی‌گفت چپق چاق کن، نمی‌گفت لنگ دور سرت بپیچ، نمی‌گفت شمع شو، نمی‌گفت جای دوست و دشمن کجاست، نمی‌گفت چشم‌هات ببند. نمی‌گفت «بارک‌اللّه شمشیری، درس بگیر شمشیری» نمی‌گفت «سوار سوار اومده، چابک سوار اومده» نمی‌گفت «آی حلوا حلوا حلوا، داغ و شیرینه حلوا.» به او هیچ نمی‌گفت. هرچه تو چهرهٔ او دقیق می‌شد چیزی ازش دستگیرش نمی‌شد. برای همین بود که هـیچگونه تـرسی از او در دلش راه نـداشت. آن نیش و گـزندگی همیشگی که جزء فرمانروائی لوطی بـود از صورتش پـریده بـود. غریزه‌اش به او گفته بود که این ریخت و قیافه دیگر نمی‌تواند کاری با او داشته باشد.

۹۴ / صادق چوبک

مخمل از دست لوطیش دل پری داشت. زیرا هیچ کاری نبود که او
بی‌تهدید آن را از مخمل بـخواهـد. جهان در آن وقت کـه از دست
همکاران و خرمگس‌های معرکه‌اش بـرزخ می‌شد تـلافیش را سـر
مخمل درمی‌آورد. و با خیزران و چک و لگد و زنجیر او را کتک می‌زد
و هرچه ناسزا به دهنش می‌آمد می‌گفت. و مخمل هم فحش‌های
لوطیش را می‌شناخت و آهنگ تهدیدآمیز آنها به گوشش آشنا بود. از
شنیدن ناسزاهای لوطیش این حالت به او دست می‌داد که باید بترسد
و کاری که خواسته شده زود انجام دهد و پائین پای لوطی گردنش را
کج کند و با التماس و اطاعت به او نگاه کند تا کتک نخورد. اما با همهٔ
اینها گاهی آتشی می‌شد و سرلج می‌رفت و بدلعابی می‌کرد و چنان
زنجیر را از دست لوطیش می‌کشید که او را ناچار می‌کرد که شل بیاید
و مدتی خواه ناخواه قربان صدقه‌اش برود و بادام و کشمش به نافش
ببندد تا رام شود. و او هم هرچند رام می‌شد، ولی گاهی سر بزنگاه که
لوطی معرکه‌اش گرم می‌شد و زیاد از مخمل کار می‌کشید او هم رکاب
نمی‌داد و هرچه لوطی تو سرش می‌زد بیشتر جری می‌شد و زیر بار
نمی‌رفت و فرمان او را نمی‌برد.

آن وقت جهان هم می‌بستش به درختی یا تیری و آن‌قدر می‌زدش
تا ناله‌اش درمی‌آمد و از ته جگر فریاد می‌کشید و صداهائی تو گلویش
غرغره می‌شد. اما هیچ‌کس به دادش نمی‌رسید. هیچ‌کس زبان او را
نمی‌فهمید. همه می‌خندیدند و به او سنگ می‌پراندند. گاهی از زور
درد خودش را گاز می‌گرفت و توی خاک و خل غلت می‌زد و نعره
می‌کشید و دهنش چون گاله باز می‌شد و ته حلقش پیدا می‌شد و زبان
خودش را می‌جوید. و مردم ذوق می‌کردند و می‌خندیدند. چونکه
«حاجی فیروز کتک می‌خورد.»

اما بدترین کیفر برای مخمل گرسنگی و بی‌دودی بود. جهان وقتی که کینۀ شتریش گل می‌کرد او را گرسنه و بی‌دود می‌گذاشت و بش خوراک نمی‌داد. او را می‌بست تا نتواند برای خودش چیزی پیداکند بخورد. اگر آزاد بود، می‌رفت سر خاکروبه‌ها و زرت و زبیل‌هائی که رو زمین پر بود برای خودش دهن گیره‌ای پیدا می‌کرد. یا اگر دود می‌خواست مثل آدم‌ها می‌نشست تو قهوه‌خانه و از بو دود دیگران کیف می‌برد. اما آزاد نبود.

آهسته و باکنجکاوی بسیار دست برد و شولا را از رو سر لوطی پائین کشید. شب‌کلاه کوره بسته‌ای که از لبه‌اش چرک براق چون قیر پس داده بود نمایان شد. صورت ورچروکیده لوطی‌اش مانند مجسمۀ آهکی که روش آب ریخته باشند از هم وارفته بود.

خوشی و لذت ناگهانی به مخمل دست داد، مثل اینکه انتر ماده‌ای را دیده باشد. گوئی لوطیش از راه خیلی دوری که میانشان رود بزرگی بود به او نگاه می‌کرد و به او دسترسی نداشت. کیف شهوانی لرزاننده‌ای تو رگ و پی‌اش دوید. حس کرد بر لوطیش پیروز شده. تو صورت او خیره شده بود و داشت خوب تماشایش می‌کرد. چند صدای بریده خشک از تو گلویش بیرون پرید. «غی، غی، غی،»

بعد دست برد و از توی توبره سفره نان را بیرون کشید و دو تا گنجشک پخته از توی آن بیرون آورد و فوری بلعیدشان. سپس نانها را هرچه بود خورد. هیچ دلواپسی نداشت. کیفور و سرحال بود.

چپق لوطی را از زمین برداشت و به سرش و چوبش نگاه کرد و با ناشیگری با آن ور رفت. و آن را به دهنش گذاشت. وقتی که لوطیش زنده بود به دستور او برایش چپق را تو کیسه توتون می‌کرد و سرش را

توتون می‌گذاشت. حالا هم با ولنگاری کیسه را از روی زمین برداشت. آن را سر ته گرفته بود. توتون‌ها رو زمین پخش شد. او هم با انگشتانش آنها را رو خاک شیار کرد. و با لج‌بازی به لوطیش نگاه کرد. بعد چپق را انداخت دور. باز بربر به لوطیش خیره شد.

میل سوزنده‌ای به دود وادارش کرد. که وافور را از کنار اجاق خاموش بردارد و زیر دماغ خود بگیرد. پره‌های بینیش تراشیده شده بود. مثل اینکه خوره خورده بود. چند بار وافور را با رنج و دلخوری تو انگشتان سیاه چرب خاک‌آلودش چرخاند و سپس آن را بو کرد و پستانکش را کرد تو دهنش و آنرا جوید و خردش کرد. تلخی سوختهٔ میان نی بیزارش کرد. اما بو شیره تو دماغش پیچید و میلش را تحریک کرد. خرده‌های چوب وافور را که جویده بود تف کرد. از تلخی آن زده شده بود. بعد آن را قایم کوفت روی سنگ پای اجاق و سپس چند بار از روی دستپاچگی دامن شولای جهان را کشید. ازش یاری می‌جست. می‌خواست بیدارش کند. سپس با ناامیدی آهسته از جایش پا شد و به لوطیش پشت کرد و رو به دشت راه افتاد.

دشت روشن‌تر شده بود. آفتاب تویش پهن شده بود. رنگ مس گداخته‌ای را داشت که داشت کم‌کم سرد می‌شد. صدای وور و وور کامیون‌ها توی آن پیچیده بود.

هیچ نمی‌دانست کجا می‌رود. همیشه لوطیش مانند سایه بغل دست او راه رفته بود؛ مانند یک دیوار. اما حالا صدای سریدن زنجیر به روی خاک و سنگلاخ بود که کلافه‌اش کرده بود. زنجیرش همزادش بود. حالا خودش بود و زنجیرش. و زنجیرش از همیشه سنگین‌تر شده بود و توی دست و پایش می‌گرفت و صدای آزاردهنده‌اش تنهائیش را می‌شکست.

از چند تخته سنگ گذشت. حالا دیگر از لوطیش دور شده بود. روی دو پا راه می‌رفت. دمش کوتاه و سرش منگوله داشت. هیکل گنده‌اش زنجیرش را می‌کشید و خمیده راه می‌رفت. قیدی نداشت، هرجا می‌خواست می‌رفت. کسی نبود زنجیرش را بکشد. خودش زنجیر خود را می‌کشید. از لوطیش فرار کرده بود که آزاد باشد. به سوی دنیای دیگری می‌رفت که نمی‌دانست کجاست؛ اما حس می‌کرد همین‌قدر که لوطی نداشته باشد آزاد است.

آمد به چراگاهی که گله گوسفندی تو آن می‌چرید. همه آنها سرشان زیر بود و داشتند علف‌های کوتاه را نیش می‌کشیدند. تو هم می‌لولیدند و سرشان به‌کار خودشان بند بود. بچه چوپانی تو علف‌ها پاهایش را دراز کرده بود و نی می‌زد. توی چراگاه تک تک بلوط‌های گنده گرد گرفته سنگین و خاموش پراکنده بودند. مخمل در حاشیه چراگاه زیر بلوطی نشست و به چوپان و گوسفندها نگاه کرد.

کمی آرام گرفته بود. همین مسافت کوتاهی که به اختیار خودش راه آمده بود زنده‌اش کرده بود. از گلهٔ گوسفند خوشش آمد. حس می‌کرد بچه چوپانی که در آنجا نشسته از گوسفندها به او آشناتر و نزدیک‌تر است. سرگرمی تازه‌ای برایش پیدا شده بود. به کسی کاری نداشت. اما پی در پی دور و ور خودش را می‌پائید. ترس تو تنش وول می‌زد.

در این هنگام خرمگس پر طاوسی گنده‌ای ریگ تو جوش شد و هردم خودش را سخت به چشم و صورت او می‌زد و آزارش می‌داد. می‌نشست گوشهٔ چشمش و او را نیش می‌زد. مخمل با مهارت و حوصله دزد کرد و به چالاکی آن را میان انگشتانش گرفت. کمی به آن نگاه کرد و سپس گذاشتش توی دهنش و خوردش.

گلهٔ گوسفند فارغ می‌چرید. چوپان تا مخمل را دید از جایش پا شد

و آمد به سوی او. چوبش را گذاشته بود بود پشت گردنش و از زیر، دو دستش را آورده بود بالای آن و آن را گرفته بود. این کاری بود که همیشه مخمل در معرکه‌های لوطی انجام می‌داد. لوطی خیزرانش را می‌داد به مخمل و می‌خواند «بارک اللّه چوپانی، درس بگیر چوپانی.» مخمل هم چوب را می‌گذاشت پشت گردنش و دستهایش را از دوطرف زیر آن بالا می‌آورد و آن را می‌گرفت و راه می‌رفت و می‌رقصید، درست مانند همین بچه چوپان.

از چوپان خوشش آمد. مثل خود او بود که ادا درمی‌آورد. از جایش تکان نخورد. برای خودش نشسته بود و دستهایش را گذاشته بود میان پاهایش و به چوپان که به سوی او می‌آمد نگاه می‌کرد. چوپان که نزدیک شد با احتیاط پیش او آمد و در چوب‌رس او ایستاد. با شگفتی و ندید بدیدی زیاد به این جانوری که تا آن زمان مانندش را تنها یک بار از دور در ده دیده بود نگاه می‌کرد. به گوش‌ها و دست و پا و چشمان و صورت او که مثل خودش بود نگاه می‌کرد. دستش را پیش آورد و مات و واله به انگشتان خودش نگاه کرد و بعد با سرگرمی و بازیگوشی به دستهای مخمل نگاه کرد. دلش می‌خواست نزدیک او برود و بگیردش تو بغلش و باش بازی کند. میان او و خودش رابطه‌ای دید که با گوسفندانش ندیده بود. دست کرد توی جیبش و یک تکه نان بلوط که خشک خشک بود و مانند تکه گچی بود که از دیوار کنده شده بود بیرون آورد و انداخت تو دامن مخمل و سرگرم تماشا ایستاد.

مخمل با شک نان را برداشت و بو کرد و بعد با بی‌اعتنائی انداختش دور. با تردید و احتیاط به بچه چوپان نگاه می‌کرد و هیچ ترسی از او نداشت. هیچ خطری از او حس نمی‌کرد. کینه‌ای از او در

دل نداشت. اما هوشیار بود ببیند که او با چوب درازش با او چه می‌خواهد بکند. او چوب را، و کارهائی که از آن می‌آمد خوب در زندگیش شناخته بود. دشمن چوب بود.

چشمان ریزش مانند نور آفتابی که از زیر ذره‌بین بتابد، تیز و سوزنده از زیر ابروان برآمده و یال‌های خار خاریش به سراپای بچه چوپان افتاده بود. با احتیاط و شک بیشتری به چوپان نگاه می‌کرد. چونکه او چوب گره‌گره ارژنش را تو دستش تکان می‌داد و مخمل هم همیشه از حیوانات اینجوری آزار و رنج دیده بود. او حیوانی را که مثل خودش بود و به خودش شباهت داشت خوب می‌شناخت. اینگونه حیوانات را زیادتر از جانوران دیگر دیده بود.

بچه چوپان گامی جلوتر گذاشت. مخمل باز از جایش نجنبید، تنها چشمانش با حرکات او می‌گردید. پسرک از تنهائی و خجالتی که در خودش یافته بود می‌خواست بداند او چیست و چکار می‌خواهد بکند. ناگهان چوب دستش را بلند کرد و به طرف او سخمه رفت. اما فوراً خودش زودتر ترسید و پس رفت. چوب به مخمل نخورد.

حالا دیگر مخمل با تردید زیاد به چوپان نگاه می‌کرد. تنش خسته و فرسوده بود. کف دست و پایش می‌سوخت. تنش از زور بی‌دودی مور مور می‌کرد. منظرهٔ لوطیش که جلو منقل نشسته بود و تریاک می‌کشید و به او دود می‌داد پیش چشمش بود. این خاطره‌ای بود که از گذشته داشت. هرچه پره‌های لب بریده تیز و نازک بینیش را تکان می‌داد و نفس می‌کشید بوی تریاک را نمی‌شنید. تند تند نفس می‌زد. از بودن چوپان کلافه شده بود. می‌خواست پا شود برود اما حس می‌کرد که نباید پشتش را به چوپان کند.

پسرک از خون سردی و بی‌آزاری مخمل شیر شد. دوباره چوبش

را بلند کرد و ناگهان قرص خواباند تو کلهٔ مخمل. مخمل هم یکهو خودش را مانند پاچه خیزک جمع کرد و پرید به بچه چوپان و دست‌هایش را گذاشت روی شانه‌های او و در یک چشم برهم زدن گاز محکمی از گونه پسرک گرفت و تکه گوشتش را رو صورتش انداخت. پسرک وحشت‌زده به زمین افتاد و خون شفاف سنگینی از صورتش بیرون زد. مخمل تا آن روز هیچگاه فرصت نیافته بود که آدمیزادی را چنان بیازارد.

همچنانکه پسرک به خود می‌پیچید و ناله می‌کرد مخمل با چند خیز از آنجا دور شد و بی‌آنکه خود بداند، همان راهی که آمده بود پیش گرفت. این تنها راهی بود که می‌شناخت. از همان سنگلاخی که آمده بود گذشت. هیچ نمی‌دانست چه کند.

یک دشت گل و گشاد دور و ورش را گرفته بود که در آن گم شده بود. راه و چاه را نمی‌دانست. نه خوراک داشت، نه دود داشت و نه سلاح کاملی که بتواند با آن با محیط خودش دست و پنجه نرم کند. گوشت تنش در برابر محیط زمخت و آسیب‌رسان، زبون و بی‌مقاومت و از بین‌رونده بود. گوش‌هایش را تیز کرده بود و از صدای کوچکترین سوسکی که تو سبزه‌ها تکان می‌خورد می‌هراسید و نگران می‌شد. هرچه دور و ورش بود پیشش دشمنی ستمگر و جان سخت جلوه می‌نمود.

خستگی و کرختی تن، زبونش ساخته بود. آمد پناه سنگی کز کرد و تا می‌توانست خودش را در گودی‌ای که میان دو سنگ پیدا شده بود جا کرد. آشفته و درهم بود، حواسش پرت شده بود. غریزه‌هایش کند شده بود و زنگ خورده بود. جلو خودش نگاه می‌کرد و شبح آدم‌ها و تبردارانی که درخت‌ها را می‌بریدند می‌پائید. آدم‌ها برایش حالت لولو

داشـتند. ازشـان بـیزار بـود. ازشـان مـی‌ترسید. یک وحشت ازلی و
بی‌پایان از آنها در دلش مانده بود، حالا هم خودش را تا می‌توانست از
آنها پنهان می‌کرد.

چند تا تیغه علف از روی زمین کند و بو کرد و خوردۀ مزۀ دبش و
تازۀ آنها او را سرحال آورد. مزۀ دهنش عوض شد. بازهم از آن علف‌ها
خورد، گلویش تر و تازه شد. آفتاب تنگ و خواب‌خیز اردیبهشت به
موهای سینه و شکمش می‌خورد و پوست تنش را غلغلک شیرین و
خواب‌آوری می‌داد. پشتش را به سنگ داده بود و به گل‌های گندم و
همیشه بهارکه فرش زمین بود نگاه می‌کرد. لب پائینش را آورد جلو و
کمی آنرا لرزانید، و صدای لغزنده‌ای تو گلویش غرغره شـد. گـوئی
می‌خندید.

بعد خودش را بیشتر تو سوراخی که کز کرده بود جاکرد. پشتش را
به تخته سنگ عقبش فشار می‌داد و خستگی در می‌کرد. یک دفعه
خوشش آمد و آزادی خودش را حس کرد. راضی بود. مثل اینکه بار
سنگین و آزاردهندۀ غربت ازگرده‌اش برداشته شده بود.

دستش را برد زیر بغلش و آنجا را خرت خرت خاراند. سرش به
حالت کیف روگردنش کج بود. گوئی کسی مشت و مالش می‌داد. بعد
شکمش را خاراند. آن وقت شق نشست و با شکم و ران و میان پای
خودش ور رفت. رشک و شپشه‌های تنش را یکی یکی با انبرک‌های
تیز ناخنش می‌گرفت و می‌گذاشت زیر دندانش و می‌خورد. پوست
شکمش نقره‌ای بود و رگ‌های آبی توش دویده بود.

تمام تنش از آتش یک خواهش طبیعی گرگرفته بود. مثل اینکه آناً
یک انتر ماده جلوش سبز شده بود و میان پایش را باز کرده بـود.
چشمانش را دردناک به هم می‌زد و خمار جلو خود نگاه می‌کرد.

دستش را برد لای رانش و میان پایش را چسبید. وقتی لوطی داشت تا می‌خواست با خودش بازی کند لوطیش قرص و قایم با خیزران می‌کوبید رو انگشتانش. اما چون گردن کلفت بود لوطیش هروقت دستش می‌رسید و طالب پیدا می‌شد او را برای تخم‌کشی به لوطی‌هائی که میمون ماده داشتند کرایه می‌داد.

این زناشوئی‌های مشروع که تک و توک در زندگی مخمل روی داده بود تنها خاطره‌های شهوانی بود که از جنس ماده‌اش برای او مانده بود. اما لوطی جهان بی‌دریافت اجاره هیچوقت نمی‌گذاشت او با انترهای ماده جفت شود. این بودکه مخمل میمون ماده‌ها را از دور می‌دید که آنها هم زنجیر گردنشان بود و لوطی‌هایشان آنها را می‌کشیدند و نمی‌گذاشتند بهم برسند و تا می‌خواستند به هم نزدیک شوند زنجیرهایشان از دو سو کشیده می‌شد و خیزران بالای سرشان به چرخش درمی‌آمد.

گاه می‌شدکه لوطی برای مسخرگی و خنداندن مشتریان معرکه‌اش توله سگ یا بچه گربه ریفونه‌ای می‌انداخت جلو مخمل. مخمل هم آنها را می‌گرفت تو دستش و زورشان می‌داد و بوشان می‌کرد و میان پای خودش می‌برد و خودش را با ناشی‌گری تکان تکان می‌داد و بعد میانداختشان دور. و هیچگونه سیری و رضایتی از این‌گونه کارها به او دست نمی‌داد.

حالا دیگر خودش تنها بود و ترسی از لوطیش نداشت. سستی و کرختی تنش رفته بود. گرم شده بود. نیروی تازهٔ پر کیفی تو رگ و پوستش دویده بود. پی در پی دستش روی آنچه که تویش چسبیده

بود بالا و پائین می‌رفت. پوستش آن رو لیز می‌خورد. نمی‌دانست چه می‌کند. اما چشم به راه یک دگرگونی درونی بود. منتظر یک لذت آشنای سیرکننده بود. یک لذت جسمی او را در کارش پشتیبانی می‌کرد. تنش می‌لرزید. خودش را دردمندانه می‌مالید. به حالت غم‌انگیز دستپاچه و هول خورده‌ای جلو خودش را نگاه می‌کرد. همه چیز از یادش رفته بود. خودش را فراموش کرده بود. تو تیرهٔ پشتش لرزش خارش‌دهنده‌ای پیدا شد. داشت کم‌کم از حال می‌رفت. چشمانش نیم بسته شده بود. داشت می‌شد که ناگهان هیولای شاهین نیرومندی از ته آسمان تند و تیز به سویش یله شد. شاهین خونخوار و کینه‌جو با چنگال و نوک باز به سوی مخمل حمله برد.

در دم غریزهٔ حفظ جان مخمل بر تمام میل‌های دیگرش غلبه یافت. هراسان از جایش پرید و روی دو پا بلند شد. خطر را حس کرده بود. گوئی دیوانه شد. نیش دندان و چنگال‌هایش برای دفاع باز شد. دست‌هایش را بالای سرش بلند کرد و دندان‌های نیرومندش بیرون زد اما زنجیر مزاحمش بود. گردنش را خسته کرده بود و به سوی زمین می‌کشیدش. شاید در تمام آن مدتی که خود را آزاد می‌دانست یا زنجیر از یادش رفته بود و یا چون مانند یکی از اعضای تنش شده بود و همیشه آن را دیده بود دیگر به آن اهمیتی نمی‌داد.

شاهین به تندی از بالای سرش گذشت و کوهی ترس و تهدید بر سر او ریخت و به همان تندی که یله شده بود اوج گرفت. هردو از هم ترسیده بودند. کمی دور و ور خودش را نگاه کرد. از آنجا هم سر خورد. آنجا هم جای زیستن نبود. آسایش او بهم خورده بود. باز هم تهدید شده بود. کوچکترین نشان یاری و همدردی در اطراف خود

نمی‌دید. همه چیز بیگانه و تهدیدکننده بود. مثل اینکه همه‌جا رو زمین سوزن کاشته بودند. یک آن نمی‌شد درنگ کرد. زمین مثل تابهٔ گداخته‌ای پایش را می‌سوزاند و به فرار ناچارش می‌کرد.

خسته و درمانده و بیم‌خورده و غمگین راه افتاد. باز هم از همان راهی که آمده بود. از همان راهی که فرار پیروزمندانه و در جستجوی آزادی از آن شده بود برگشت. نیروئی او را به پیش لاشهٔ تنها موجودی که تا چشمش روشنایی روز دیده بود او را شناخته بود می‌کشانید. با رضایت و خواستن پرشوقی رفت به سوی کهنه‌ترین دشمنی که پس از مرگ نیزاو را به دنبال خود می‌کشانید. زنجیرش را به دنبال می‌کشانید و می‌رفت. ولی این زنجیر بود که او را می‌کشانید.

لاشهٔ لوطی دست نخورده سر جایش بود. هنوز به درخت لم داده بود. مخمل او را که دید خوشحال شد. دوستیش به او گل کرده بود. دلش قرص شد. تنهائیش برهم خورد. لاشه مانند یک اسباب‌بازی بدیع او را گول می‌زد و به خودش می‌کشانید. از فرار هم سرخورده بود. فرار هم وجود نداشت. درگیر و دار فرار هم تهدید می‌شد.

مرگ لوطی به او آزادی نداده بود. فرار هم نکرده بود. تنها فشار و وزن زنجیر زیادتر شده بود. او در دایره‌ای چرخ می‌خورد که نمی‌دانست از کجای محیطش شروع کرده و چندبار از جایگاه شروع گذشته. همیشه سر جای خودش و در یک نقطه درجا می‌زد.

اکنون دیگر کاملاً خسته و مانده بود از همه‌جا ناامید بود. هرجا رفته بود رانده شده بود. تنش مور مور می‌کرد. دست و پایش کوفته شده بود. راه رفتن دیروز و تشویش بی‌دودی و زندگی نامأنوس امروز از پا درش آورده بود.

با تردید و ناامیدی آمد زانو به زانوی لوطیش گرفت نشست و

سرگردان به او نگاه می‌کرد. اندوه سر تا پایش را گرفته بود. نمی‌دانست چکار کند. اما آمده بود که همانجا پهلوی لوطیش باشد و نمی‌خواست از پهلوی او برود و لوطیش که به‌جای زبانش بود و پیوند او بادنیای دیگر بود مرده بود.

دوتا زغال‌کش دهاتی با دو تبر گنده که رو دوششان بود از دور به سوی مخمل و بلوط خشکیده و لوطی مرده پیش می‌آمدند. مخمل از دیدن آنها سخت هراسید. اما لوطیش پهلویش بود. با التماس به لاشهٔ لوطیش نگاه کرد و چند صدای بریده تو گلویش غرغره شد. تنش می‌لرزید.

او نه آدم آدم بود و نه میمون میمون. موجودی بود میان این دوتا که مسخ شده بود. از بسیاری نشست و برخاست با آدمها از آنها شده بود. اما در دنیای آنها راه نداشت. آدمها را خوب شناخته بود. غریزه‌اش به او می‌گفت که تبردارها برای نابودی او آمده‌اند. باز به مردهٔ سرد و وارفتهٔ لوطیش نگریست. و بعد دستش را درازکرد و دامن او راگرفت و کشید. از او یاری می‌خواست. هرچه تبردارها به او نزدیک‌تر می‌شدند ترس و بیچارگی و درماندگی او بالاتر می‌رفت. زغال‌کش‌ها زمخت و ژولیده و سیاه و سنگدل و بی‌اعتنا بودند، و بلند بلند می‌خندیدند.

تبردارها نزدیک می‌شدند و تبرهایشان تو آفتاب برق می‌زد. برای مخمل جای درنگ نبود. آنجا هم جایش نبود. آنجا را هم سوزن کاشته بودند. آنجا هم تابهٔ گداخته بود و روی آن درنگ ممکن نبود. شتابزده پا شد فرارکند. می‌خواست از مردهٔ لوطیش و تبردارهائی که تو قالب او رفته بودند فرارکند. اما کشش و سنگینی زنجیر نیرویش راگرفت و با نهیب مرگباری سر جایش میخکوبش کرد. گوئی میخ طویله‌اش به

۱۰٦ / صادق چوبک

زمین کوفته شده بود. به نظرش رسید که لوطیش دارد با قلوه سنگ آن را توی زمین می‌کوبد. گوئی هیچگاه این میخ طویله از زمین کنده نشده بود. هرقدر با دست و گردن زنجیرش را کشید، زنجیر کنده نشد. حلقهٔ میخ طویله‌اش پشت ریشهٔ استخوانی سمج بلوط گیر کرده بود و تکان نمی‌خورد.

عاصی شد. دیوانه‌وار خم شد و زنجیرش را گاز گرفت و آنرا با خشم تلخی جوید. حلقه‌های آن زیر دندانش صدا می‌کرد و دندان‌هایش را خرد می‌کرد.

از زور خشم چشمانش گرد و گشاد شده بود. درد آرواره‌ها را از یاد برده بود و زنجیر را دیوانه‌وار می‌جوید. خون و ریزه‌های دندان از دهنش با کف بیرون زده بود. ناله می‌کرد و به هوا می‌جست و صداهای دردناک خام تو حلقش غرغره می‌شد.

از همه جای دشت ستون‌های دود بالا می‌رفت. اما آتشی پیدا نبود و آدم‌هائی سایه‌وار پای این دودها درکند و کاو بودند و تبردارها نزدیک می‌شدند و تیغهٔ تبرشان تو خورشید می‌درخشید، و بلندبلند می‌خندیدند.

از مجموعه‌ی

روز اول قبر

چشم شیشه‌ای

دسته گل

یک چیز خاکستری

پاچه خیزک

همراه

عروسکِ فروشی

همراه «شیوهٔ دیگر»

چشم شیشه‌ای

چشم آماده بود و دکتر آن را تو چشم‌خانه پسرک جا گذارد و گفت: «بازکن، چشمتو بازکن، حالا ببند، ببند، حالا خوب شد. شد مثه اولش.» سپس رو کرد به پدر و مادر پسرک و گفت، «ببینین اندازه اندازه‌س مو لای پلکاش نمی‌ره.»

پسرک پنج ساله بود و صاف رو یک چارپایه نزدیک میز دکتر ایستاده بود. پدر و مادرش پهلویش ایستاده بودند. پدر پشت سرش بود و رو به‌روی دکتر بود و کجکی به صورت بچه‌اش نگاه می‌کرد. مادر آن‌طرف‌تر، میان مطب ایستاده بود و پشت سر پسرش را می‌دید و پیش نیامد که ببیند «اندازه‌اس و مو لای پلکاش نمیره.»

حالا دیگر شب بود و مادر و پسرک چشم شیشه‌ای و پدرش تو خانه دور یک میز نشسته بودند. کودک شیرخواره دیگری به پستان مادر چسبیده بود. سبیل سیاه و کلفت مرد به رومیزی پلاستیک خم مانده بود و نگاهش، یک‌وری به صورت پسرک چشم شیشه‌ای خواب رفته بود.

«علی جانم حالا دیگه چشّات مثه اولش شده. مثه چشّای ما شده.» پدر گفت و پا شد از روی طاقچه یک آئینه کوچک برداشت و برد پیش پسرک. بچه زُل زُل تو آئینه خیره ماند. چشم شیشه‌ای او بی‌حرکت و آبچکان، پهلو آن چشم دیگرکه درست بود، رو آئینه زل زد. بعد ناگهان تو رو باباش خندید. مادرک چشمانش نم نشسته بود و به آنها نگاه نمی‌کرد و

به‌گریبان خود، به‌گونه کودک شیر خواره‌اش خیره مانده بود.

باز صدای پدر بلند شد. «مادر، مگه نه؟ مگه نه که چشّای علی‌جان مثه روز اولش شده؟» مادرک تف لزج بیخ گلویش را قورت داد و سرش را تکان داد و نور چراغ از پشت بار اشک لرزیدن گرفت و با صدای خفه‌ای گفت: «آره، مثه اولش.» سپس شتابان کودک شیرخوار را بغل زد و پاشد و او را برد و توگهواره گوشه اطاق خواباند.

پدر راه افتاد و رفت پیش پنجره و تو حیاط نگاه کرد و مادر رفت پهلوی او تو حیاط نگاه کرد و حیاط تاریک و خالی و سرد بود. مرد سایه گرم زن را پشت سر خود حس کرد و با صدای اشک خراشیده‌ای گفت: «من دیگه طاقت ندارم. تنهاش نذار. برو پیشش.»

زن صداش لرزید و چشمانش سیاهی رفت و نالید: «من دارم میفتم. اگه می‌تونی تو برو پیشش. و مرد برگشت و تو چهره زنش خیره ماند. گونه‌های او تر بود و چکه‌های اشک رو سبیل‌هاش ژاله بسته بود. زن گفت: «اگه این‌جوری ببیندت دق می‌کنه. اشکاتو پاک کن.» و خودش به هِق هِق افتاد و سرش را انداخت زیر و به پاهای برهنه خود نگاه کرد.

آهسته دست زن را گرفت و گفت: «نکن. بیا بریم پیشش. امشب از همیشه خوشحال‌تره. ندیدی می‌خندید.؟» و چشمان خود را پاک کرد و مفش را بالاکشید. سینه و شانه‌هایش لرزید و گریه‌اش را قورت داد. و هردو پیش بچه رفتند و بالای سرش ایستادند و به او نگاه کردند.

پسرک آئینه را گذاشته بود رو میز و چشم شیشه‌ای خود را از چشم‌خانه بیرون کشیده بود و گذاشته بود رو آئینه و کره پر سفیدی آن با نی‌نی مرده‌اش رو آئینه وق زده بود و چشم دیگرش راکجکی بالای آئینه خم کرده بود و پرشگفت به آن خیره شده بود و چشم‌خانه سیاه و پوکش، خالی رو چشم شیشه‌ای دهن کجی می‌کرد.

دسته‌گل

نامهٔ سربسته را با همان خطی که می‌شناخت و یک دانه تمبر پست شهری روش خورده بود، جلوش روی میز گذاشته بود و جرأت نمی‌کرد به آن دست بزند. تقصیر خودش بود که تا به اتاق کارش وارد شد، دوید و رفت میان نامه‌های اداری گشت و اول از همه این نامه را پیدا کرد. ولی حالا که پیدایش کرده بود جرأت نمی‌کرد به آن دست بزند. تقصیر خودش بود که تا به اتاق کارش وارد شد، دوید و رفت میان نامه‌های اداری گشت و اول از همه این نامه را پیدا کرد. ولی حالا که پیدایش کرده بود جرأت بازکردن آن را نداشت. این سومین نامه‌ای بود که در این دو هفته اخیر به دست او رسیده بود و مضمونش را خیلی خوب می‌توانست حدس بزند چیست. نامه تو یک پاکت مفلوک پاکتچی ساخت بازار بین‌الحرمین خوابیده بود و او می‌دانست که تا به پاکت دست بزند چسبش از هم وامی‌رود و دهن باز می‌کند. دوتا پاکت قبلی هم همین‌جور بود.

طوری به نامه نگاه می‌کرد که به مار خفته‌ای نگاه کند. دلش می‌خواست زود آن را بازکند و بخواندش. اما دستش به سوی آن دراز نمی‌شد. می‌ترسید پاکت جان بگیرد و راه بیفتد و تخم چشم‌هایش را بخورد. حس می‌کرد یقه‌اش گردنش را گاز گرفته بود و خونش را

می‌خورد. تنش سرد شده بود و توان حرکت را نداشت. غیر از خودش و زنش و یکی دو نفر، کسی از مفاد نامه‌ها آگاه نبود. حتی رئیس دفترش هم بوئی نبرده بود. کسی چه می‌دانست در نامهٔ سربسته چیست. رئیس دفتر نامه‌های خصوصی رئیس را دست نخورده و مستقیم می‌برد و رو میز کار او می‌گذاشت.

اما چاره‌ای نداشت و می‌بایست نامه را بخواند. اگر نامه را نمی‌خواند هیچ کار دیگر از دستش نمی‌آمد. چند روز بود که منتظر این نامه بود. فشاری به خود آورد و بالاتنه‌اش را ور میز یله کرد و با دلهره و انگشتان لرزان پاکت را گرفت و باز کرد و خواند:

«شاید خیال کرده بودی حرف‌های من در نامه‌ای که هفته پیش برایت نوشتم تمام شده است؟ اگر چنین است خیلی اشتباه کرده‌ای. لابد خیال می‌کنی آنچه که در نامه‌های پیش برایت نوشتم همه توپ خالی بوده. آخر چرا؟ مگر من مرض دارم که بی‌خودی به این کار خطرناک نامه‌نویسی و تهدید به‌کشتن تو دست بزنم؟ من باید پیش از آنکه ترا یک‌بار بکشم و مردم این اداره را از شرّت خلاص کنم، می‌خواهم چندبار ترا بکشم و زنده کنم و آخر سر طبق برنامه‌ای که دارم سگ کُشت کنم. این را دیگر من نگفته‌ام. گفته بزرگان است که آدمی که از مرگ می‌ترسد، پیش از آنکه مرگش فرا رسد چندین بار می‌میرد. می‌خواهم پیش از آنکه بکشمت، درست و حسابی زجرکُشت کنم. مرگ چیز وحشتناکی است. باید از هرچه داری دست بکشی. زنت و خویشانت پس از تو در این جهان خوش می‌گذرانند و تو زیر خاک سیاه خفته‌ای. من دلم می‌خواهد تو درد مرگ را با نوک زبان خودت حس کنی و با چشمان باز و با هوش و شعورِ مرگ‌زده، از دار و ندار و علائق خودت خداحافظی کنی.

من ترا می‌کشم برای اینکه آدم بدی هستی. می‌خواهم یک مشت کارمندان بیچاره مفلوک را از دستت خلاص کنم. تو خیلی به زیردستانت ظلم کرده‌ای. ظلمی که تو کرده‌ای شدّاد نکرده. فغان از تبعیض‌های تو. دیگر همه به جان آمده‌اند. هیچ‌چیز برای رئیس یک سازمان بدتر از تبعیض نیست. خدا نکند از چشم و ابروی یکی خوشت نیاید که او را به روز سیاه می‌نشانی. نقشه من خیلی ساده است. می‌خواهم ترا زجرکش کنم و بعد کَلَکت را بکنم. اما می‌خواهم در دم مرگ مرا بشناسی. قاتل خودت را بشناسی.

خوب خبر دارم که از دریافت این نامه‌ها چه می‌کشی. لابد خیلی دلت می‌خواهد مرا بشناسی. البته خواهی شناخت. ولی نه حالا. من به تو قول می‌دهم که در دم مرگ خودم را به تو بشناسانم. مرا خواهی دید. اما کی؟ وقتی که ششلول به دست بالای سرت ایستاده‌ام و تو، تو خون خودت می‌غلتی. این جزء برنامهٔ من است. اما هوس خطرناکی است. ممکن است من جان خودم را در راه این هوس بی‌جا بگذارم. اما نمی‌خواهم دل ترا بشکنم و طوری سر به نیستت کنم که ندانی ازکجا خورده‌ای. آخر من قاتل شریفی هستم و تو حتماً باید مو به مو از سرگذشت خود آگاه باشی. برای من فرق نمی‌کند که بعد از تو مرا بکشند. من آدم احمقی نیستم. زندگی هرکس باید هدفی داشته باشد. وقتی آدم به هدفش رسید دیگر چکاری دارد جز اینکه بنشیند و خستگی درکند؟ هدف من کشتن توست و به‌کشتن تو خستگی من در می‌رود. آیا آن روز می‌آید که من این سینه پهن رستم صولت ترا و این صورت گوشتالود و چشمان بیرحم وقیح ترا با گلوله سوراخ کنم؟

راستی خبر داری که من می‌خواهم برای کشتن تو تپانچه به کار ببرم. یک هفت‌تیر جیبی خیلی ظریف بلژیکی دارم که هرچند برای

آزمایش با آن پنهانی تو کوه‌های پس قلعه تیراندازی کرده‌ام و قبراق هم هست اما من خودم ازش راضی نیستم. از ریختش خوش نمی‌آید. می‌دانی، زیادی ظریف و نازک و نارنجی است و با آن دسته صدفیش مثل دوربین اپرای خانم‌هاست و مثل اینکه من نمی‌توانم باور کنم که کار آدم‌کشی ازش ساخته باشد. شاید سر بزنگاه گیر کند و فشنگ توش بماندو پوکه را نپراند و تو هنوز زنده باشی. آن وقت تمام زحماتم نقش بر آب خواهد شد و گرگ دهن‌آلود و یوسف ندریده.

چون به این هفت‌تیر بلژیکی اطمینان نداشتم سیصد و پنجاه تومان از پول حلال خودم دادم و با چه زحمتی یک نوغان روسی برایت خریده‌ام. تو خودت می‌دانی که خرید اسلحه قاچاق چه کار پرزحمتی است. به آدم اطمینان نمی‌کنند. خیال می‌کنند آدم می‌خواهد آنها را لُو بدهد. جانم به لبم رسید تا شبانه پس از دوندگی بسیار تو کوچه‌های تاریک پول دادم و نوغان را گرفتم. تازه خودم اطمینان نداشتم که خراب نباشد. خوشبختانه نو نو است. این اسلحه راستی نخورد ندارد. از پنجاه متری گاومیش را می‌غلتاند، تا چه رسد به تو. گیر کردن تو کارش نیست. حالا برایت می‌گویم چه شکلی است. نوغان گردونه‌ای دارد که شش تا فشنگ تو شش تا خانه‌هایش جا می‌گیرد و حسنش این است که هر فشنگی که خالی شد، پوکه آن با خانه‌اش از جلو سوزن رد می‌شود و زود یک خانه دیگر با یک فشنگ پر جای آنرا می‌گیرد. برای همین هم هست که خطا نمی‌کند و فشنگ توش گیر نمی‌کند. و کارش هم چنان است که وقتی به گوشت تن خورد به ظاهر هرچند یک سوراخ کوچک معمولی به جا می‌گذارد، اما زیر آن منطقه وسیعی را خرد و خاکشی و متلاشی می‌کند و از کار می‌اندازد.

هرکاری زحمت دارد. نان خوردن هم زحمت دارد. اما وقتی کار هرقدر هم مشکل باشد انجام شد لذت آن زحمتش را از یاد آدم می‌برد. ببخشید من در مدرسه فلسفه هم خوانده‌ام. اگر گاهی وارد معقولات می‌شوم معذرت می‌خواهم و این را می‌خواستم بگویم که هرکاری مشکل است مخصوصاً آدم‌کشی. باور کن وقتی که فکرش را می‌کنم می‌بینم هیچ‌کاری در دنیا از آدم‌کشی مشکل‌تر نیست. من برای خودم معقول آدمی بودم که زندگی بی‌سر و صدائی داشتم. اما از وقتی که این خیال لعنتی کشتن تو تو سرم افتاده یک آن راحت نیستم و همیشه در تشویش بزرگی به سر می‌برم. دلم می‌خواهد این کار هرچه زودتر انجام بشود. اما رسیدن به هدف مشکل است. فکر کشتن تو خواب و خوراک را از من گرفته. اما یقین دارم که در کارم موفق خواهم شد. فکر کن کسی که تمام کوشش و استعداد و وقت خودش را در راه رسیدن به هدفی که دوست دارد یا کاری که عاشق آن است صرف کند بی‌برو برگرد به مرادش خواهد رسید.

ترسی ندارم از اینکه جزئیات نقشهٔ خودم را برایت شرح دهم. برای اینکه این خود جزئی از برنامه است. تمام وسائل کار فراهم است. جان تو در دست من است و من می‌توانم همین امروز ترا بکشم. اما حیف است که تو، با یک گلوله و در یک چشم به هم زدن بمیری. گفتم که من می‌خواهم تا آنجاکه ممکن است ترا زجرکش کنم. تو باید در انتظار مرگ خودت شکنجه‌ها ببینی و چون محکومی که حکم نهائی اعدام به او ابلاغ شده و مدت میان ابلاغ و اجرای حکم به شکنجه روحی و جان کندن زنده است، تو هم هرشب و روز کابوس مرگ را بر سینهٔ خود ببینی.

خیلی میل دارم ترا از روبرو بزنم. ولی گر نتوانستم این زیاد مهم

نیست. آدم نمی‌تواند در این دنیا همه‌چیز را داشته باشد. از روبرو و پشت سر فرق زیادی ندارد. دلم نمی‌خواهد تیر جای حساس تو بخورد و جا در جا بمیری؛ بلکه آرزو دارم که چند روزی پس از آن زنده باشی. باید دکتر عملت کند و دل و روده‌هایت را بهم بریزد و ببرد و بدوزد. باید اتاق عمل که حکم اتاق انتظار مرگ را دارد به چشم خودت ببینی؛ و با تمام تشریفاتش شکنجه‌های ترا زیاد کنند و مرگ را به شکل‌های گوناگون پیش چشمت بیاورند. چکنم با تو دشمنم و جان خود را هم رو این‌کار می‌گذارم.

باید وقت کافی داشته باشی تا خود را برای مردن آماده کنی. از اراضی و املاکت و از زنت و خویشانت دل بکنی. وصیت کنی و از دارائیت چشم بپوشی. میراث‌خوران خود را در بیمارستان برای احوالپرسی دور خود جمع ببینی و چون شمع ذره ذره آب بشوی. آخر تو خودت نمی‌دانی چقدر ظالم هستی. چقدر زیردستان خودت را چزانده‌ای. چقدر زور گفته‌ای و نخوت فروخته‌ای. نمی‌دانی من از تو و از قیافه تو و از رفتار تو و نگاه تو و از آن چشمان بیرحم تو چقدر بیزارم. من می‌توانم ساعت‌ها تو چشمان پلنگ نگاه کنم و حس همدردی و انسانی در آن پیدا کنم. اما آن چشمان دریده تو که ذره‌ای نگاه انسانی ندارد جانم را می‌سوزاند. هیچ فرعونی را در دنیا سراغ ندارم که کشور بدبخت خودش را آنچنانکه تو اینجا را می‌چرخانی اداره کرده باشد. بر سرنوشت یک مشت بیچاره گدا حاکم هستی. تمام کارمندان تو، چشمشان را برای شندر غاز به دست تو دوخته‌اند. اما تو با آنها رفتار فرعونی داری. و غرض و مرض در کارشان می‌کنی. و دست‌هایت چنان به عرب و عجم بند است که امید رفتنت هم به این زودی‌ها از این دستگاه نیست. اینجا تیول تو است. پس هیچ

دستهگل / ۱۱۷

چارهای جز کشتن تو ندارم. من خودم هم نـمیدانم، شـاید جـانی بالفطره باشم. اما من تاکنون آزارم به هیچ جانوری نرسیده. ولی این مهم نیست. شاید این حس تازگی در مـن بیدار شـده. آدمیزاد کـه همیشه یک جور نیست، دائم عوض میشود.

دیشب خواب دیدم که به مرادم رسیدهام و ترا زدهام. اینجور بود که تو، تو اداره پشت میزکارت نشسته بودی کـه مـن غفلةً در اتاق را بـاز کردم و آمدم تو و با ششلولم سه تیر پشت سر هم تو تنت خالی کردم. از جلو سرت رو میز افتاد و خون شفاف جوشانی از شقیقه و دهنت بر شیشهٔ بزرگی که رو میزت هست پـخش شـد. کاغذها و پـروندهها دیدنی بودند. تا نزدیکت آمدم و سرت راکه روی شیشهٔ میز افتاده بود بلند کردم، چشمان بسته خونینت ناگهان بـاز شد و از حدقه درآمد و مثل دو گلوله آتشین تو صورت من پرید و از سـوزششان از خـواب پریدم.

از این خواب هیچ خوشم نیامد. وقتی از خواب پریدم تنم از عرق خیس بود و از زندگی بـیزار شـده بـودم. مـن دلم نـمیخواست کـه چشمان تو به صورت من بپرد. من میخواستم تو صورتم نگاه کنی و فوری مرا بشناسی. گمان میکنم همان سـر تیر رفته بـودی و مـرا نشناختی. چقدر وحشتناک بود. دلم مـیخواست وحشت و التماس را تو چشمانت ببینم. منتظر بودم که تو کتابها خوانده بودم، کف خونآلودی از گوشهٔ لبهایت بیرون زده باشد. اصلاً تـو خـواب قیافهات ظالمتر و بیرحمتر شده بود. ترس و التماس توش نبود. در عالم خواب مثل این بود که تو مراکشته بودی، نه من ترا. مثل این بود که میخواستی مرا بخوری. ای کاش مرا شناخته بودی. همین امر باعث شده که باید زودترکَلَک ترا بکنم. شاید اگر چهرهٔ پر التماسی از

تو در خواب می‌دیدم می‌گفتم: چکارش داری. آدم بدبختی است. چرا میائی جان خودت را برای او به خطر می‌اندازی. شاید تیرت خطا کند. آن وقت باید یک عمر به زندان بیفتی و او راست راست راه برود و به ریشت بخندد.

اما بدبختانه این تصمیم من به شکل مرضی درآمده. نمی‌دانم منتظر چه هستم. تا حالا سه نامه به تو نوشته‌ام و دیگر چیزی ندارم بگویم. بعضی وقت‌ها فکر می‌کنم اگر نمی‌نوشتم خیلی بهتر بود. چونکه همین نامه‌ها زحمت مرا بیشتر می‌کند؛ باعث زحمت دیگران هم هست. خیلی بد کاری کردی که این چند تا کارمند بیچاره را که هیچ گناهی نداشتند به گیر پلیس انداختی. اینها کاری نکرده‌اند. راستش را بخواهی من دیگر خیال نداشتم برایت نامه بنویسم و در حقیقت این نامه هم زیادی است؛ اما چون دیدم این چند تا کارمند مفلوک را گیر پلیس انداخته‌ای برای آنکه تقصیر را از گردن آنها بردارم این نامه را نوشتم. چنانکه می‌بینی نامه‌ها را من می‌نوشتم. منهم که دارم سرو مرو گنده برای خودم راست راست راه می‌روم.

خبر دارم که تو خانه و تو اداره مأموران آگاهی دور ورت می‌چرخند. دیگر کمتر آفتابی می‌شوی، تمام دستگاه‌ها برای پیدا کردن من به کار افتاده‌اند. هرچند این زحمت مرا زیاد کرده ولی جلو کارم را نمی‌گیرد. نقشه‌ام به قدری دقیق است که تقریباً نخورد ندارد. اما یک چیز برای من خیلی لذت‌بخش است. تو برای من حکم یک موش را داری و من گربه‌ای هستم که ترا در چنگال دارم و بازی کردن با تو برایم از تمام لذت‌های دنیا بالاتر است. نمی‌خواهم تصور کنی که من لاف می‌زنم و می‌خواهم بی‌خودی تو دل ترا خالی کنم. تو الان مثل موم تو چنگ منی. تا آنجا که همین حالا که این نامه را داری

می‌خوانی، اگر من تصمیم داشته باشم می‌توانم ترا بزنم. اما صبر چقدر لذت‌بخش است. این برای تو نیست که در کشتنت این دست و آن دست می‌کنم؛ برای خاطر خودم است. برای لذتی است که از آن می‌برم. من اگر ترا امروز بکشم همه‌چیز برای تو و برای من تمام است. اما من نمی‌خواهم به این زودی همه چیز تمام بشود. اگر ترا بکشم فردا دیگر به چه امید زنده باشم.

باید این را بگویم که من مثل همزاد تو هستم. مرگ تو مرگ من است. مرا هم پس از تو خواهند گرفت. اما من پیه همه‌چیز را به تن خود مالیده‌ام. اگر من بتوانم گروهی مردم فقیر و بیچاره را از دست تو خلاص کنم، یقین داشته باش روز قیامت جای من تو بهشت خواهد بود.

معلوم نیست شاید که من جانی بالفطره باشم. اما چرا تاکنون میل آدم‌کشی را در خود نیافته‌ام؟ چرا به همهٔ مردم؛ چرا به حیوانات، چرا به مورچه‌ها و عنکبوت‌ها و مگس‌ها و سوسک‌ها و سگ‌ها و گربه‌ها ترحم دارم؟ اما باور کن که در این دنیا از هیچ‌کس به قدر تو بدم نمی‌آید؟ تنفر وحشتناک است. روزی که ترا بکشم آن وقت می‌توانم یک نفس راحت بکشم. آرزوی کشتن تو نمی‌دانی چقدر برایم لذت‌بخش است. اما این آدم‌کشی را تو خودت در من خلق کرده‌ای. و لابد تو خودت هم اولین قربانی من هستی.

وقتی می‌شنوم که تو به اداره آمده‌ای و در اتاق خودت سرگرم کار هستی. مثل این است که بند دار به گردنم انداخته‌اند و می‌کشند، تو خودت نمی‌دانی چقدر تنفرانگیزی. هنگامی که با ما روبرو می‌شوی، با آن نگاه بی‌رحم و سوزان و تحقیرآمیزت، که مثل وکیل‌باشی‌های لگوری فوج‌های سیلاخوری به صورت آدم می‌اندازی، می‌خواهی ما

را به گردن کج کردن و التماس و گدائی مـجبور بسـازی. و کـارکنان بیچاره عاجز، به خاطر احتیاجی که به تو و دستگاه لعنتی تو دارند و به خاطر کور و کچل‌های نان‌خوری که دور ورشان گرفته‌اند، ناچار باید اینهمه جور و ستم و تفرعن را از تو تحمل کنند و نفسشان درنیاید.

آیا تاکنون به تو گفته‌اند که چشمان تو چپ است و وقتی که آدم را نگاه می‌کنی دو جور به آدم نگاه می‌کنی؟ درست است. تو دو نگاه داری که هردو تنفرانگیز و چندش‌آور است. یکی تو چشم آدم نگاه می‌کند و یکی آن دور دورها، و آنکه آن دور دورها نگاه می‌کند تـو چشم آدم هم نگاه می‌کند و آنکه تو چشم آدم نگاه می‌کند آن دور دورها هم نگاه می‌کند. ای وای که چه وحشتناک است.

از خودخواهی تو چه بگویم. آیا تو خیال می‌کنی این یک صد کیلو گوشت گندیده وجود توست که تمام سکنه ایـن دنیا را بـه وجـود آورده؟ آه‌که چه لذت‌بخش است نابود کردن تو. خودم نمی‌دانم چرا این‌قدر از تـو بـدم می‌آید. یک کینه شـتری وحشـتناک، یک کینه تنفرانگیز به تو دارم که فقط مرگ توست که مرهمی رو زخم دل من می‌گذارد؛ ولو اینکه این مرهم مرا نابود بسازد.

چه فرخنده است آن روزی که قطار اتومبیل‌های تشییع جنازه تو، ریسه دنبال نعشت راه بیفتند. و اگر آن روز من آزاد باشم و این صحنه زیبای سحرانگیز و فسونگر را تماشا کنم زندگی دوباره می‌یابم. دنبال جنازه‌ات وکیل و وزیر و رؤسای کل وگردنه گیرهای دیگر راه می‌افتند. کارمندان تماشاچی هم هستند که یقین دارم ذره‌ای دلشان برای تـو نخواهد سوخت و فقط برای اطمینان خاطرکه ترا تاگورستان برسانند دنبالت راه می‌افتند.

حالا من برایت خواهم گفت که حمل جنازه چگونه خواهد بود.

زنت، با رخت سوگواری و تورگردی سیاه و چهرهٔ بی‌بزک با چشمان بادکرده و تن خسته و لب‌های کبود داغمه بسته، دنبال جنازه که رو دوش‌ها می‌رود افتان و خیزان به راه می‌افتد. این حدس من است که تنش خسته و لبانش کبود و داغمه بسته است. بعضی‌ها را این‌طور دیده‌ام. شاید این‌طور نباشد و او هم به شکرانه خلاصی و نجات از دست چون تو عفریتی، دستی هم تو خودش ببرد و بزک دوزک ملایمی هم بکند. شاید بخواهد در این میان دلبری کند و شوهر آینده خود را اگر که تاکنون زیر چشم نکرده، دست و پا کند. من این ناجوانمردی خودم را به واسطه این فکر چرکی که از ذهنم می‌گذرد نمی‌توانم ببخشم. اما کینه و خشم آدم را کور می‌کند. به هرحال من برایش سخت متأسف خواهم بود. من او را نمی‌شناسم. لابد کسی که در این سالیان دراز توانسته باشد با چون تو جانوری زندگی کند باید خیلی بدبخت و قابل ترحم باشد. به هرحال او تمام کفاره‌هایش را در این دنیا داده و مثل بچه نابالغ، بی‌گناه از این دنیا می‌رود.

دوش به دوش زنت، برادرانت و پسرانش که در زندگی چشم دیدن آنها را نداشته‌ای و سایه‌شان را با تیر می‌زدی، راه می‌روند. موجب تأسف و سرافکندگی و تأثر تو است که اجاقت کور است و بی‌زاد و رود از این دنیا می‌روی. اگر بچه می‌داشتی اجاقت پس از مرگت روشن بود. چه عیبی داشت اگر دوتا پسر بیست، بیست و پنجساله می‌داشتی و تابوتت، به عوض غریبه‌ها، رو دوش آنها کشیده می‌شد؟ آن وقت مردم می‌گفتند: به! اجاقش روشن است. دو نره شیر پس انداخته که فردا جایش را می‌گیرند. اما افسوس که تو منفور طبیعت هم بوده‌ای و بی‌عقبه از دنیا می‌روی و ارثت تماماً به زنت و برادران و قوم خویشهایت می‌رسد.

و زنت پس از مرگت خیال می‌کنی چکار می‌کند؟ هیچ. مدتی رخت سیاه می‌پوشد. می‌دانی که زن‌های جوان، و حتی دوکاره، رخت سیاه را خوش دارند. بهشان می‌آید.

پشت سر زن و برادرانت و بچه‌هاشان، بزرگان ملک، کله گنده‌ها و گردنه‌گیرها راه می‌افتند. و سپس معاون و کارمندانِ بدبخت بی‌دست و پایت قاتی خلق خدا وول می‌زنند. بعد دیگر قضیه تمام است. منزلگه بعدی مرده‌شورخانه است. در آنجا دیگر مرده‌شویان وقعی به مقام اداری و شخصیت اجتماعی تو نمی‌گذارند. در شستن تو دو مسأله پیش می‌آید: اگر گلوله به مغزت خورده باشد و جمجمه‌ات را متلاشی کرده باشد، آن وقت دیگر ترا نخواهند شست. تو حالت سرباز فداکار و مجاهدی را داری که تو میدان جنگ کشته شده و بی‌اینکه بشویندت و هفت جایت را پنبه بتپانند، به خاکت می‌سپارند. فایدهٔ این مزیت آن است که تو شهید شده‌ای، آنهم حین انجام وظیفه.

اما اگر گلوله به شکمت خورده باشد و فقط یک سوراخ تیرهٔ سوخته تو گوشت تنت باشد، آن وقت با طرز فجیعی ترا خواهند شست. چنان فجیع که از مردن هم برایت شرم‌آورتر خواهد بود. مرده‌شورها به طرزی دلخراش و توهین‌آمیز، تنت را روی تخته سنگ مرده‌شورخانه می‌کوبند و کیسه‌ات می‌کشند و هفت سوراخ تنت را انگشت می‌تپانند و پنبه آجینت می‌کنند و کافور می‌گذارند و سپس گور سیاه است و شب اول قبر و آن نکیر و منکر کذا و ازین حرف‌ها.

افسوس که من کافرم و به آن دنیا اعتقاد ندارم. اما خیلی دلم می‌خواست معتقد بودم. ایکاش از پس امروز فردائی باشد. اگر حساب و کتابی تو کار باشد، در آن دنیا هم عذاب و شکنجه ابدی در

انتظارت خواهد بود. زیراکه از مردم بد این جهانی. کاش خبری باشد. اما هیچ‌کس نمی‌داند.»

نامه تمام شد. مانند نامه‌های پیشین بی‌امضاء و با همان دست خط و روی همان کاغذهای خط‌دار و براق دم پستخانه بود. دل رئیس به دنده‌هایش می‌کوبید و رو پرده‌های گوشش صدای طبل درمی‌آورد. زبانش به سق چسبیده بود. راه گلوش هم آمده بود. و حباب‌های نفس، گلوله گلوله مانند، سنگ‌ریزه از آن در و تو می‌شد. چیزهای رومیز کارش از پشت ذره‌بین زمخت و پر موج اشک کج و کوله می‌شد. دور ورش خاموش بود. پرده‌های اتاق تماماً افتاده بود و تنها چراغ رومیزی جلوش نور مرده سرخی تو اتاق ول داده بود. فضای اتاق زیر نور خاکستری خفه‌ای که از نور پشت پرده‌ها و چراغ رومیزی در آن خلیده بود، در حالت سکرات بود. تمام تنش یخ کرده بود. بالاتنه‌اش تو صندلیش چروک‌خورده بود و گردنش تو سینه‌اش پرچ شده بود.

یک غربت و بیگانگی گدازنده درونش را مشتعل ساخته بود. تنهای تنها بود. هیچ پشتیبانی برای خود نمی‌شناخت. نمی‌دانست درد درونش را به که بگوید. زنش می‌دانست. معاونش می‌دانست. نامه اول راکه به معاونش نشان داده بود، هردو به شوخی گرفته بودند و خنده مفصلی کرده بودند و به شوخی رد شده بود. اما بعد که دنباله پیدا کرده بود، همه‌چیز برایش جدی شده بود و خواب و خوراک را ازش گرفته بود. راست بود، تنهای تنها بود.

دستمالی از جیب درآورد و اشکهایش را پاک کرد. همه‌چیز درست بود. هیچ مهربانی سرش نمی‌شد. با زیردستانش با تحقیر رفتار می‌کرد. یک لبخند به روی کارمندانش نمی‌زد. یک احوالپرسی

۱۲۴ / صادق چوبک

کوچک از آنها نمی‌کرد. هر بدی که از دستش می‌آمد کوتاهی نمی‌کرد.
خوشش می‌آمد زیردستانش را بچزاند. بیش از همه کس خودش
می‌دانست که چقدر منفور است. ولی باز از حرکاتش دست
برنمی‌داشت. تو حافظه‌اش جستجو کرد بلکه یک دوست صمیمی
پیدا کند و درد دلش را به او بگوید ولی کسی را نیافت.

دست یخ‌ کرده‌اش گوشی تلفن را چسبید و انگشتش تو
سوراخ‌های شکم تلفن دنبال شماره دوید. شماره اشتباهی درآمد.
گوشی را گذاشت و دفتر تلفن را که رومیزش بود ورق زد و آن را جلو
خود بازگذاشت. و یک جا سنجاقی گذاشت روش که لایش هم نیاید.
دوباره نمره را گرفت؛ ولی هنوز تمام شماره را نگرفته بود که جا
سنجاقی از رو دفتر پرید و دفتر تلفن هم آمد و دل او ریخت تو و
گوشی را گذاشت و سرش را میان دو دستش گرفت و به شیشه رومیز
خیره ماند. اما باز به زودی دفتر تلفن را برداشت و شماره را رو کاغذی
یادداشت کرد و دفتر را پرت کرد رو میز و به گرفتن شماره پرداخت.
چشمانش مانند موش تو تله گیر افتاده جلوش دو دو می‌زد و
می‌خواست از کاسه بیرون بپرد.

«آلو... آلو... قربون حضرت. چه عجب تلفنت مشغول نیس... ای.
هسّیم دیگه... نه. نه. خبر تازه که بازم یه نامه دیگه. (با انگشتان دست
چپش تکمه بالای یقهٔ پیراهنش را باز می‌کند و گره کراواتش را شل
می‌کند.) تو این یکی به خیال خودش شرح و تفصیل تشییع جنازه رو
هم گفته... می‌خندی؟ (به تلخی لبخند می‌زند)! واقعاً خنده هم
داره... من نمی‌دونم... هیچ فایده نداره. نوشته تموم اونایم که گرفتین
بی‌خودی بوده ولشون کنین. همشون بیگناهن. راسّم میگه. باعث
رسوائیه. می‌ترسم تو اداره چو بیفته و همه بدونن که من گرفتار چه

بلائی شدم... نه. نامه مفصله. نمیشه پشت تلفن خوند. تو امشب میای پیش من شام؟ شب میدم بخون... چی؟ عروسی؟ تو خونیه من عزاس، تو می‌خوای بری عروسی؟ واقعاً که... خیلی خب. یه تک‌پا برو اونجا بعدش بیا پیش من. نمی‌دونی چه حالی دارم. گمونم هرچی زودتر باید... خب حالا تو تلفون نمیشه. تا امشب. قربون تو.» گوشی را گذاشت. دیگر نمی دانست چکار کند.

ترس کشنده‌ای به درونش چنگ انداخته بود. اگر همین حالا درِ اتاق باز می‌شد و مردک با ششلول می‌آمد تو و می‌زدش چه می‌شد؟ مگر نه خودش نوشته بود که دست از جان شسته و هرآن ممکن است کارش را بکند؟ جرأت نمی‌کرد به درِ اتاق نگاه کند. این چه زندگی بود؟ شب تا صبح تو جاش غلت می‌زد و کوچکترین صدائی که دور ور خودش می‌شنید مرگ جلوش مجسم می‌شد. از خوراک واشده بود. به خانه‌اش که می‌رفت، تا روز بعد که باز با آن ترس و دلهره به اداره برمی‌گشت در آنجا زندانی بود. از نوکرهاش می‌ترسید. از تمام کارمندانش می‌ترسید. از معاون خودش هم می‌ترسید و پشیمان بود که چرا روز اول او را از مضمون نامه‌ها آگاه ساخته بود. نکند خود معاون باشد. «این پدر سوخته نمک نشناس.» حوصله هیچ کاری را نداشت این اواخر تمام کارهای اداریش تا آخر وقت رومیزش می‌ماند تا اینکه آخر سر می‌بردند می دادند به معاونش. ناخوش بود. فلج شده بود؛ و توان هیچ‌کاری را نداشت.

در اتاق آهسته باز شد و فضای راهرو با فضای اتاق دست به دست هم داد. دلش ایستاد و هرچه خون تو تنش بود، تو سرش هجوم آورد و پشت حدقه‌های چشمش کوبیدن گرفت و نور روز و چراغ مُرد و اتاق واژگون شد. آناً خواست فریاد بزند و کمک بخواهد. اما صدا تو

گلوش مرده بود. به تشنج افتاد. تمام تنش به لرز افتاد. تنش یخ کرده بود و عرق سردی لای انگشتانش تراویده بود. تمام رگهایش کشیده شده بود. دلش آشوب افتاده بود و زبانش لای دندانهای کلید شدهاش گیر کرده بود. یک چیز میان اتاق موج میخورد. آدم بود اما محو بود، ذوب بود، موجودی بود که پاورچین پاورچین به طرف میز راه افتاده بود.

سینی چای و پیشخدمت که درون اتاق سُر خورده بود فقط شبحی را نمایان میساخت که میان اتاق موج میخورد و شناختن آن برایش میسر نبود. با دستهایش فشاری به دستههای صندلی آورد که از جایش پا شود، ولی به صندلی بسته شده بود. شبح، سینی چای دستش نبود، ششلول دستش بود. دوباره خواست فریاد بزند. اما گلویش از هم باز نمیشد و مانند آدمهائی که تو خواب بختک روشان افتاده باشد هیچ کاری از دستش ساخته نبود.

پیشخدمت سمت چپ او ایستاده بود و سینی چای را پیشش گرفته بود. پیشخدمت، کف دست چپش با انگشتان باز زیر سینی چای پهن شده بود و دست راستش بغلش افتاده بود. بخار چای دارجلینگ که از استکان پاشده بود تو دماغ رئیس خورده بود. رئیس هنوز از دست راست پیشخدمت که بغلش آویزان بود و او آن را نمیدید، بیم داشت. چه دلیلی وجود داشت که تو همان دست راستش که به بغلش چسبیده بود و آن را نشان نمیداد یک ششلول نباشد. «حتماً خود این پدر سوختس.»

کمی خود را عقب کشید و به چشمان پیشخدمت خیره شد. سپس با صدای بم و خفهای گفت: «برو چائی را بذار رومیز آنجایی.» پیشخدمت آهسته واپس کشید. پشتش را به رئیس کرد و رفت چای و

قندان راگذاشت رو میز گردِ گردوئی که میان سه چهار صندلی چرمی و یک دیوان گوشه اتاق خلوت کرده بودند. اما تو دست راستش هیچ نبود. فقط انگشت سبابه‌اش که زخم بود پارچه پیچ کرده بود «حتماً ششلولو تو جیبش قایم کرده.»

از رو صندلی بلند شد و مانند آدم کوکی با قدم‌های بریده. کوتاه و چنانکه به قفس ببری نزدیک شود، به سوی پیشخدمت رفت. پیشخدمت راست و بی‌حرکت میان اتاق ایستاده بود. ناگهان با یک حمله خودش را رو پیشخدمت انداخت و تند تند به تفتیش جیب‌هایش پرداخت. سینی میان اتاق پرت شد.

هاج و واج و سخت ترسیده، پیشخدمت، نمی‌دانست چکار کند. رئیس آهسته و زیرلب گفت: «تو جیبات چی داری؟» پیشخدمت هولکی و وحشت‌زده دستمال مچاله چرکی با یک قوطی اشنو و کبریت و چند تا سکه برنجی و یک چوب سیگار، که تا نیمه‌اش را دود سوزانده بود، از توجیبش بیرون آورد و گفت: «هیچی آقا، همینا.»

نزدیک صبح بود و هنوز خواب به چشمانش نرفته بود. رو تختخواب پهن دو نفره خوش تشک و بالشی، پهلو زنش دراز کشیده بود. شباهنگ ده‌جور صداش عوض شده بود و او همچنان به ناله خسته او و نعره قورباغه‌های باغ و عوعو سگ‌های دور و نزدیک گوش می‌داد. کوچک‌ترین صدائی که از بیرون می‌شنید دلش تو می‌ریخت و پا می‌شد تو جاش می‌نشست. زنش، از وقتی که تو رختخواب رفته بودند، تا مدتی بیدار بود و باش حرف می‌زد و دلداریش می‌داد. اما بعد خوابش برد. او نامه آخری را به زنش نشان نداده بود. اما زن می‌دانست که باید باز نامه‌ای رسیده باشد، برای اینکه سرشب شوهرش را از همیشه وحشت‌زده‌تر و بیمارتر دیده بود. وقتی تو

رختخواب رفته بودند ناگهان از زنش پرسیده بود:

«اگه من مردم تو چکار می‌کنی؟» و زن جواب داده بود: «خدا اون روزو نیاره. اینشاالله من خودم پیش مرگت بشم.» بعد چشمان زن نم نشسته بود و مرد خاموش تو سایه روشن سقف اتاق خیره مانده بود. بعد گفته بود: «من فردا اداره نمی‌رم.» و زن گفته بود: «مرده شور هرچی ادارس ببرن. بیا گذرنامه بگیر بریم خارج. ما که بچه نداریم که غصه آیندشو بخوریم. هرچی داریم می‌فروشیم و می‌ریم اروپا با خیال راحت زندگی می‌کنیم.» و مرد گفته بود: «تا ما بخوایم دسّ و پامون‌رو جمع کنیم مردک کارشو می‌کنه. او از همه چیز ما خبر داره. چطور می‌ذاره در بریم؟ این تا منو نکشه دسّ وردار نیس.»

و حالا صدای ناخوش مرغ حق تو گوشش را می‌سائید و یک دلهره ناگسستنی به درونش چنگ انداخته بود و فکر می‌کرد: «این حتماً یکی از اعضای اداره خودمه. خودش آشکارا نوشته. اما کی؟ همشونو گزیدم. یک نفرشون با من خوب نیس. این اخلاق سگ خودمه که اینهمه دشمن دور ورم می‌چرخند. آیا کسی هس که از من نیش نخورده باشه؟ رئیس اداره انبارها نیس؟ نه، اونو دو سال پیش بود که توبیخش کردم. یعنی تا حالا کینشو تو دل نگهداشته؟ نه، اونم دیگه نمی‌شه به این آسونیها دسّ پلیس دادش. دخترشو داده به پسر اون پدرسوخته جلاّد. مگه دیگه حالا میشه بش گفت بالای چشمات ابروه؟ من یه همچو آدم دل و جیگرداری تو ادارم ندارم که اینکاره باشه. نمی‌دونم. از این آدمیزاد هرچی بگی برمیاد. خطش هم مثه خط هیچ‌که نیس. پاشم دسّ زنم بگیرم برم اروپا؟ کارم چه می‌شه؟ مردشور کارو ببرن، جونمو که در می‌برم. اما تا بیام بجنبم یارو می‌فهمه و زودتر کارشو می‌کنه. مرده‌شور این زندگی‌رو ببرن.»

پا شد نشست و تو نور خاکستری و نه خاکستری گرگ و میش، به چهره آرامِ خواب ربوده زنش خیره شد. چهره او را خوب می‌دید که مژه‌های کیپ سیاهش، بالای گونه‌هایش خوابیده بود. و حباب‌های نفس گرم از لای لبانش بیرون می‌زد. «شاید تا من مردم این بره شوور بکنه و یکی دیگه‌رو جای من بیاره؟ بعیدم نیست. چقده مردم نمک‌نشناسن. دل میگه همین‌جوری که خوابیده خفش کنم که دیگه بعد از مرگ من این رسوائی‌رو بار نیاره. اما اگه شوورکنه حقّم داره. از من که بچه‌دار نشده. از خود منه.»

آهسته لحاف را از روپاهای خود پس زد و از تختخواب پائین آمد. تو پیژامه سفید راه راهش، قدش بلندتر شده بود. سرش رو تنش سنگینی می‌کرد و چشمانش از زور بی‌خوابی از هم وا نمی‌شد. آمد کنار پنجره و از پشت پرده نازک تور تو حیاط سرک کشید. همان پیر کاج گنده گردآلود، مثل درخت‌های سر قبرستان جلو پنجره ایستاده بود و تو اتاق سرک می‌کشسید. «چقده خوب می‌شه از این کاج بالا رفت و به آسونی از پنجره اومد تو اتاق. تا حالا فکر اینو دیگه نکرده بودم. فردا بگم بیندازنش.» سپس به شبح تیره بید مجنون و استخرِ خفه سنگین وصف بهم فشرده شمشادها نگاه کرد. از همه آنها بدش آمد. از باغ وحشت داشت.

تندی راه افتاد آمد میان اتاق. آنجا باز ایستاد و به صورت زنش نگاه کرد و بعد رفت و شتابان کلید چراغ تو سقف را زد. نسج‌های فلزی نور تو اتاق دوید و چشمان زن آزرده شد و جفت مژگانش از هم وا شد. آنگاه مرد دوباره چراغ را خاموش کرد و آمد پیش زن و رو سر او خم شد و گفت: «خیلی بد کاری کردم که چراغو روشن کردم. هیچ نفهمیدم که دارم چکار می‌منم. شاید تو باغ داره کشیک می‌کشه.»

ـ «کی داره تو باغ کشیک می‌کشه؟» زن هنوز خواب بود و لبهایش این حرف را زد و خودش نفهمید چه گفت.

ـ «همون مردک. همون خودش.» صدای مرد می‌لرزید و زن هوشش به جا آمد و پاشد تو جاش نشست.

ـ «تو هیچ نخوابیدی؟»

ـ «نه.»

ـ «تو داری خودتو تموم می‌کنی. یه چرت بخواب.»

ـ «مگه خواب مرگ دیگه.»

ـ «می‌خوای پاشم کاری برات بکنم؟»

ـ «آره. پاشو برو شوفرو بیدارش کن می‌خوام برم اداره خراب شده.»

ـ «اداره حالا؟ مگه ساعت چنده؟»

ـ «نمی‌دونم.»

ـ «هنوز که ستاره تو آسمونه.»

ـ «باشه، می‌خوام برم. نمی‌خوام روز روشن برم که همه ببینن‌م.»

ـ «تو رو خدا اینقده خودتو زجر نده. چیزی نیس.»

ـ «تو که از دل من خبر نداری. حتماً می‌خوای من بمیرم راحت بشی.»

و زن زیر گریه زد و صدای هق‌هق گریه‌اش خاموشی کارتنک گرفتهِ شب را خراشید و مرد لب‌هایش را گزید.

همان روزها استعفایش را نوشت و درخواست گذرنامه کرد و رفت خانه‌اش نشست.

یکی دو روز در خانه بود که ازش خواستند برود اداره و کارش را تحویل رئیس تازه بدهد. تمارض کرد. و طفره زد. اما یک روز ناگهان

اتومبیلش را خواست و اتومبیل سیاه گنده کادیلاکش را آوردند لب
پله عمارت و او سوار شد. یک مأمور هم بغل دست راننده سوار شد
و ماشین از باغ بیرون آمد. گوئی او را پای دار می‌بردند.

رئیس رو صندلی عقب قوز کرده بود و فقط تک کلاهش از پشت
شیشه دیده می‌شد. یکی دوبار به راننده گفت: «تند برو. تند برو.»
چشمانش پشت گردن راننده و مأموری که بغل دست او نشسته بود
دو دو می‌زد. دلش نمی‌خواست بیرون نگاه کند. از بس آن راه را رفته
و آمده بود، بی‌آنکه بیرون نگاه کند خیابان‌ها را حس می‌کرد و هردم
می‌دانست کجای راه است. این فکرها تو سرش وول می‌زد:

«وختی اتومبیل با این سرعت میره گمون نکنم بتونه غلطی بکنه.
اشکال سر پیاده شدنه. از همه‌جا بدتر دم در اداره و تو راهروهاس. یا
تو خود اتاق. منکه دیگه جائی نمی‌رم. این دفعه آخره که پامرو این
خراب شده می‌ذارم. پا می‌شم از این جهنم دره میرم خلاص می‌شم.
گمون نکنم جرأت کنه بیاد تو خونه. کاشکی از اولش یه سگ تو خونه
نگهداشته بودم. باید دار و ندارمم به خارج انتقال بدم. دسّ تنها از
عهده برنمیام. هیچکه قابل اعتماد نیس. این معلومه که یه دشمن
اداریه. اداره که نرفتم شاید آبا از آسیاب بیفته و منصرف بشه. من دارم
تموم می‌شم. این که زندگی نشد. هرچی ملک دارم پول نقد می‌کنم.
تموم زندگیمو به پول قلنبه نزدیک می‌کنم. با پولام سهم خارجی
می‌خرم. یه خونه هم جنوب فرانسه می‌خرم. اینقده پول دارم که بتونم
از منافعش چار صباحی زندگی کنم. مردشور ببرن این مملکتو. همچی
برم و به ریشتون بخندم که خودتون حظ کنین. برم سرزمینی که ترس
توش نباشه. مردشور سلام و تعظیمتونم ببره. اینجا دیگه جای من
نیس. نمی‌خوام سلامم کنین. از همتون بدم میاد. هیچ‌وقت ازتون

خوشم نیومده بود. تا تونسّم تحقیرتون کردم. همتون پیشم مثه کرم بودین، مثه کرم تو گه. اگه قدرت داشتم همتونو با دسّ خودم خفه می‌کردم.»

کادیلاک دم در اداره ترمز کرد و راننده فوری پرید پائین و در را برای اربابش بازکرد. مأمور هم دوید آمد بغل دست راننده ایستاد. نیم ساعتی بود که وقت اداری شروع شده بود و برخلاف همیشه که در ساعات اداری کارمندی تو کوچه دیده نمی‌شد، رئیس چند نفر را دید که تازه دارند می‌آیند سرِکار. معلوم بود اداره به واسطه تغییر رئیس تق و لق است. نگهبان دم در هم شل و ول ایستاده بود. یک چغاله بادام فروش هم آن طرف پیاده‌رو صدایش را سرش انداخته بود و چغاله می‌فروخت. رئیس از دیدن آنها، خون به سرش هجوم آورد و خواست نعره بکشد، اما یادش آمد که دیگر رئیس نیست.

این طرف و آن طرف خود را نگاه کرد و با شتاب از اتومبیل بیرون پرید. اما هنوز گامی برنداشته بود که ناگهان پسر بچه ده دوازده ساله ولگردی دوان و نفس‌زنان جلوش سبز شد. یک پاسبان باتوم به دست هم دنبال پسرک می‌دوید و می‌خواست او را بگیرد. پسرک در آن گیر و دار ترقه‌ای که تو مشتش بود قایم به زمین کوبید.

صدای هولناک ترقه خیابان خلوت بامدادی را به لرزه درآورد. رئیس همچنان که نیمهٔ تنش تو در اداره و نیمی دیگرش تو خیابان بود بی‌حرکت ماند. صدا از پشت سرش برخاسته بود. حالتی داشت که گوئی در رفتن تو اداره و یا برگشتن تردید دارد. اما ناگهان دور خودش چرخی زد و گرمبی رو زمین نقش بست.

شلوغ شد. نگهبان دمِ در دوید جلو. چند نفر دیگر هم از تو اداره آمدند بیرون و هیکل رئیس رکه از سرش خون بیرون زده بود بغل

زدند و بردند تو اداره و تو اتاق رئیس کارگزینی کـه دمِ در بـود، رو دیوانی خواباندنش. پسرک در رفت و پاسبان همانجا ایستاد ببیند چه خبر است.

سپس دکتر آمد و معاینه کرد و گفت باید فوری به بیمارستان برده شود و به بیمارستان برده شد و اداره تق و لق شد و یکی گفت مرده، یکی گفت زنده است. رؤسای ادارات تو اتاق‌های هم جمع شدند و درباره مرگ و زندگی رئیس اظهار عقیده می‌کردند. اما هیچ‌کس علت زمین خوردن ناگهانی رئیس را نمی‌دانست هرکس چیزی می‌گفت.

ـ «فشار خون داشت سکته کرد.»

ـ «مرض قند داشت. پیشخدمتش مـی‌گفت هیچ‌وقت قند تـو چایش نمی‌ریخت.»

ـ «تصادف کرد.»

ـ «از صدای ترقه زهره ترک شد.»

اما تا به بیمارستان رسید، تنش کم کم یخ کرده بود و آنجا دکتر گفت جا در جا مرده.

تشریفات کفن و دفن تمام شـده بـود. صـدای زاری و زنـجموره چندتا زن از تو صحن بـلند بـود. قـاری بـد آوازی آیـه‌های قـرآن را سکسکه می‌کرد.

گور نمناک با خاک‌های پف‌آلودِ تازه جابجا شده، زیرا انبوه گل و گیاه دفن شده بود. دورگور شلوغ بود. گرداگرد آن دایره‌ای از رؤسای ادارات و دوستان دور و نزدیک مرده حلقه زده بود. همه خاموش و مؤدب ایستاده بودند و لبهایشان مـی‌جنبید و با چشمان زیرافتاده به گور خیره شده بودند. مشایعین داشتند پا به پا مـی‌شدند کـه مـتفرق بشوند. تشریفات کفن و دفن، بـا آنـهمه نـاله و زاری و نـزدیکی بـه

قبرستان و مرده شورخانه دل همه را بهم زده بود. باران ریز نکبت‌باری هم تازه سرش وا شده بود. هریک از مشایعین تو جمعیت چشم چشم می‌کرد تا شاید رفیق راهی برای برگشت به شهر برای خودش بیابد.

در این هنگام مرد کوچک اندام کوسه‌ای که یک پایش لمس بود و آنرا لِخ لِخ رو زمین می‌کشید و دسته گل پژمرده‌ای، که گوئی آن را از تو اشغال‌های دم دکان گل‌فروشی جمع کرده بود، تو دستش بود از درِ ابن‌بابویه آمد تو. رختی ژنده به تنش بود و کلاهی که از فرط اندراس لبه‌اش دالبر شده بود تا روی گوش‌هایش پائین کشیده بود. موجی از رعشه تو چهره‌اش زلزله انداخته بود. گوئی زیر پوست چهره‌اش جانورهای ریز عذابش می‌دادند. دایم پوست چهره‌اش در رقص بود. ته ریش کوسهِ سه چهار روز نتراشیده‌ای به چهره داشت. غمگین می‌نمود. هرچند لازم نبود غم بخصوصی در چهره‌اش کرایه‌نشینی کند، زیرا او به خودی خود غم از ترکیبش می‌بارید.

پشت حلقه‌ای که گور را در بر گرفته بود موجی برخاست. مردک لغوه‌ای می‌کوشید خودش را به حلقه‌ای که از رؤسای ادارات به دور گور کشیده بود برساند. از بغل دستِ رئیس کل حسابداری به سوی گور سر کشید. خواست راهی به درون بیابد، اما از هیبت رئیس کل حسابداری که خودش را قایم‌به صندوقدار کل چسبانیده بود جا خورد و پس رفت. سپس دوری زد و باریک شد و از شکاف تنگی که پهلو رئیس‌کل کارگزینی باز مانده بود، به درون حلقه خزید و خود را غمگین و نکبت گرفته با پای چلاقش، لِخ لِخ رو گلبرگ‌های زنده و شادابی که دور ور گور پراکنده بود کشانید و بالای گور ایستاد. رئیس حسابداری که او را دید آهسته به گوش صندوقدار کل گفت: «این ضبّاط لعنتی دیگه چه اجباری داشت که مثل خرچنگ خودشو با پای

دسته گل / ۱۳۵

چلاقش از شهر تا اینجا بکشونه؟ ببین مثل مرده‌خورها میمونه. خیال می‌کنه یارو تا دید این اینجاس، از گور پا میشه فوری یه تقدیر نومه و حکم اضافه حقوق می‌ذاره کف دسّش.»

بالای گور که رسید، مردک چلاق، خم شد و دسته گلی را که همراه داشت، گذاشت رو گور و سپس همانجا چندک نشست و آهی دردناک کشید و تکان زلزله تو چهره‌اش دوید و چشم و ابرو و بینی و چال و چوله‌های چهره‌اش دنبال هم کردند. سپس چشم به گور دوخت و انگشت سبابه دست راستش را تو خاک نمناک گور فروکرد و آهسته زیر لب زمزمه کرد:

«دمی آب خوردن پس از بدسگال
بــه از عـمر هفتاد هشــتاد ســال»

یک چیز خاکستری

شعله بخاری نفتی در آغوش نرم دود نوک تیزِ لوله شیشه‌ای زنگار گرفته‌اش بالا می‌زد. رو دیوارِ نیلی اتاق چندتا عکس بچه شیری و جوجه اردک و خرگوش که همه‌شان دندان درد داشتند و زیر چانه‌هایشان دستمال بسته بود آویزان بود.

پسرک پیش مادرش ایستاده بود و کیف و کتابش را به پای خود می‌کوبید و رو پاهاش جابجا می‌شد. مادرش که نشسته بود از پسرک بلندتر بود. خاموش رو صندلی نشسته بود و به سر و روی بچه ورمی‌رفت موهای رو پیشانیش را صاف می‌کرد. یقه‌اش را درست می‌کرد و لک‌های رو لباسش را با ناخن می‌خراشید. زن چاق بود و نمی‌توانست پاهایش را روی هم بیندازد. ساقهایش مانند دو تنبوشه سیمانی شماره ده روکف اتاق جلوش ستون بود.

پسرک دستش را تو دماغش کرد و گفت:

ـ «ماما کی می‌ریم؟»

ـ «می‌ریم. دسّت تو دماغت نکن.»

ـ «ماما، بازم دندوناتو می‌کشن؟»

پشت زن لرزید و صدای گوشتریز مته دندانسازی را بیخ دلش حس کرد.

پسرک باز پرسید:

ـ «ماما، خیلی دردت میاد؟»

ـ «نه، دوا می‌زنن.»

ـ «ماما. یه خودکار قرمز برام می‌خری؟ می‌خوام عکسای کتابمو باش رنگ کنم. یکیم سبز بخر. خُب؟»

مرد دیگری هم رو یک صندلی نشسته بود مجله ورق می‌زد. یک سوی لُپ مرد باد کرده بود و تو دهنش زُق زُق می‌کرد و نقش لزج و سنگین شده بود. دلش می‌خواست زن و پسرک آنجا نبودند و می‌توانست با خیال راحت رو زمین تف کند.

از تو اتاق دیگر صدای حرف و خنده دو مرد که از لای دندان غرچه چرخ سنباده می‌آمد، توگوش می‌خورد. یک پرده کُرکُرِ* جگری، میان در این اتاق گل‌آویز بود. ناگهان صدای چرخ سنباده برید و یکی از آنها گفت:

«اگه ببینیش از خوشگلیش نفست پس میره. عاشق منه.»

باز صدای چرخ سنباده تو اتاق چرخید و بیخ گلوی مرد مجله به دست دردگلوله شد و آب دهنش جست گلوش و به سرفه افتاد و پف نم تف تو اتاق ول شد.

زن پیچی تو دلش حس کرد و دست از سر بچه برداشت وگذاشت رو صورت خود و دندانهاش را بهم فشرد و صورتش را روکف دستش خم کرد و زبانش تو حفره دهنش کاویدن گرفت. باز چرخ سنباده برید و خاموشی فرا رسید. یک تک خنده از تو اتاق دیگر راه افتاد و دنبالش شنیده شد:

---

* کُرکُر: نوعی پارچهٔ نخی یا ابریشمی که با آن پرده می‌دوزند.

«یه دسّ کت و شلوار پیش خیاط دارم.» و باز چرخ سنباده راه افتاد.

مرد مجله را پرت کرد رو میز و دستش را پیش دهنش برد؛ رو صندلیش وول خورد و با خودش گفت:

«دارن یه چیز خاکستری میسابن» و باز از خود پرسید: «خاکستری چرا؟» و سپس به خودش جواب داد:

«زهر مار و چرا. مردشور آن ریختتو ببرن.»

چرخ ایستاد و خنده دنبال آن ول شد و شنیده شد:

«خیلی عجیبه وختی که من بچه بودم مادرم بزرگ بود و حالا که من بزرگ شدم مادرم کوچک شده.»

و باز چرخ چرخید.

و بوی دندان سوخته و مزه گس لثه کباب شده تو سر و کله مرد مجله به دست راهی شد.

پاچه خیزک

بازارچه دهکده آب و جارو شده بود و هوای خنکی زیر چنار تناوری که بالای سر آب‌انبار چتر زده بود موج می‌زد. شتک‌های گل آبِ نمناک روی قلوه سنگ‌های میدان کوچکِ زیر چنار نشسته بود. دکان‌های کوتوله قوزی دور میدان چیده شده بود.

گُله گُله کنار جوی تنبل و ناخوش دور میدان، برزگران و کارگران نشسته بودند و نان پیچه‌هاشان جلوشان باز بود و ناهار می‌خوردند و قهوه‌چی برو بروی کارش بود و نسیم ولرم خرداد خواب را تو رگ‌ها می‌دواند.

ناگهان مش حیدر بقال از یک سو دکان خود فریادی کشید و با تله موش نکره‌ای که با دو دست، دور از خودش گرفته بود از تو دکانش بیرون پرید و آن را گذاشت جلو دکان. از شادی رو پاش بند نمی‌شد و دست‌هایش به هم می‌مالید و دور ور تله وَرجه وُرجه می‌کرد.

از نعره مش حیدر جنب و جوشی در مردم افتاد و دکاندارها کار و بارشان را ول کردند و به سوی تله موش هجوم آوردند. مش حیدر نیشش باز بود و شادی تو چهره‌اش موج می‌خورد. نانوا و نعل‌بند و پالان‌دوز و مسگر و عطار و علاف با آستین‌های بالازده و یقه‌های چاک و چشمان وردریده از دیدن تله، مست شادی بودند.

«ببین آخرش گیر افتاد. شکمش آخر جونشو به باد داد. خدا پدر سلطونلی را بیامرزه که گفت گردو بو داده بذار تو تلش. یه یار جسّی ملخه، دوباره جسّی ملخه، آخر به چنگی ملخه. اما به بینا قد یه گربس. نیس؟»

هیچ‌کس نمی‌توانست موش را از بالا ببیند. تله زمخت بود. پنج طرفش با تخته پوشیده بود. فقط جلوش میله‌های باریک سیمی داشت. مثل میله‌های در زندان که این دیگر کشوی بود و به بالا و پائین می‌رفت. یک سوراخ کوچک به اندازه یک شاهی سفید رو تله بود که از آن تو هم می‌شد داخل تله را تماشا کرد. و هیچ‌کس نمی‌دید که «قد یه گربس.»

مش حیدر با احتیاط، مثل اینکه بخواهد صندوقچه دخل و دکان خودش را نوازش کند، تله را دو دستی از روی زمین بلند کرد. اول از تو سوراخ آن سرک کشید. هی سر خودش را جلو و عقب برد تا خوب تو تله را تماشا کند. بعد تله را گرفت روبروی صورتش و از پشت میله‌ها به موش خیره شد.

موشِ چرب و چیلی گنده چرک مرده‌ای پوزه‌اش را به دیوار تله می‌کوبید و نفس‌نفس می‌زد و سبیل‌هایش له‌له می‌زد. تکه گردوی دود زده نیمه خورده‌ای هم کف تله افتاده بود. موش پس از آنکه گیر افتاده بود دیگر اشتهایش کور شده بود و به آن دهن نزده بود.

مش حیدر سرش را با شادی از تله برداشت و چنان که گوئی خوراک خوشمزه‌ای خورده بود سرش را با لذت تکان تکان داد و بعد تله را دو دستی، مثل کاسه حلیم به کلاه‌مال پهلو دستی خود تعارف کرد و گفت:

«مش عباس ترا به خدا ببین به قد یه بره تغلیه! نیس؟ واسیه لای پلو خوبه! نیس؟»

کلاه‌مال، ذوق‌زده تله را گرفت و دستهایش خرسکی بود و کف صابون و پشم بشان چسبیده بود و چشمانش را تو تلهِ تاریک دراند. موش وحشت زده و سرگردان، تو تله میلولید و رو دو تا پاش وا می‌ایستاد و خودش را به دیوار تله می‌کوبید و میله‌های باریک فولادی آنرا گاز می‌گرفت. تله بو گند می‌داد. بو نمد خیس خورده کپک زده می‌داد.

تله دست به دست گشت. مسگر با حرص آن را از دست کلاه‌مال قاپید و پالان‌دوز آن را از مسگر و نعلبند آن را از پالان‌دوز گرفت. یک ژاندارم، صف جمعیت را شکافت و آمد تله را از دست عطار که تازه آن را از پالان‌دوز گرفته بود و هنوز خوب آن را تماشا نکرده بود قاپ زد و توش ماهرخ رفت.

مش حیدر هولکی، مثل اینکه دید مالش را دارند تاراج می‌کنند، تله را از دست ژاندارم قاپید و گفت:

«محض رضای خدا بدش من، ولش می‌کنی میره سر جای اولش. سه ماهه جون کندیم تا گیرش آوردیم.»

ژاندارم برزخ شد و گفت:

«مگه می‌خوام بخورمش. تو هم بابا شپیشت اسمش منیژه خانومه.» مش حیدر هیچ نگفت و بازگرم تماشای موشِ تو تله شد.

دوباره تله میان جمعیت رو زمین گذاشته شد. غلام پست و یکِ چاروادار و چندتا کشاورز هم به جمعیت اضافه شدند. یک نفتکش گنده هم از راه رسید و یک راست رفت بغل پمپ بنزین ایستاد و لوله‌اش را وصل کرد به انبار و مثل بچه‌ای که پستان دایه را به دهن بگیرد به آن چسبید.

مش حیدر چشم از تله برنمی‌داشت. ریش حنائی رنگ و رو رفتهٔ

چرکی داشت. چشمانش کجکی، مثل چشم مغول‌ها بالای گونه‌های برجسته‌اش فرو رفته بود. طاقت نیاورد که تله بی‌کار رو زمین بماند، باز آن را برداشت و از پشت میله‌های زنگ‌زده‌اش موش را تماشا کرد و بعد با لذت گفت:

«حالا باید این والدالزّنا رو یجوری سر به نیسّش کنیم که تخم و ترکش از زمین بره. این پدر منو درآورده. منو از هسّی ساقط کرده. یه خیک پنیرمو به تمومی نفله کرده و هرچه صابون داشتم جویده و خاک کرده. بعد رویش را به نعلبند کرد و گفت: «حالا تو میگی چیکارش کنیم که باعث عبرت موشای دیگه هم بشه؟»

نعلبند که طرف شور قرار گرفت خیلی بادکرد و خودش راگرفت و لب و لوچه‌اش را جمع و جور کرد و گفت: «کاری نداره. یه ذره در تله‌رو بلند می‌کنیم؛ دمبش که از تله بیرون اومد در تله‌رو میندازیم پائین. بعد دمبش رو غُرس می‌گیریم از تله میاریمش بیرون دور سرمون می‌چرخونیم بعد چنون می‌زنیمش زمین که هفت جدش پیش چشمش بیاد.» بعد از این اختراع، از خودش خوشش آمد و نیشش باز شد و به جمعیت نگاه کرد تا ببیند آنها چه می‌گویند.

پالان‌دوز از نظر نعلبند خوشش نیامد و حکیمانه گفت:

«نه، نه، اینطور خوب نیس. این موش معمولی نیس. مگه نمی‌بینی قد یه گربس. بچه موش نیس که بشه دمبشو گرفت و دور سر چرخوندش و زدش زمین. این‌رو می‌باس همین‌طوری که مش کریم گفت، در تله‌رو یواش بلند کنیم دمبش که بیرون اومد در تله‌رو بذاریم. بعد باز یواش یواش در تله‌رو بالا بکشیم. و یواش موشو بکشیمش بیرون، همچین که نصبهٔ تنش از تله بیرون اومد، یهو در تله‌رو، رو تیره پشتش اینقده زور بیاریم تا کمرش بشکنه. بعد بیاریمش بیرون ولش

کنیم میون کوچه. نه اینکه تیره پشتش شکسّه، دیگه نمی‌تونه بدوه. با دو دسّاش راه میره و نصبه تنش دنبالش رو زمین می‌کشه. بعد که خوب تماشاش کردیم یه لَغت می‌زنیم روش می‌کشیمش...»

کلاه مال تو حرف پالان‌دوز دوید و گفت: «نه، اینجوری خوب نیس ریقش درمیاد دلمون آشوب میفته.»

مش حیدر گفت: «تله هم نجس میشه.»

پالان‌دوز گفت: «تله حالاشم نجسّه؛ هرقدر آبش بکشی طاهر نمیشه.» آن وقت برزخ شد.

ژاندارم گفت: «من تیرانداز ماهریم، آتش سیگارو از صد قدمی می‌زنم. همتون برین کنار، یکی در تله‌رو وازکنه تا از تله دوید بیرون چنون با تیر میزنمش که جا در جا دود بشه بره هوا. اما باهاس پول فشنگو به من بدین.»

شاگرد شوفری که با دهن باز و خنده مسخره‌اش تو دهن ژاندارم نگاه می‌کرد گفت: «دکی! تا که از تله در اومد که یه‌راس میره سر جای اولش سر خیک پنیرا. بابا ایوالله که تو هم خوب جائی فشنگ دولتو آب می‌کنی.»

ژاندارم اوقاتش تلخ شد و به شاگرد شوفر ماهرخ رفت. ژاندارم اهل محل بود و شاگرد شوفر تهرانی بود و ژاندارم ازش حساب می‌برد و از لهجه سنگین و کش‌دارِ تهرانیش می‌ترسید.

صدای گرفته نانوا سکوت را شکست: «خودتونو راحت کنین بدین بیندازمش تو تنور خلاص بشه. یه وخت یه بچه گربه‌ای بود که خیلی اذیت می‌کرد، انداختمش تو تنور جزغاله شد. هیچی ازش نموند.»

غلام پست پرخاش کرد: «جونو یکی دیگه داده، باید همون خوشم بسوّنه. گناه داره. بدکاری کردی.»

نانوا پیروزمندانه گفت: «کفّارشو دادم. دهشاهی دادم به گدا.»

برزگری که یک لقمه نان سنگک تو دستش مچاله شده بود گفت: «یه سیخ درازی بیاریم همینطوری که تو تله هسش شکمش‌رو پاره کنیم.»

شاگرد شوفر گفت: «از همه بهتر اینه که نفت بریزیم روش آتیشش بزنیم. تو شهر، ما هر وخت موش می‌گیریم آتیشش می‌زنیم. همچین میدوه بدمسّب مثه گولّه.»

همه ساکت شدند. مش حیدر که موش مالش بود و مثل دارائی خودش به آن ادعای مالکیت داشت، از پیشنهاد شاگرد شوفر ذوق کرد و گفت: «ای چه دُرُس گفتی. همین کارو می‌کنیم.» و بعد دوید رفت تو دکانش و یک شیشه نفت که یک قیفِ زنگ‌زده سرش لق‌لق می‌زد آورد.

شاگرد شوفر گفت: «بذارین من واستون درست کنم.» هیچ‌کس حرف نزد. مش حیدر گفت: «راس می‌گه. بذارین خودش دُرُس کنه. اما قربونتم فرارش ندی‌ها.»

شاگرد شوفر رفت پهلوی تله و در حالی که آنرا پِله می‌کرد و ذره ذره درش را بلند می‌کرد گفت:

«خاطر جمع باش. با. اگه گرگ باشه از دسّ من نمیتونه فرار کنه. مگه دسّ خودشه؟»

آن وقت دم موش از لای تله بیرون افتاد. بعد در تله را پائین کشید و آهسته روی دمش زور آورد. چندتا جیغ نازک کوتاه از موش بیرون پرید. با ناخن‌رو کف تله می‌خراشید و می‌کوشید راه فراری پیدا کند.

شاگرد شوفر رویش را به مش حیدر کرد و گفت:

«ببین دُرُس شد. من دمبشو می‌گیرم میارمش بیرون. شما باید زودی روش نفت بریزین.» بعد رو کرد به ژاندارم و گفت: «شما هم

داشم عوضی که فشنگتو حروم کنی کربیتو داشته باش تا مشدی نفتو ریخت روش، شمام کربیتو بکشین. دیگه کارتون نباشه. یه دقه بعدش از جهنم سر در میاره.»

آن وقت با یک حرکت دم موش راگرفت و از تله بیرونش آورد و سرازیری تو هوا نگاهش داشت. آنهائی که نزدیک تله بودند پریدند عقب موش کمرش را خم کرد و سرش را برگردانید که دست شاگرد شوفر را بجود. شاگرد شوفر تکان تکانش می‌داد و نمی‌گذاشت سرش را بلند کند. از پوزه موش خون بیرون زده بود. دست و پایش پاکیزه و شسته بود. کف دست و پایش مثل دست و پای آدمیزاد بود. مثل دست و پای بچه شیرخوره، سرخ و پاکیزه بود. موهایش موج می‌خورد و وحشت تو چشمان گِردِ سیاهش می‌لرزید.

مش حیدر از هولش شیشه نفت را رو موش خالی کرد و موش جا خالی داد و نصف نفت‌ها ریخت رو زمین و ژاندارم فوری کبریت کشید وگرفت زیر پوزه موش که موش گُرگرفت و شاگرد شوفر هولکی انداختش رو زمین.

جمعیت با ترس و شتاب میدان را برای فرار موش خالی کرد. موش چون تیر شهابی که شب تابستان میان آسمان گُر بگیرد. الو گرفت و دیوانه‌وار پاگذاشت به فرار. گوئی در میان جمعیت وبا افتاده بود که همه پاگذاشتند به فرار.

موش مثل پاچه خیزک در رفت و رفت تا رسید زیر نفتکش و تا جمعیت خواست به خود بجنبد. نفتکش با صدای رعدآسائی منفجر شد و باران بنزین بر سر مردم و دکان‌ها بارید و دنبال آن ناگهان انبار بنزین، مانند بمبی ترکید و سیل سوزان بنزین مثل اژدها دنبال مردم فراری توی دهکده به راه افتاد.

دوتن به از یک تن‌اند. زیرا پاداش نیکویی
برای رنجشان خواهند یافت.
چون هرگاه یکی از پای افتد دیگری وی را
برپای بدارد. امّا وای بر آنکه تنها افتد، زیرا
کسی را نخواهد داشت که در برخاستن وی را
یاری دهد.

تورات، آیات ۹ و ۱۰ از باب چهارم
کتاب جامعه (ترجمهٔ نویسنده از متن انگلیسی)

همراه

دو گرگ، گرسنه و سرمازده، درگرگ و میش ازکوه سرازیر شدند و
به دشت رسیدند. برفِ سنگینِ ستمگر دشت را پوشانده بود. غبار
کولاک هوا را درهم می‌کوبید. پستی و بلندی زیر برف در غلتیده و له
شده بود. گرسنه و فرسوده، آن دو گرگ در برف یله می‌شدند و از زور
گرسنگی پوزه در برف فرو می‌بردند و زبان را در برف می‌راندند و با
آرواره‌های لرزان برف را می‌خائیدند.

جا پای گود و تاریک گله آهوانِ از پیش رفته، همچون سیاهدانه بر
برف پاشیده بود و استخوان‌های سر و پا و دنده کوچندگان فرومانده
پیشین از زیر برف بیرون جسته. آن دو نمی‌دانستند به کجا می‌روند؛ از
توان شده بودند.

تازیانه کولاک و سرما وگرسنگی آنها را پیش می‌راند. بـوران
نـمی‌بـرید. گـرسنگی درونشـان را خشکـانده بـود و سـیلی کـولاک

آرواره‌هایشان را به لرز انداخته بود. به هم تنه می‌زدند و از هم باز می‌شدند و در چاله می‌افتادند و در موج برف و کولاک سرگردان بودند و بیابان به پایان نمی‌رسید.

رفتند و رفتند تا رسیدند پای بیدِ ریشه از زمین جسته کنده سوخته‌ای در فغان خویش پنجه استخوانی به آسمان برافراشته. پای یکی در برف فرو شد و تن بر پاهای ناتوان لرزید و تاب خورد و سنگین و زنجیر شده برجای واماند. همراه او، شتابان و آزمند پیشش ایستاد و جا پای استواری بر سنگی به زیر برف برای خود جست و یافت و چشم از همره فرومانده برنگرفت.

همراه وامانده ترسید و لرزید و چشمانش خُفت و بیدار شد و تمام نیرویش در چشمان بی‌فروغش گرد آمد و دیده از همره پر شره برنگرفت و یارای آنکه گامی فراتر نهد نداشت. ناگهان نگاهش لرزید و از دید گریخت و زیر جوشِ نگاه همره خویش درماند. پاهایش برهم چین شد و افتاد.

وانکه بر پای بود، پر شره و آزمند، بر چهری که زمانی نگاه در آن آشیان داشت خیره ماند. اکنون دیگر آن چشم و چهر بر زمین برف‌پوش خفته بود. و همره تشنه به خون، امیدوار، زوزه گرسنه لرزانی از میان دندان بیرون داد.

وانکه برپای نبود، کوشید تا کمر راست کند. موی بر تنش زیر آرد برف موج خورد و لرزید و در برف فروتر شد. دهانش بازماند و نگاه در دیدگانش بمرد.

وانکه بر پای بود، دهان خشک بگشود و لثه نیلی بنمود و دندان‌های زنگِ شره‌خورده به گلوی همره درمانده فرو برد و خون فسرده از درون رگهایش مکید و برفِ سفیدِ پوکِ خشک، برفِ خونینِ پرِ شاداب گشت.

عروسکِ فروشی

کسی چنان برف سنگین و سرمای سرسام‌آوری را در پائیز به یاد نداشت. شامگاه بود که ناگهان سوز گزنده‌ای تو گوشها سوت کشید و دنبالش، در اندک زمانی، دل آسمان گرفت و ابر سفیدی که کم کم خاکستری شد، چاله چوله‌های نیلی آسمان راپر کرد و هنوز شب به نیمه نرسیده بود که شهر زیر پلاس برف به خواب رفت.

پسرک توله سگ حنائی چاقالوئی گرفته بود تو بغلش و در آغوش هم تو درگاهی کم عمق خانه‌ای که بالکنی رویش سقف کشیده بود از خود بی‌خود شده بودند. هیچ‌کدام خواب نبودند، در حال غش بودند، غشی که سرما و گرسنگی به آنها داده بود. توله تو بغل پسرک بود و سر پسرک رو پشت او افتاده بود. زیر گلوی گرم توله‌رو ساعد پسرک بود و انگشتان کرخت پسرک لای موهای توله فرو شده بود. کز کرده بودند و توهم مچاله شده بودند.

چون پلیس گشت شب دست سنگینِ دستکش‌پوش خود را رو شانه پسرک گذاشت و تکانش داد، پسرک هراسان از جاش پرید و از زیر به هیکل سیاه و گنده و شولاپیچ پلیس، که بر سرش سنگینی می‌کرد نگاه کرد و نالید:

«سرکار به خدا من کاری نکردم؛ جا نداشتم اومدم اینجا خوابیدم

که صُب بشه پاشم برم دنبال کارم.»

«این چیه تو دومنت؟» پلیس گفت و بخار پرپشت کلماتش را تو چهره پسرک قی کرد.

«این هیچی نیس. یه توله سگه. می‌خواسّم فردا ببرم برفوشمش. می‌گن دولت سگ میخره؛ دو تومن میخره.»

«پاشو برو یه گورسون دیگه. زودباش گور تو گم کن!»

توله سگ با یک خیز از تو دامن او جهید پائین؛ خواب‌زده و لرزان رو برف‌ها جا گرفت. برف بر پشت کف خیابان زیر پایش خالی می‌شد و در می‌رفت و نمی‌توانست جا پای استواری بیابد. سر جایش وول می‌زد و پا به پا می‌شد و خودش را تکان می‌داد و چکه‌های برف چندش‌آور را از روتن و سر و گوش خود به هوا می‌پراکند و زوزه می‌کشید.

پسرک نام بخصوصی نداشت. جعفر، جواد، اکبر، علی، همه را صداش می‌کردند. پرویز بوره هم صداش می‌کردند؛ چون موهای سرش و مژگانش سرخ زنجبیلی بود و چشمانش زاغ و پوستش سفید بود. می‌گفتند مادرش روسپی بوده و پدرش یک سرباز آمریکائی یا انگلیسی یالهستانی یا روسی زمان جنگ بوده. شناسنامه نداشت؛ اما در دفتر دارالتأدیب زندان اسمش «حسن خونه تِخی» ضبط شده بود و این اسم روش مانده بود. برای اینکه در آفتابه دزدی و دله دزدی‌های تر و چسب تا نداشت و گاه می‌شد که به یک چشم برهم زدن درِ نیمه باز خانه‌ای را هُل می‌داد و می‌پرید تو و هرچه به دستش می‌رسید برمی‌داشت و درمی‌رفت. خانه‌اش یا تو زندان بود یا تو کوچه‌ها و زمستان‌ها در اهواز و تابستان‌ها در تهران. درین سیزده چهارده سالی که ازش می‌گذشت پدر و مادر و قوم خویشی برای خود ندیده و نشناخته بود.

عروسکِ فروشی / ۱۵۳

پلیس گشت ولش کرد و رفت. پسرک جابجا شد. تنش کوفته و کرخت بود. هیچ‌وقت در عمرش آن‌قدر برف ندیده بود. دنیا سفید بود. «سرشب که خبری نبود؛ چطو شد که یهو اینقده برف اومد و اینقده هوا سرد شد. بچه‌ها امشب کجا هسّن؟ باهاس هرجوریه فردا خودمو به قطار بزنم برم اهواز. هیچ معلوم نبود به این زودی هوا این‌قده سرد بشه.»

خیابان خلوت بود. به دانه‌های برفی که دور و ور چراغ‌های خیابان می‌ریخت نگاه کرد. رو سیم‌های برق برف نشسته بود. رو سر تیرهای سیمانی برق، هریک یک کله قند برف نشسته بود. کنار پیاده‌روها و گودی جوی‌ها و کف خیابان باهم یکی شده بودند. کولاک، خیابان و درخت‌های لخت را به رقص درآورده بود. رو تنه کلفت چنارها وصله برف نشسته بود. هوای خشمگین برفی بدنش را به لرزه انداخته بود و دلش بیش از همیشه از دوست و خویش تهی بود. یاد توله سگش افتاد. دیدش که پائین پله درگاهی قوز کرده بود و سرش به جلو خم شده بود و می‌لرزید و دور زمین بو می‌کشید.

تنش تو بلوز نظامی گل و گشادش لیز خورد و پای لمسش تکان برداشت و پا شد راه افتاد.

نمی‌دانست به کجا، اما به راه افتاد. تا بالای زانوهاش تو برف چال می‌شد. برف بر رخ سیاه شب سفید آب مالیده بود. گالش‌هایِ گل و گشادش که از لاستیک قرمز توئی اتومبیل آپارات شده بود، از پایش بیرون می‌آمد و تو برف می‌ماند. لق‌لق می‌زد و تعادلش گم می‌شد. پیاده‌رو، تنها و تهی جلوش دهن گشوده بود. توله سگ به دنبالش رو برف تلوتلو می‌خورد.

یک لنگه گالشش تو برف ماند و برگشت آن را یافت و لنگه

دیگرش را هم از پا درآورد و آنها را گرفت زیر بغلش. آسانتر راه می‌رفت. دیگر انگشتان پایش سرما را حس نمی‌کرد. دوید. رو سرش و شانه‌هایش از برف سفید شده بود. هر از گاهی، اتومبیل خوابزده‌ای ناله‌کنان تو خیابان خودش راکج‌کج رو برف‌ها می‌کشید و دور می‌شد. درونش تهی بود و تو تیره پشتش و تو پهلوهاش لرز افتاده بود. از گرسنگی دلش مالش می‌رفت. تو شقیقه‌هاش لرزه افتاده بود. از گرسنگی دلش مالش می‌رفت. تو شقیقه‌هاش می‌کوبید و می‌خواست بالا بیاورد. دهنش تلخ و خشک و بویناک بود. بوی بازمانده تبی که در دهن مرده حبس شده بود می‌داد.

بامداد، آفتاب زور می‌زد تا از پشت ابرها بیرون بجهد، اما ابرها سفت و سخت جلوش را گرفته بودند. جای تاول خورشید، مرده نوری به بیرون‌ها می‌کرد. برف ریز و تنک و تند بود. مردم تو کوچه و خیابان ولو شده بودند. گاری‌ها و درشکه‌ها و دوچرخه‌ها تو کوچه پرسه می‌زدند. توله سگ دنبالش می‌دوید و کوشش داشت از پسرک عقب نماند. برگشت نگاهش کرد و گفت: «من تورو نمیرفوشمت. می‌خوان زهرت بدن بکشنت. تو از خود من گشنه‌تری. آخرش یه چیزی پیدا می‌کنیم هردومون باهم می‌خوریم.»

ایستاد و دوباره گالش‌هاش را به پاش کرد و راه افتاد. دست‌هایش را زیر چاله بغلش فرو برده بود. قوزکرده بود و می‌لرزید و دندان‌هایش بهم می‌خورد و چهره‌اش چرک و موهای سرخش رو فرق سرش خمیر شده بود.

جلو یک دکان کله‌پزی ایستاد. بوی چرب و گرم کله‌پاچه مستش کرده بود. رفت جلو و با تهور بیم خورده‌ای به کله‌پز گفت: «میخواین برفای جلو دکونو بروفم؟ اگه یه پاروئی، چیزی داشته باشین تموم

برفارو می‌ریزم تو جوب.»

صدای کلفت کله پزگوشش و جانش را آزرد: «برو بچه پی کارت بذارکسبمونو بکنیم.»

پسرک بازگفت: «یه تیکه استخون بدین به این سگم. خدا عمرتون بده. به خدا خیلی گشنشه.»

سر و کله توله می‌لرزید و بوی غلیظ کله پاچه راکه دور و ورش تو هوا لنگر انداخته بود می‌بلعید و زبانش پی در پی دور دهنش می‌چرخید.

دست کله پز بالای سینی کله پاچه به پرواز آمد و یک قلم پاچه سفید و براق برداشت و رو زمین پرت کرد.

استخوان برف را شکافت و درون آن نشست. پسرک دنبال استخوان دوید. و توله دنبال استخوان دوید. پسرک خودش را انداخت رو استخوان و آن را قاپید و توله سگ جای آن را تو برف بو کشید و لیس زد. پسرک راست ایستاد و استخوان را لیسید. میان استخوان سخت و برّاق و بی‌نمک بود و خشک بود و دندان‌های پسرک روش لیز می‌خورد. طرفین آن که جای مفصل بود، نرم و سوراخ سوراخ بود و از آنجا بود که بوی اشتهاآورگوشت بلند بود. سر توله روگردنش می‌چرخید و پره‌های دماغش باز و بسته می‌شد و زبانِ کوچکِ گُلیش از دهنش بیرون افتاده بود و آب ازش می‌چکید. ورجه ورجه می‌کرد و دم تکان می‌داد. دندان‌های تیز پسرک چند جای مفصل استخوان را خراشید. آنرا لیسید و بویش را هورت کشید و سپس با دلخوری آن را جلو توله سگ پرت کرد. کله‌پز از پشت پیشخوان به آنها نگاه می‌کرد و تسبیح چرکش را تو دستش می‌گرداند.

بعد پسرک به سنگکی بغل کله‌پزی سری کشید. نان‌های داغی که

رو میز خوابیده بودند دل او را به ضعف کشاند. فوران سوزان کوره
تنور نانوائی او را به خود کشید. آنجا گرم بود و بوی داغ نان، هوا را فرا
گرفته بود. چند تا ریگ داغ از کف دکان برداشت و تو دست‌های خود
مالید. قوز کرده بود. شانه‌هایش و دندان‌هایش می‌لرزید. نگاه
پراشتهای دردناکش به آنکه پای ترازو نشسته بود و آنهائی که میان
دکان به انتظار نان گردن کشیده بودند چیزی نگفت. دور و ور خودش
رو زمین نگاه کرد. حتی یک کناره نان هم رو زمین ندید که آنرا بردارد
نیش بکشد.

کف زمین پر از ریگ‌های داغ و ولرم بود و او روی آنها پا به پا
می‌شد. رفت به سوی ترازودار و با صدای گریه گرفته‌ای گفت:
«محض رضای خدا یه تکه نون بده بخورم.»

ترازودار تو شکمش واسرنگ رفت: «میری گور تو گم کنی یا دلت
کتک می‌خواد؟»

پسرک باز گفت: «هرچی می‌خوای کتکم بزن. اما یه پاره نون بده
بخورم.»

ترازو دار خیز برداشت که از پشت ترازو به سوی پسرک برود.
پسرک بیم خورده در رفت. توله‌اش دم دکان به انتظارش بو می‌کشید و
دم تکان می‌داد.

خیلی راه رفته بود. از چند تا خیابان و بازارچه گذشته بود. از
گرسنگی نای راه رفتن نداشت. شب پیش هم مدتی دنبال نان دویده
بود و چیزی گیر نیاورده بود. دم عرق فروشی‌ها و ایستگاه‌های
اتوبوس پرسه زده بود و از مردم کمک خواسته بود و چیزی گیر
نیاورده بود و رفته بود تو آن درگاهی خانه، در آغوش سرما و
توله‌سگش بی‌خود شده بود. و حالا هم دنبال یک چیزی می‌گشت که

شکم به پشت چسبیده‌اش را با آن متورم کند و معده و روده‌های خفته را بیدار سازد. همچنان که انگشتانش را زیر چاله بغلش گرم می‌کرد چشمانش رو زمین دنبال دهن گیره‌ای می‌گشت.

مردک درشت اندامی داشت از توی یک چرخ بار خالی می‌کرد: تره‌بار و میوه. جعبه‌های پرتقال و سیب و جوال‌های سبزی و کلم و کاهو و هویج و تُرب سیاه. پسرک پیش چرخ درنگ کرد. مفش که رو لبش سرازیر شده بود بالا کشید و چشمانش از روی چرخ به دکان می‌دوید و در دکان، رو آن همه میوه درنگ می‌کرد و باز به چرخ برمی‌گشت رو مرد درشت اندام. رفت پیش مردک درشت اندام و گفت: «آقا کمک نمی‌خواین؟ اگه بخواین منم کمکتون کنم.»

مرد درشت اندام چیزی نگفت. اوقاتش تلخ بود. یک بار بغل زد و رفت گذاشت تو دکان و برگشت پیش چرخ. پسرک بازگفت: «آقا منم یکی بیارم؟»

ناگهان مرد درشت اندام پرید و پشت گردن او را گرفت و محکم او را روزمین پرت کرد. دست‌های پسرک از زیر چاله‌های بغلش بیرون افتاد و تنش تو برف نشست. توله‌اش جلوش سرودم تکان می‌داد و وق می‌زد.

از دکان میوه‌فروش خیلی دور شده بود. سینه‌کش خیابانی خلوت عده‌ای دور یک چیزی جمع شده بودند. پسرک خودش را قاتی جمعیت کرد. دید در میان مردم پسرکی به سن و سال خودش مچاله به پهلو روزمین افتاده و زانوهایش و دستایش تو شکمش خشک شده بود و چشمانش دریده بود و پاهایش برهنه بود و تنش برف پوش شده بود. یک پاسبان درجه‌دار هم که دوتا هشت رو بازوهاش دهن دره می‌کردند آنجا ایستاده بود و امر و نهی می‌کرد و آدم از پزشکی قانونی

آنجا بود و نماینده دادستان آنجا بود و آمبولانس کفن‌پوش پزشکی قانونی آنجا بود که راننده‌اش توش نشسته بود و یک لبوی گنده داغ نیش می‌کشید و مردم همهمه می‌کردند:

ــ «نه بابا، اینکه معلومه کسی نکشتنش. سرما خشکش کرده.»

ــ «کسی چه می‌دونه؟ گاسم یه جای دیگه کشته باشنش و آورده باشن اینجا انداخته باشنش.»

ــ «کیه که با یه همچو آدمای دشمنی داشته باشه؟»

ــ «همون خداشون. یه جَنَمای توشون پیدا میشه که همون خدا خودش می‌شناسدشون.»

ــ «بابا اگه میخواین حالا حالا بذارینش اینجا خدارو خوش نمیاد؛ پاهاشو رو به قبله کنین.»

ــ «آره بابا اینجور که نمیشه. یه لُنگی، چیزی بندازین روش که سرما نخوره.»

ــ «گاسم هنوز جون داشته باشه.»

ــ «آره تو بمیری. از حالا کرما دارن می‌خورنش.»

ــ «این مال حالا نیس. خیلی وخته فلنگو بسّه. نصبه‌های شب عزرائیل باش چاق سلومتی کرده.»

ــ «بالاخره مرده و اول باید هویتش معلوم بشه.»

ــ «هویت چی بااینکه معلومه بی فک و فامیله.»

پاسبان داد زد: «آقایون برین. وانسّین. خلوت کنین... هیشکی نبود که اینو بشناسدش؟»

دور مرده مقداری پول خرد رو برف‌ها ولو بود. هنوز هم جمعیت تک و توک پول خرد به سوی مرده می‌انداختند.

پسرک رفت به طرف مرده و بالای سرش ایستاد و به او نگاه کرد.

عروسکِ فروشی / ۱۵۹

بـعد رو زمـین نشست و بـه جـمعآوری پـولهای خـرد پـرداخت. توله‌سگ رفت سر و صورت مرده را بو کشید و او را لیسید. پاسبان لگد قایمی تو شکم توله زد و انداختش آن طرف. وق توله بلند شد و خودش را از میان جمعیت کنار کشید.

بعد پلیس پسرک را چسبید و از رو زمین بلندش کرد که چکاره است که آمده پولها را جمع میکند و پسرک گفت که هیچکاره است و بیچاره و گرسنه است و میخواهد با پولها برای خودش لقـمه نـانی بخرد و اینکه مرده رفیق او بوده و اسمش عباس پلنگ بوده و لات و بیکاره بوده.

پلیس فوری مچش را گرفت و پولها را از چنگش بیرون آورد و ریخت رو زمین و پسرک را انداخت جلو و بردش به کلانتری و توله سگ، شاد و سبک‌سر، دنبالشان دوید.

تنگ غروب که از کلانتری آمد بیرون بـاز بـرف مـیبارید. دنبال توله‌اش گشت آنجا نبود. غصه‌اش شد. بار غم رو گرسنگی درونش سنگینی انداخت. ظهر تو کلانتری دیده بود که یک سینی پر و پیمان چلوکباب و دوغ و نان پیاز و سبزی خوردن و ترشی برای افسر نگهبان آورده بودند و او نشسته بود و جلو چشم او همه را خورده بود و او چهار چشمی او را پائیده بود و ته مانده سینی که چند ورقه نازک پیاز و چند تراشه سبزی و دوره نان بود، شاگرد چلوئی مثل اجل معلق آمده بود و آنها را جمع و جور کرده بود و برده بود و تن او عرق سرد نشسته بود و سرش گیج رفته بود و گلویش خشک شده بود و درد به سرش نشسته بود. حالا هم گرسنگی به تنش مور مور انداخته بود و تو تنش پوک بود و چشمانش سیاهی میرفت.

تلو تلو خورد و با خودش گفت: «تا نمردم برم یه چیزی پیدا کنم

بخورم که دیگه نا ندارم. خیلی آدم باید دسّ و پا چُلفتی باشه که تو شهر به این ولنگ و وازی از گشنگی بمیره. اما کجا برم؟ کی رو تو این شهر دارم که برم پیشش؟ برم یه خونه تِخی یه چیزی بزنم برم برفوشم. اگه امروز دیگه چیزی نخورم مثه عباسه فلنگو می‌بندم. اگه گیرم بیفتم دسّ کم تو زندون، هم گرمتره، هم آشی، چیزی پیدا می‌شه که بخورم از گشنه‌ای نمیرم.» باز دستهاش زیر چاله بغلش رفت و قوز کرد و لرز تنش و دندان‌هایش دور برداشت و صدای قرقر شکمش تو تنش پیچید.

از تو خیابان به پس کوچه‌ای که نمی‌شناخت کشیده شد. در و دیوارها را وارانداز می‌کرد و گاهی برمی‌گشت و پشت سرش را نگاه می‌کرد. پس کوچه خلوت بود. اما هر سیاهی آدمی که پیدا می‌شد از دیدن او دلخور میشد. پاهاش سست می‌شد. ناامید میشد. از آدم می‌ترسید.

یک بازارچه کوچک تو سری خورده جلوش سبز شد که دکان‌های نانوائی و آشی و کبابی و بقالی در آن تنگ غروبِ سرد برو برو کارشان بود. بخارگرم و شیرینی که از سینی لبوفروش بلند بود تو دماغش ولو شد و سوزشی بیخ زبانش حس کرد و دهنش پر از آب شد. اما آنچه دیوانه‌اش کرده بود بوی کباب بود. ابر چرب و پرپشت دود کبابی که تو هوا لپر می‌زد. پسرک تا آنجا که ریه‌هاش جا داشت بوها را هورت کشید و بلعید و چشمانش آب افتاد و بیخ گلویش باز و بسته شد و آب تو دهنش فواره زد.

شاگرد کبابی پشت منقل کباب را باد می‌زد. دکان شلوغ بود و لُپ‌های مشتریان که از لقمه‌های درشت آبستن بود داغ به دل پسرک گذاشته بود. رفت جلو وکله‌اش را رومنقل چرخاند و بخور چرب‌کباب راهورت کشید.

شاگرد کبابی خنده مسخره‌ای کرد و گفت: «رد شو بچه؛ خر داغ میکنن؟»

از بازارچه دور شده و تو کوچه‌های ناآشنا به پرسه افتاد. باز به وراندازکردن در و دیوارها و کوچه‌ها پرداخت. و باز از سایه و سیاهی مردمی که از پهلوش رد می‌شدند می‌هراسید. هنوز بوی چرب کباب را از خودش می‌شنید. «اگه یه نصبه سیخ کباب و یه کف دسّ نون به من می‌دادن چی می‌شد؟ لامسّبای ننهِ چخی! مگه ما آدم نیسّیم؟»

از تو کوچه‌ای رد شد که خلوت بود و کوتاه بود و یک تیر چراغ سیمانی که لامپ مفلوکی گلِ آن آویزان بود کمرکش کوچه کاشته شده بود. رو سر و شانه‌هاش برف نشسته بود و دلش کرخت شده بود. تو کوچه هیچ‌کس نبود. خانه‌ها، ردیف هم اسیر خاک بودند.

رفت پیش یکی از خانه‌ها. سرش نرم و با احتیاط رو گردنش چرخید و به پشت سر نگاه کرد و آنگاه در را آهسته هُل داد. در بسته بود و تکان نخورد. زود برگشت میان کوچه و پنجره‌های خانه در بسته را دید زد. خانه خاموش بود و نوری از پنجره‌ایش به بیرون نمی‌تراوید.

«چه حیف. کاشکی عباسه زنده بود. این خونه‌های تاریک برای کار جون میدن. یه نفری نمیشه. باهاس یکی کشیک بکشه یکی بره تو.»

سپس درِ یک خانه دیگر را وارسی کرد. آن هم قرص و قایم بسته بود. یک در را ول کرد و درِ بعدی را هُل داد. نیش در واز شد و نور مرده کوچه تو راهرو تنگ و تاریک آن خلید. دلش خوش شد. تنش داغ شد و شقیقه‌هاش کوبشی دیگر گرفت. زور گرسنگی درونش بر دلهره‌اش سنگینی می‌کرد. از تو اتاق صدای رادیو بلند بود. چشمانش

را بهم می‌زد که زود با تاریکی راهرو آشتی کند. راهرو لخت و پتی بود. بی‌فرش بود. به دیوار، دنبال جارختی گشت. اما دیوار سفید و تهی و پتی بود. «بدمسّب یه شلوار کهنه هم اینجا آویزان نیس. مثه اینکه امشب ما به کاهدون زدیم.» یک جفت دم‌پائی فزنات تو آستانه در خمیازه می‌کشید.

گوشه راهرو یک عروسک بزرگ نشسته بود و به در کوچه نگاه می‌کرد. بی‌درنگ؛ مانند گربه‌ای تو راهرو خزید و عروسک را بغل زد. عروسک سبک بود و رخت تنش بود. آن را به سینه‌اش فشرد و به سوی در کوچه برگشت. ناگهان عروسک داد زد؛ «پاپا، ماما».

تو مهره‌های پشت پسرک تیر کشید و سوزش زهرناکی نوک زبانش را گاز گرفت. خواست عروسک را به زمین پرت کند و فرار کند، که میان کوچه رسیده بود و آنجا یک بار دیگر عروسک گفت: «پاپا، ماما» و او پا گذاشت به فرار.

دوان، از سر کوچه گذشت و زمانی تو خیابان دوید تا رسید زیر سقف بالکنی و آنجا ایستاد و عروسک را وارسی کرد. عروسک از لاستیک بود. یک بچه لُپ قرمز چاقالو بود که رخت تنش بود و موی زرینی رو پیشانیش خوابیده بود و مژگان سیاه بلند و چشمان کبود لرزان داشت که باز و بسته می‌شد و دهن نیم خندانی داشت که دوتا دندان، مثل دندان‌های خرگوش از میانش به بیرون تُک زده بود.

پسرک به سر و روی عروسک دست کشید. چند بار دست و پای آنرا چرخاند و جابجا کرد. ازش خوشش آمده بود. همه‌جای آنرا فشار می‌داد. می‌خواست ببیند از کجاش صدا بیرون می‌زند. سرش را چرخاند، دید می‌چرخد و به شانه‌هایش و پشت سرش نگاه می‌کند. مژه‌هایش را لمس کرد. به موهایش دست کشید. دامن پیراهنش را بالا

زد و به تنکه‌اش نگاه کرد. رو سینه‌اش راکه زور داد ناگهان عروسک گفت: «پاپا، ماما». باز رو سینه‌اش را زور داد و باز عروسک حرف زد و گفت: «پاپا، ماما». پسرک ذوق کرد. «چقدر می‌خرنش؟ ده تومن؟ حرف می‌زنه! تو حرفم می‌زنی؟ چی می‌گی؟ پاپا چیه؟ ماما چیه؟ دیگه چی بلدی بگی؟ بازم برام حرف بزن. امروز چی خوردی؟ تو که حرف می‌زنی، تو که می‌خوابی، باید حتماً چیزی بخوری.» باز سینه آن را فشار داد و عروسک گفت: «پاپا، ماما».

راه افتاد. عروسک را زیر بغلش زده بود. «برم تو خیابونای بالاس شهر؛ اونجا بهتر می‌تونم برفوشمش.»

آقای نونواری که سرش تو یقه کلفت پالتوش فرو رفته بود و چتر رو سرش گرفته بود جلوش سبز شد.

«آقا یه عروسکِ فروشی داریم نمی‌خواین؟» سر آقا از تو یقه کلفت پالتو بیرون نیامد. زبانش تو دهنش یخ بسته بود. سایه‌های او و پسرک رو هم افتادند و سپس از هم گریختند.

پسرک جلو چند تا دکان رسید. درِ یک بقالی را هُل داد و داد زد: «یه عروسکِ فروشی!» دکاندار آن طرف پیشخوان رو چهار پایه‌ای نشسته بود و به روزنامه نگاه می‌کرد. نور چراغ مهتابی چشم پسرک را خست. خاموشی دکان ناچارش ساخت که این‌بار آهسته‌تر بگوید «یه عروسکِ فروشی.» دکاندار سر را از روزنامه برداشت و نگاهش کرد و آرام گفت: «نمی‌خوام. برو بیرون درو ببند» چشمان پسرک از روی یک کپّه نان سفید که روی پیشخوان تل‌انبار شده بود به شیشه پر و پیمان پسته‌ای که پهلو نانها بود دوید و پس پس بیرون رفت و در را بست.

تو خیابان جلو زن فربهی که نفس‌زنان تو برف‌ها پارو می‌کشید گرفت و گفت:

«خانوم یه عروسکِ فروشی.» زنک سرش داد زد: «برو گمشو! نزّیک بود سُر بخورم. این نصب شبی کی عروسک می‌خواد؟»

پسرک از پیشش کنار رفت و بغلش راه افتاد و راست تو چهره زن نگاه می‌کرد. «بخرین خانوم ارزونه. هرچی می‌خواین بدین. میخوابه، بیدار میشه. حرفم می‌زنه.» آن وقت هولکی تو سینه عروسک فشار داد و عروسک نگفت پاپا، ماما و پسرک دلخور شد و سر جاش ایستاد و اندام سیاه و سنگین زن رو برف‌ها لغزید و دور شد. سپس چشمانش را از زن برگرفت به چهره عروسک دوخت. بعد قایم رو سینه‌اش فشار داد و عروسک جیغ کشید: «پاپا، ماما».

آن را قلمدوش کرد و با جان کندن برف له‌های میان خیابان را شلپ شلوپ کرد و رفت به پیاده‌رو دیگر. عروسک را پشت گردن خود نشانده بود و دو قلم پای آن را تو مشت‌های یخ و کرخت خود می‌فشرد و رودار* داد می‌زد: «یه عروسک فروشی، دختر شاه پریونه، می‌خوابه، بیدار می‌شه، حرف می‌زنه. آی یه عروسکِ فروشی داریم!»

صدای خودش به گوشش بیگانه بود. خودش و صداش و عروسکش می‌لرزیدند. دانه‌های درشت برف، مه سرخ شامگاه را می‌شکافت و بر شهر می‌ریخت. خیابان از سیاهی آدم و اتومبیل خط خطی می‌شد. ناله‌ی تَرَک خورده «یه عروسکِ فروشی» از دهنش بیرون می‌ریخت و پیش پایش تو برف ذوب می‌شد. پاهایش را به زور از تو کُندِ برف بیرون می‌آورد و هرپائی راکه جلو می‌گذاشت سبک تو برف می‌خوابید و سنگین بیدار می‌شد.

* رودار: گفتار شیرازی برای پی در پی و پیوسته.

عروسکِ فروشی / ۱۶۵

خودش را به سینه دیواری کشانید و رسیده نرسیده پشتش را به آن تکیه داد. پاهاش خود به خود چین شد و رو زمین نشاندش. عروسک افتاد بغلش و همانطور که افتاد به آن دست نزد. چنگالش را تو برف فرو برد و یک مشت برف را برداشت و گاز زد و جویدو قورت داد و تف کرد. دیگر نتوانست انگشتانش را تو چاله بغلش قایم کند.

چشمانش هم رفت و نیشتر سرمای تازه‌ای تو رگ و پی‌اش خلید. دست‌هایش لَخت بغلش افتاد. تنش از تو سرد می‌شد، و دلش آهسته آهسته به خواب می‌رفت. خوابش گرفته بود. تلاش می‌کرد سرش را رو گـردنش راست نگهدارد؛ اما چنان سنگین شـده بـود کـه تـن نمی‌توانست آن را بر خود بگیرد. لرزی شدید بر اندامش نشست و بزاق کف‌آلودِ کش‌داری از دهنش بیرون زد.

بامداد دیگر هـنوز بـرف مـی‌آمد. چرخ اتـومبیل‌های جـن‌زده، مارپیچ‌های کلفتِ گل‌آلود را تو برف‌های لهیده خیابان می‌کاشتند و صدای بـوق‌های نـم کشـیده آنها همـراه بـا نـاله مـوتورشان هـوا را می‌خراشید. روشنائی مرده روز به نور افسرده چراغ‌های هنوز روشنِ خیابان دهن‌کجی می‌کرد.

سینه کش دیوار خیابان عده‌ای دور یک چیزی جمع شده بودند که پسرک کُنجله شده‌ای بود که روش برف گرفته بود و چندتا سکه دور و ورش رو برف پخش بود و یک عروسکِ برف‌پوش با چهره خندان و چشمان بسته بغلش خوابیده بود و مردم به تماشا ایستاده بودند.

همراه

«شیوه‌ی دیگر»

دو تا گرگ بودند که از کوچکی با هم دوست بودند و هر شکاری که به چنگ می‌آوردند باهم می‌خوردند و تو یک غار باهم زندگی می‌کردند. یک سال زمستان بدی شد و به قدری برف رو زمین نشست که این دو گرگ گرسنه ماندند. چند روزی به انتظار بند آمدن برف تو غارشان ماندند و هرچه ته مانده لاشه شکارهای پیش مانده بود خوردند که برف بند بیاید و پی شکار بروند. اما برف بند نیامد و آنها ناچار به دشت زدند. اما هرچه رفتند دهن گیره‌ای گیر نیاوردند. برف هم دست بردار نبود و کم‌کم داشت شب می‌شد و آنها از زور سرما و گرسنگی نه راه پیش داشتند نه راه پس.

یکی از آنها که دیگر نمی‌توانست راه برود به دوستش گفت:

«چاه نداریم مگه اینکه بزنیم به ده.»

ـ «بزنیم به ده که بریزن سرمون نفله‌مون کنن؟»

ـ «بریم به اون آغل بزرگه که دومنهٔ کوهه یه گوسفندی ور داریم درریم.»

ـ «معلوم میشه مُخت عیب داره. کی آغلو تو این شب برفی تنها می‌ذاره. رفتن همون و زیر چوب و چماق له شدن همون. چنون دخلمونو بیارن که جدّمون پیش چشممون بیاد.»

ـ «تو اصلاً ترسوئی. شکم گشنه که نباید از این چیزا بترسه.»

ـ «یادت رفته بابات چه جوری مرد؟ مثه دزّ ناشی زد به کاهدون، و تکه گنده‌هش شده گوشش.»

ـ «بازم اسم بابام آوردی؟ تو اصلاً به مرده چکار داری؟ مگه من اسم بابای تورو میارم که از بس خر بود یه آدمیزاد مفتگی دسّ آموزش کرده بود برده بودش تو ده که مرغ و خروساشو بپّاد و اینقده گشنگی بش داد تا آخرش مرد و کاه کردن تو پوسّش و آبرو هرچی گرگ بود برد؟»

ـ «بابای من خر نبود. از همه دوناتر بود. اگه آدمیزاد امروز روزم به من اعتماد می‌کرد می‌رفتم باش زندگی می‌کردم. بده یه همچه حامی قلتشنی مثه آدمیزاد داشته باشیم؟. حالا تو می‌خوای بزنی به ده، برو تا سر تو بِبُرن بِبَرن تو ده کله گرگی بگیرن.»

ـ «من دیگه دارم از حال میرم. دیگه نمی‌تونم پا از پا ور دارم.»

ـ «اِه، مثه اینکه راس راسکی داری نفله مشی. پس با همین زور و قدرتت می‌خواسّی بزنی به ده؟»

ـ «آره، نمی‌خواسّم به نامردی بمیرم. می‌خواسّم تا زنده‌ام مرد و مردونه زندگی کنم و طعمه خودمو از چنگ آدمیزاد بیرون بیارم.»

گرگ ناتوان این را گفت و حالش بهم خورد و به زمین افتاد و دیگر نتوانست از جاش تکان بخورد. دوستش از افتادن او خوشحال شد و دور ورش چرخید و پوزه‌اش را لای موهای پهلوش فرو برد و چند جای تنش را گاز گرفت. رفیق زمین‌گیر از کار دوستش سخت تعجب کرد و جویده جویده ازو پرسید:

ـ «داری چکار می‌کنی؟ منو چرا گاز می‌گیری؟»

ـ «واقعاً که عجب بی‌چشم و روئی هسّی. پس دوسّی برای کی

خوبه؟. تو اگه نخوای یه فداکاری کوچکی در راه دوست عزیز خودت بکنی پس برای چی خوبی؟»

ـ «چه فدارکاری‌ای؟»

ـ «تو که داری می‌میری. پس اقلاً بذار من به خورمت که زنده بمونم.»

ـ «منو بخوری؟»

ـ «آره، مگه تو چته؟»

ـ «آخه ما سال‌های سال با هم دوسّ جون جونی بودیم.»

ـ برای همینه که می‌گم باید فداکاری کنی.»

ـ «آخه من و تو هردومون گرگیم. مگه گرگ گرگو می‌خوره؟»

ـ «چرا نخوره؟ اگرم تا حالا نمی‌خورده، من شروع می‌کنم تا بعدها بچه‌هامونم یاد بگیرن.»

ـ «آخه گوشت من بو نا می‌ده.»

ـ «خدا باباتو بیامرزه؛ من دارم از نا می‌رم تو می‌گی گوشتم بو نا می‌ده؟»

ـ «حالا راسّ راسّی می‌خوای منو بخوری؟»

ـ «معلومه، چرا نخورم؟»

ـ «پس یه خواهش ازت دارم.»

ـ «چه خواهشی؟»

ـ «بذار بمیرم، وختی مردم هرکاری می‌خوای بکن.»

ـ «واقعاً که هرچی خوبی در حقّت بکنن انگار نکردن. من دارم فداکاری می‌کنم و می‌خوام زنده زنده بخورمت تا دوستیمو بت نشون بدم. مگه نمی‌دونی اگه نخورمت لاشت میمونه رو زمین اونوخت لاشخورا می‌خورنت؟ گذشته از این وختی که مردی دیگه گوشتت بو می‌گیره و ناخوشم می‌کنه.»

این را گفت و زنده زنده شکم دوست خود را درید و دل و جگر او را داغ داغ بلعید.

نتیجه اخلاقی: این حکایت به ما تعلیم می‌دهد که یا گیاهخوار باشیم؛ یا هیچگاه گوشت مانده نخوریم.

از مجموعه‌ی

چراغ آخر

دزد قالپاق

بچه‌گربه‌ای که چشمانش باز نشده بود

کفترباز

پریزاد و پریمان

دزد قالپاق

مردم دزد را وقتی که داشت قالپاق دومی را از چرخ باز می‌کرد گرفتند. قالپاق اولی را زیر بغلش قایم کرده بود و داشت با پیچ‌گوشتی کند و کو می‌کرد که قالپاق دومی را هم بکند که توسری شکنندهٔ تلخی رو زمین پرتابش کرد و بعد یک لگد خورد تو پهلویش که فوری تو دلش پیچ افتاد و پیش چشمانش سیاه شد و چندتا اُوقِ خشکه زد و تو خودش شاشید.

مردم دورش جمع شدند. قالپاق از زیر بغلش افتاد رو زمین و دور برداشت و رفت آن‌طرف‌تر رو زمین خوابید. یکی زیر بغلش گرفت و بلندش کرد. هنوز دستهایش تو دلش بود. نتوانست راست بایستد. یک توسری سنگین و چندتا کشیده دوباره او را رو زمین پرت کرد. چهره‌اش با درد گریه‌آلودی باز و بسته می‌شد. چهره‌اش زور می‌زد. سیزده سال داشت و پاهاش پتی بود.

یک کادیلاک لپر سیاه برّاق، مثل یک خرچسونه میان جمعیت خوابش برده بود و ککش هم نگزیده بود که قالپاقش راکنده بودند. و پسرک، مثل مگس امشی خورده، میان دایره‌ای که دیواری از پاهای مفلوکِ ناخوش دورش کشیده بودند تو خودش پیچ و تاب می‌خورد و حرف‌های سیاه سنگینِ تلخی تو گوشش می‌خورد که نمی‌گذاشت

دردش تمام بشود.

ـ «مادر قحبه دزدی و اونم روز روشن؟»

ـ «حتماً این همون تو بودی که پریروزم آفتابهٔ خونهٔ مارو زدی.»

ـ «اصلاً بگو کی پای تو رو تو این کوچه واز کرد؟»

ـ «چن روز پیشم بادیهٔ خونهٔ ما را بردن.»

ـ «تو این کوچه کسی دله دزّی یاد نداشت.»

ـ «حالا ماشین مال کیه؟»

ـ «ماشین؟ نمی‌شناسی؟ مال حاج احمدآقا، رئیس صنف قصابه.»

ـ «حالا آژانو صدا کنیم.»

ـ «آژان که نیس. خودمون ببریمش کلونتری.»

ـ «وختی انداختنش تو زندون و اونجا پوسید دیگه هوس دزّی نمی‌کنه.»

دزد، زبانش تو دهنش خشکیده بود. حس می‌کرد که بار سنگینی روش افتاده بود و نمی‌توانست از زیر آن تکان بخورد. باز یکی شانه‌اش را چسبید و بلندش کرد و تو صورتش تف انداخت و تو روش نعره کشید:

ـ «بگو کی پای تو رو تو این کوچه واز کرد؟»

مردک لندهور چشم وردریده و یقه چاک بود و ته ریش زبری رو پوست صورتش داغمه بسته بود.

پسرک می‌خواست راست بایستد اما پاهاش رو زمین بند نمی‌شد. زمین زیر پاهاش خالی می‌شد. درد کلافه‌اش کرده بود. چهره‌اش پیچ و زور زد تا توانست بگوید: «سر امام زمون نزنین، من بیچارم.»

باز زدندش، با مشت و لگد و سر و صورتش را پر تف کردند.

هر جای تنش را که می‌شد با دست می‌پوشاند و همه را نمی‌توانست بپوشاند و ناله‌هایش بیخ گلویش می‌مرد و دهن و دماغش خون افتاده بود و با اشک‌هایش قاتی شده بود.

ـ «حالا در بزنیم و خود حاجی رو صدایش کنیم تا حقّشو کف دسّش بذاره.»

این را سبزی‌فروش سر گذر که خوب حاجی را می‌شناخت گفت و بعد رو زمین تف کرد و نیشش واز شد.

در زدند و حاجی تو زیر پیراهن و زیر شلوار چرک گل و گشادی آمد دم در. شکل دهاتی‌ها بود. سرش طاس بود. زیر چشم‌هایش خورجین‌های باد کرده چین و چروک دهن واز کرده بود. شکمش گنده بود. پسر بچه‌اش هم با رخت گاوبازان آمریکائی ده تیر به دست آمد جلو پدرش تو درگاهی سبز شد و با چشمان کنجکاو به مردم نگاه کرد. تکیه‌اش به پدرش بود. هم سن سال پسرکی بود که دست‌هاش تو شکمش بود و رو زمین دور خودش پیچ و تاب می‌خورد و اشک و خونش تو هم قاتی شده بود.

حاجی پرسید: «دزّ کجاسّ؟» و او می‌دانست که دزد قالپاقش را مردم گرفته بودند، چونکه وقتی در زده بودند به حاجی پیغام داده بودند و او می‌دانست که دزد را گرفته بودند که خودش دم در آمده بود.

مردم راه دادند و حاجی آمد تو خیابان بالای سر پسرک که دستش تو دلش بود و اسفالت خیابان از شاش و خونش تر شده بود و به رسیدن به او لگدی خواباند تو تهیگاه پسرک که رنگ پسرک سیاه شد و نفسش پس رفت و به تشنج افتاد.

ـ «خودشو به شغال مرگی زده.»

ـ «مثه سگ هفتا جون داره.»

ـ «اگه یکیشونو طناب مینداختن دیگه کسی دزّی نمی‌کرد.»

ـ «باید دسّشو برید تو روغن داغ گذوشت. حالام خودشو به موش مردگی زده.»

پسرک روی زمین کُنجله شده بود و کف خون‌آلودی از گوشهٔ دهنش بیرون زده بود و اسفالت خیابان از پیشاب و خونش تر و سرخ شده بود.

بچه‌گربه‌ای که چشمانش باز نشده بود

ونگ ونگ زیر و چندش‌آور بچه گربه‌ای از تو سوراخِ پایهٔ سیمانی یک تیر چراغ برقِ تو خیابان بلند بود و مثل دندان درد تو گوش زق‌زق می‌کرد. این سوراخک اول جای فیوز تیر چراغ بود که حالا دیگر نبود و سیاه‌چالی ازش به جا مانده بود که رنگِ زنگ یک درک آهنی که آب باران آنرا شسته بود دورش لعاب گرفته بود و همچون زخم کِورِهِ بسته‌ای دهن باز کرده بود.

گام‌های آدمک‌ها بی‌حال و زهوار دررفته از رو اسفالت خیابان، کوتاه و توسری خورده از رو زمین بلند می‌شد و باز رو زمین می‌خوابید. شانه‌ها زیر بارگرانِ ناپیدائی لمس و خمیده شده بود. کارِ روزانه تمام شده بود. عرق‌ها رو تن‌ها خشکیده بود و نفس‌ها درمی‌آمد و می‌رفت تو.

آنجا دکان نبود. دیوار بلندِ سفیدِ خانهٔ گل گشادی کنار پیاده‌رو راه افتاده بود. و درِ آهنی بزرگی روش آویزان بود. چندتا بار آجر تو پیاده‌روی که تیر چراغ توش ایستاده بود ریخته بود. مردی هم بغل درِ آهنی ایستاده بود و یک زنجیر تو دستش می‌چرخاند.

بچه ده دوازده ساله‌ای آمد رد بشود و صدای بچه گربه را شنید. آمد تو سوراخِ تیر سرک کشید. صدای بچه گربه برید. شاید روشنائی

پشت پلک‌هایش عوض شده بود و بوی نفس موجود دیگری به دماغش خورده بود. اما دوباره صداش تو هوا دوید.

پسرک راست ایستاد و به مردی که بغلِ در ایستاده بود نگاه کرد. نگاهش از مردک پرسید: «بچه گربه را کی انداخته این تو؟» اما مردک چیزی نشنید و چیزی نگفت و همچنان زنجیر تو دستش می‌چرخید.

مردک دراز و گنده بود و پیراهن و شلوار تنش بود. دهاتی بود. پسرک سنگینی و سیاهی او را روی هیکل خودش حس می‌کرد. از آن گوشه‌ای که پسرک ایستاده بود، سر مردک را نزدیک به چهارچوب درِ آهنی می‌دید. مردک را خیلی گنده می‌دید. دو دل بود که آیا چیزی ازش بپرسد یا نه. ازش بدش آمده بود. مردک حواسش پیش بچه‌گربه و پسرک نبود؛ تو خیابان نگاه می‌کرد. اما ونگ‌ونگ زنگ خورده بچه گربه رو پرده گوشش سوهان می‌کشید. پسرک باز دولا شد و تو زخم داغمه بسته قوزک پای تیر سیمانی خیره شد. صدا باز برید. دستش را کرد تو سوراخ. تا بیخ بغلش رفت تو سوراخ و انگشتانش آن تو به کندوکو درآمد، امّا به چیزی نخورد. ناگهان از صدای دهاتی هول خورد و دستش را بیرون کشید.

«تهش خیلی گوده. دسّ منم بهش نمیرسه.»

چشمان پسرک تو چهره دهاتی افتاد. چشمانش دو دو می‌زد، نفهمیده بود مردک چه گفته بود و ازش چه می‌خواست. زنجیر همچنان تو دست‌های مردک می‌چرخید. زنجیر دراز و زنگ‌خورده بود. باز پسرک شنید.

«سوراخش خیلی گوده.»

و پسرک شیر شد و از دهاتی بدش نیامد و ازو پرسید:

«شما دسّتونو این تو کردین؟»

ـ «یه وختی، خیلی پیشا کردم. نه برای بچه گربه. می خواسّم ببینم گودیش چقده. دسّام به تهش نرسید.»

ـ «کی افتاده؟»

ـ «نمی دونم. از دیروز تا حالا همین جور وق می زنه.»

ـ بیاین دِرِش بیاریم.»

ـ «می خوای چکار؟ ولش کن خودش می میره.»

ـ «شما بیارینش بیرون، من می برمش خونه نیگرش می دارم. شما چکار دارین؟»

ـ «هنوز چشماش واز نشده. شیر خورسّ چه جوری می تونی بزرگش کنی؟»

پسرک خاموش شد و باز چشمانش تو سوراخ افتاد و نمی دید که «شیرخورس و چشماش واز نشده» باز دستش را کرد تو سوراخ و با گردن کجش که به تیر سیمانی چسبیده بود به مردک نگاه می کرد و هوشش تو سوراخ تیر بود.

ـ «مگه حرف حالیت نمی شه؟ میگم دس تهش نمی رسه. بگو خُب. رد شو برو پی کارت.»

مردک داد کشید و زنجیر تو دستش از چرخش باز ماند و آمادهٔ رفتن به سوی پسرک شد. پسرک مثل اینکه زنبور دستش را نیش زده بود نگاهش تو صورت مردک افتاد و چند گام پس پس رفت و دلش تند تند زد و باز از او بدش آمد. بعد گفت:

ـ «به تو چی کار دارم. مگه اینجارو خریدی؟»

مردک زنجیرش را داد به دست دیگرش و خیز برداشت به سوی پسرک. یک آقائی که از آنجا می گذشت ایستاد کنار پیاده‌رو و به مردک گفت:

ـ «ولش کن! چکارش داری؟»

رخت مرتب پوشیده بود و یقه سفیدش، شقّ و رقّ، کراوات پر طاوسیش را تو بغل گرفته بود. دهاتی جا خورد و سر جاش خشکش زد. آب دهنش را قورت داد و گفت:

ـ «می‌خواد دسّش بکنه این تو میگم نکنه.»

ـ «چرا نکنه؟ به تو چه؟»

ـ «برا اینکه، برا اینکه، بچه گربه توش افتاده.»

پسرک شیر شد و گفت:

ـ «آقا یه بچه گربه که چشماش واز نشده و شیرخورس افتاده این تو؛ می‌خوام ببرمش خونمون بزرگش کنم، این نمیذاره.»

آقا تو سوراخ تیر ماهرخ رفت. گردنش را همچنان شقّ و رقّ نگه داشته بود و رو غبغب خود فشار می‌آورد و نمی‌خواست گردنش را کج کند که یقه آهاریش تا بردارد. بعد گفت:

«کی انداخته‌ش اون تو؟»

از هیچکس جوابی نشنید. مردک زنجیر به دست برزخ بود. پسرک هم خیلی دلش می‌خواست یک‌نفر پیدا شود و به آقا جواب بدهد. خودش هم دلش می‌خواست بداند که «کی انداخته‌تش اون تو.»

دو نفر دیگر که از آنجا رد می‌شدند پهلوی آنها پا سبک کردند. یکی‌شان جوجه‌ای را سرازیر گرفته بود تو دستش که آب سفید کش‌داری از نوکش آویزان بود و چشمان گرد بیم‌خورده‌اش بالا نگاه می‌کرد و بال‌هایش شل شده بود و از پهلوهاش جدا و آویزان بود و زبانش از دهنش بیرون افتاده بود و لَه لَه می‌زد. یکی دیگر از آن دو نفر پاهاش پتی بود و چشم‌هاش چپ بود و کلاه نمدی کِورِه بسته‌ای سرش بود و دست و پاهاش سیاه بود؛ مثل اینکه شاگرد رویگر بود.

آنکه جوجه تو دستش بود پرسید:

«چه شده؟» و چشماش روز زمین و مردم و تیر چراغ برق دو دو می‌زد.

پسرک گفت:

«یه بچه گربه‌ای که هنوز چشماش وانشده افتاده این تو می‌خوایم درش بیارم. نمیشه.»

مرد جوجه به دست فوری دست جوجه‌اش را گذاشت لب جوی آب و رفت دستش را کرد تو سوراخ تیر و آنجا را کند و کو کرد و تا بغلش تو سوراخی رفت و بعد دستش را درآورد و راست ایستاد و جوجه را از زمین برداشت و گفت:

ـ «نمیشه، دسّم به تهش نرسید.»

آنکه گویا شاگرد رویگر بود پرسید:

«حالا چرا می‌خواین بیرونش بیارین؟»

پسرک گفت:

«چن روزه افتاده این تو. شاید ازگشنگی بمیره. ببرم خونه یه چیزی بدیم بش بخوره جون بگیره.»

آنکه آقا بود راهش را گرفت و رفت و پسرک پس از رفتن او نگاهی به مردک روستائی انداخت و پیش خودش خیال کرد. «حالاکه آقاهه رفتش دیگه مردک از کسی نمی‌ترسه و میاد می‌زندم.» و خواست از آنجا برود، و نرفت و باز همانجا ایستاد.

مردک روستائی آمد به تیر سیمانی تکیه زد و یک پایش را روی پای دیگرش لنگر انداخت و گفت:

«دیشب تا صُب نذاشت خواب به چش کسی بره. من تا صُب صداشو از تو خونه می‌شنفتم. هیچ جوری نمیشه درش آورد. فایده

نداره. باید همونجا بمونه تا از گشنگی بمیره.»

مردی که جوجه تو دستش بود پرسید:

«حالا کی انداختش این تو؟»

مردک گفت:

«این مال تو خونیه ما بود. ننشم مال ما بود. وختی ترکمون زد دوتاشه گربه نره برد؛ این یکیم ما نمی‌خواسّیم گذوشتیم کنار کوچه ننش ببردش. نمی‌دونم کی انداختش این تو.»

پسرک اندوهگین گفت:

«شاید بمیره... حالا ننش کجاس؟»

مردک روستائی بی‌خیال گفت:

«گورسّون. چمیدونم کجاسّ.»

آنکه چشماش چپ بود و گویا شاگرد رویگر بود گفت:

«گربه هفتا جون داره نمی‌میره.»

آنکه مرغ تو دستش بود گفت:

«لابد تا حالا ششتا جونش در رفته.»

پسرک، دلسوخته گفت:

«امشب دیگه میمیره. از صداش پیداسّ.»

مردک روستائی گفت:

«راس میگه. از دیروز تا حالا صداش صدجور شده. حالا دیگه مثه اینکه از ته چاه درمیاد.»

آنکه چشمانش چپ بود و مثل شاگرد رویگرها بود، مفش را بالا کشید و گفت:

«اگه بخواین درش بیارین میباس تیر چراغو جاکن کنین.»

آنکه جوجه تو دستش بود نگاه مسخره‌ای به شاگرد رویگر کرد و با

لحن گزنده‌ای گفت:

«با همه خریش راس میگه. بابا ای والله، واسیه به بچه گربه که یه شی نمیرزه بیان تیر چراغ صد تومنی رو بخوابونن؟»

شاگرد رویگر بُراق شد و گفت:

«خر باباته که تو رو پس انداخت.»

و هردو بهم گلاویز شدند و جوجه تو پیاده رو پرت شد و دماغ پسرک شاگرد رویگر خون افتاد و پلیس رسید و مچ دست هردو را گرفت.

در این هنگام گربه سیاه لاغری که چشمان خسته و محجوبی داشت و پوست شکمش تو دست و پاهاش آویزان بود، رو کفِ پیاده‌رو، زیر پای آدم‌هائی که ایستاده بودند و دعوا را تماشا می‌کردند سبز شد. گویا از زمین جوش خورده بود و درآمده بود. اول رفت سراغ جوجه و کله آن را بو کشید و سپس جستی زد و پرید تو سوراخ زخم زیلی تیر چراغ و صدای بچه گربه بند آمد.

کفترباز

قهوه‌خانهٔ «تل عاشقان» زیر چنارهای تناور سنگی سایه، و دود کباب و چپق و تریاک و غلیان و زمزمه برهم خوردن استکان و نعلبکی و فریادهای پر جنب و جوش «تریاکی!» «کبابی!» «قهوه‌چی!»، ظهر پر مشتری و بیا و بروی را می‌گذراند. چتر برگ‌های پرپشت چنارهای کهن، نور سکه‌هایی را که خورشید بر زمین افشانده بود بلعیده بودند و سایه فلفل نمکیِ مرطوب و خنکی کنار جوی‌ها و تو بنگاه‌ها و خرنده‌های باغ قهوه‌خانه خوابیده بود.

داش‌ها و لوطی‌ها و دایی‌های محلات در شازده و لب آب و دروازه سعدی و شاه داعی‌اللّه، گله به گُله رو گلیم‌ها و حصیرها لم داده بودند و برای خودشان می‌گفتند و می‌خندیدند و می‌خوردند و دود می‌کشیدند. دایی شکری هم با چندتا از دوستانِ شاطر و خمیرگیرش رو حصیری، کنار جوی آبِ روان نشسته بودند و چای می‌خوردند و باهم حرف می‌زدند.

دایی شکری از آن نقش‌بازان ماهری بود که در شهر شیراز تا نداشت. یک تیپ کبوترهای معیّری و چتری و همدانی و یاهو و رسمی تو خانه داشت. رسمی‌های او را هیچکس نداشت. از خال قرمز و خال زرد و پلنگ و قلمکار گرفته تا اقسام طوقی و سرنج و یک

کت و تودم‌دار و ابلق و شازده گلی و شازده زرد و سوش پا، تو
دستگاهش بهم می‌رسید راست بود که نقش‌بازان دیگر شیراز،
لوطی‌گری و پیش‌کسوتیش را در کبوتربازی و داش مشدی‌گری قبول
داشتند، اما حریفان او حرص و حسدش را می‌خوردند؛ برای اینکه
دویست تا قیچی و چهارصد تا سَر پَر داشت و این خیلی کبوتر بود.

آن طرف‌تر رو حصیر، دایی رحمان که او هم از نقش‌بازانِ محله در
شازده بود، با چندتا از دوستان حناساب خود نشسته بودند و باهم
پچ‌پچ می‌کردند. دایی رحمان حریف دایی شکری بود، و در عالم
کبوتربازی خیلی تو روهم ایستاده بودند و به صورت همدیگر چنگ
زده بودند. همیشه میان این دو شکرآب بود و آشتی آنها را کسی
ندیده بود. دایی شکری رفیق‌باز و جوانمرد و دست و دل باز و لوطی
بود و دایی رحمان گرفته و اخمو و بامبول زن و چاچول باز و نالوطی.

ناگهان دایی رحمان صداش را بلند کرد. ظاهراً به یکی از
دوستانش، ولی باطناً طوری که دایی شکری بشنود گفت:

«من که از کسی خورده برده ندارم. ذرّی که دیگه شاخ و دم نداره.
همه میدونن که اون قلمکار ما تو کلهِ مردم جُفت خون شده. عیبی
نداره رفته مهمونی، خودش برمی‌گرده. اما ایندفه چنتام از کفترهای
نازنین مردمو با خودش میاره.»

دایی شکری متلک دایی رحمان را شنید. دایی رحمان راست
می‌گفت. قلمکارش را دایی شکری گرفته بود. نمی‌شد زیر سبیلی در
کرد. شکری قُلاّجی[1] به چپق چوب نقره‌اش زد و با لحن گزنده‌ای
گفت:

---

۱. قُلاّج: پک زدن عمیق به چُپق.

کفترباز / ۱۸۷

«اونای که واسیه سرودسّی زنای بد محله مُردِ سّون حنا می‌سابن، حق کفتربازی ندارن. از این گذشته، هرکی بُیّه خوخه مُفلق داشت که با هزارتا شافوت و دسّک، تنگ بوم بپرونه بهتره بره همون حناسابی خودشو بکنه تا کفتربازی. من زیرش نمی‌زنم. اون سال و زمونه‌ای که کفتر دونه‌ای ده‌شاهی بود، من ده تومن می‌دادم واسم کـفتر بـدزّن. معلومه که وختی تو گُله مردم یه دونه دُز گال پیدا نشه، کـفتراشـون میرن دَدَر که یه آب و دونی گیرشون بیاد و گشنه نمونن؟»

«تو چقده خوب بود که عوض این چسناله‌ها می‌رفتی کنج خونت پهلو لچک به سر مینشسّی تا قصه بی‌بی‌گوزک واست تعریف کنه. ترو چکار به کفتر پرونی؟ تو حالا باید بری گردوبازی. تو هنوز دهنت بو شیر می‌ده.»

این نعرهٔ دایی رحمان بود که دایی شکری را راست سـر جـاش وایساند. لچک بسر مادردایی شکری بود که خاطرش پیش پسرش بیش از خیلی از مادرهای دیگر پیش پسرشان عزیز بود. همه کس لچک بسر را می‌شناخت و این اسمی بود که خود دایی شکری رو مادرش گذاشته بود. برای اینکه خیلی به اسم کبوتر شبیه بود؛ و مثلاً با طوقی و ابلق و سرنج و کله برنجی می‌آمد. گاه می‌شد که تو قهوه‌خانه، یا دکان نانوایی که دایی شکری در آنجا شاطر بود، وقتی از کبوترهاش حرف می‌زد، مثلاً می‌گفت «امروز صُب که پاشدم بیام دکون، لچک بسر حال ندار بود.» و همه می‌دانستند که لچک بسر همان مادر دایی شکری است و حالا اسمش را تو قهوه‌خانه جلو لوطی‌ها آورده بودند و کنفتش کرده بودند.

زنجیرهای یزدی از پَرِ گره شال‌های دبیت حاج علی اکبری بیرون کشیده شد و روگرده‌های دایی رحمن و دایی شکری نقش گرفت و

قهوه‌خانه بهم خورد. ضربه‌های چسبناک دانه‌های ریز سنگین و بهم
فشردهٔ زنجیر که رو گوشت تن‌ها می‌خوابید به تماشاگران دل ضعفه
می‌داد. هردو سخت و بیرحمانه می‌زدند. آخرش داش مشدی‌های
دیگری میانجی‌گری کردند و جای خالی رحمان و شکری رو
حصیرهای تو خرند١ خالی مانده بود. هریک پی کار خود رفته بود.

دایی شکری وقتی از قهوه‌خانه بیرون آمد بارش سبک شده بود.
اوزده بود. دایی رحمان را خوب زده بود و خونین و مالینش کرده بود.
همه دیده بودند. تازه زدن رحمان شق‌القمر نبود. او تو همین
قهوه‌خانه تلّ عاشقان دایی رضای درشازده‌ای را زده بود که یک سر و
گردن از رحمان سر بود و یک ماه تو رختخواب انداخته بودش. اما
حالا دلش خنک شده بود، رحمان خیلی شاخ و شانه می‌کشید.
رحمان هم یک زنجیر ناحق تو صورت او خوابانده بود که داغ خونینی
رو شقیقه و گونه و چانه او نقش کرده بود. خدا رحم چشم او کرده بود.
از این گذشته ته دلش خوش بود که دایی رحمان فهمیده بود که او
قلمکارش را زده بود. یک سر و گردن رشد کرده بود و ذوق می‌کرد.
دیگر موضوع دزدی نبود. موضوع شتیلی بود و سرکیسه بود و باج
سبیل و گردن کلفتی بود که «بله چشمات هفتا که لیم کارمو از تو بیشتر
بلدم. میتونسّم زدم و بردم و بازم اگه دسّم بیفته می‌برم؛ مفت چنگم.
تو هم اگه می‌تونی ببر.» اما گُرده‌اش سخت می‌سوحت. یک زنجیر بِدِ
رحمان هم تو پشتش خانه کرده بود. باید بدهد لچک بسر روش روغن
عقرب بگذارد.

دِرِ خانه‌اش مثل همیشه باز بود. شکری آن را با پا هل داد و رفت

---

١. ردیفی از آجر که روی زمین یا کنار جوی یا باغچه باشند.

تو. مادرش تو ایوان به نماز ایستاده بود. تا رسید فـوری رفت سـراغ
گُلّه‌هایی که ردیف، طرف آفتاب‌روی حیاط بغل هم نشسته بودند و
روبروی یکی از آنها که قلمکار دایی رحمان توش بود چندک زد و دَرِ
گُله را باز کرد و دستش را پی یافتن آن کبوتر تو گُلّه هـل داد و آن را
یافت و بیرون آورد.

نگاه پر شوقش رو کبوتر دوید. تُک سرخ‌گونش را میان دولب
گرفت و آنرا مکید و سپس بی‌تابانه گفت: «خودم قربون اون دوتا
چشّای یاقوتیت می‌رم. ببین چه جوری اون پلکای پوش پیازیشو بهم
می‌زنه. یه دونه پرِ تو واسیه این حناسابِ الدنگ زیاده. تو عروسی و
باید تو حجله خود من باشی.»

مـادرش مـی‌شنید. هـمـیشه بـه قربان صـدقه‌های پسـرش بـه
کبوترهایش گوش مـی‌داد و دلش مـی‌خواست شکـری این نـاز و
نوازش‌ها را به زنی که نداشت و بچه‌هایی که نداشت می‌کرد. دلش
می‌سوخت دلش می‌خواست شکریِ یکی دردانه‌اش زن می‌گرفت و
بچه‌دار می‌شد. لبهای پیرزن تکان می‌خورد و می‌گفت: «سبحان ربی
الاعلی و بحمده.» و تو دلش می‌گذشت. «همین حالا باید راجع بـه
دختر کَل عباسعلی بقال باش حرف بزنم. می‌ترسم دخترو رو بقاپن
ببرنش.» آنگاه شک کرد و نمی‌دانست رکعت دوم است یا سوم، زمانی
مبهوت و بی‌آنکه چیزی بگوید جلوش را نگاه کرد و سپس نمازش را
شکست و بی حال پای پای سجاده نشست.

«لچک بسر، حال و احوالت چطوره؟ سلام. یه ذره روغن عقرب
داری بیاری بذاری رو این زخم ما؟ تو قهوه‌خونه با یکی از بچه‌های
درشازده دَم و گفتمون شد.» دیگر قلمکار تو دستش نبود و آمده بود
جلو ایوان روبروی مادرش ایستاده بود.

ـ «نگو بازم سر کفتر دعوا کردی؟»

ـ «نه به، می‌خواسّی سر مال‌التجارم دعوا کنم؟»

ـ «ماشالو تو دیگه بچه نیسّی ننه؛ بیس سالته، بلکم بیشتر. اگه یه پسر داشتی حالو وخته زنش بود.»

ـ «ای بابا زن چیه. من همین قلمکار رحمانو نمی‌دم به صدتا زن. نمی‌دونی چه خوشگله ننه.»

یک کوزه لعابی فیروزه‌ای رو لبه ایوان گذاشته بود و شکری پیرهنش را درآورده بود و لچک بسر با چوبی که سر آن کهنه بسته بود، گُرده او را با روغن عقرب تو کوزه چرب می‌کرد.

ـ «الهی که دسّاش قلم بشه. چه جوری زده. پشت پسرم الف داغ شده. بمیرم الهی.»

ـ «ننه جون غصه نخور، مام زدیم. اگه صورت اورو ببینی دلت غش می‌ره. خونین و مالینش کردم.»

ـ «حالا این شد کار؟»

ـ «من که لچک بسر نیسّم که کنج خونه بگیرم بنشینم. معلومه، بازی اشکنک داره سر شکسّنک داره. می‌دونی چی گفت که آتشی شدم؟ گفت عوض کفتربازی برو تو خونه بشین بغل دسّ لچک بسر تاواست قصه بی‌بی‌گوزک تعریف کنه. ناکس خیال می‌کنه من ازش می‌خورم.»

لبخند تابناکی چهره پرچین و چروک پیرزن را از هم بازکرد وگفت: «خُب چه عیبی داره؟ شوخی کرده. چرا بت برخورده. مگه من کم واست قصه گفتم؟ قصه‌هایی که من واست گفتم یادته؟ می‌خوام تو هم یه روزی که بچه‌دار شدی همون قصه‌هارو واسیه بچه‌هات تعریف کنی. ننه. الهی قربون اون قد و بالات برم که مثه رُسّم میمونه. آخه من

کفترباز / ۱۹۱

تورو بزرگت کردم که دومادیتو ببینم. چه فویده داره که از صُبْ تا شوم همش هوش حواست پی یه مشتی کفتر باشه. الهی پیش مرگت بشم. تو عوضی که واسیه خودت سر و سر انجومی دُرُس کنی که شب که خونه میای بچه‌هات دور ورت باشن و سرت رو بالین همسرت باشه، تموم فکر و خیالت پیش کفتر بازیته. ماشالو چشّام کف پات، تو دیگه مرد گنده‌ای هسّی، من نمی‌گم کفتراتو ول کن. هرچی یه حسابی داره. آخه منم ننتم. بزرگت کردم. حق به گردنت دارم. می‌خوام دومادیتو ببینم و بمیرم. مگه من چقده دیگه زندم؟ تو اونقده که تو فکر کفتراتی تو فکر منم که ننتم نیسّی. بیا قربونت برم، این دختر کَل عباسعلی بقالو واست بگیرم. دختره مثه حوری بهشتی میمونه. از لُپّاش خون میچکه. بوواشم دسّش به دهنش می‌رسه. اگه آدم بشی، عاقل بشی، وختی سرشم گذوشت زمین، میری سرجاش پای سنگ و ترازوش وامیسّی.»

دایی شکری که حالا دیگر برای لچک بسر «دایی» نبود و پسر یکی دردانه مادرش بود، زیر مالش‌های زمخت کهنه‌ای که با روغن عقرب آغشته بود اخم می‌کرد و چهره‌اش باز و بسته می‌شد. او با شوخی و خنده به مادرش جواب داد:

«خدا یه عقلی به تو بده یه خورجین اشرفی به من. آخه کیه که بیاد دخترشو اسیر کونِ موسیر کنه و به یه کفترباز شوورش بده؟ تازه من باید اول بیام یه شوور واسیه خودم دسّ و پا کنم. من مرد زن کجا بودم؟ من همین قِرّ و فِرّ کفترام و ناز و نوزشونو به دنیا نمیدم. تو تو این چشّای خوشگلشون نگاه کردی ببینی چه جوری آدمو مسّ میکنن؟ همین پاهای سرخشونو با لِبای صدتا زن عوض نمی‌کنم. زبون بسّه‌ها توقع هیچم از آدم ندارن. نه چادر می‌خوان، نه چاقچور می‌خوان، نه روبنده می‌خوان، نه النگو و سینه ریز می‌خوان. هیچی نمی‌خوان. به

همین یه موج خشک و خالی که واسشون بکشی دلشون خوشه. من زن می‌خوام چه کنم. نشنفتی که شاعر گفته:

مـردیت بیازمای و آنگـه زن کـن

دختر منشون بخونه و شـیون کـن

از این گذشته، تازه میخوای مارو به نخودچی کشمش‌فروشی واداری. شاطری و خمیرگیری کار مرداسّ. ما اهل کاسبی کجا بودیم، که هر روز از مردم هزارتا لُغُز بشنفیم.»

مادرش اخمی کرد و گفت: «این جفنگا چیه که مردم دخترشونو به کفترباز نمی‌دن. خیلیم دلشون بخواد؛ از سرشونم زیادی. این پای من؛ تو چکار داری. همی یه بله بگو دیگه باقیش باخودم. یه آینه بندونی واست بکنم، که واسیه دختر قوام نکرده باشن».

شکری خنده‌ای کرد و گفت: «نه. قربون او لچکت برم، یه نه می‌گم و نه ماه بدل نمی‌کشم. من اصلاً اهل این حرفا نیسّم که بیام واسیه خودم دردسر دُرُس کنم. می‌خوای همین یه ذره آبرویی هم که میون داییای محل داریم پاک بریزه بره پی کارش؟ می‌خوای فردا برو بچه‌های دروازه سعدی و زیربازارچه فیل، به پرو پای زنمون نگاه کنن و واسش دسّک و شافوت بزنن؟ بذار ننه جون زندگیمو بکنم و حواسم سر جاش باشه. من حالا یه الف آدمم، زیر سنگم شده رزق و روزیمو بیرون می‌کشم. فرداکه زن گرفتم و یه جوخه کور و کچل دورم ریخت برم دسّامو پیش کدوم ناکس درازکنم و نون زن و بچه‌رو راه بندازم؟ این کار واسیه لوطی افته.»

لچک بسر دلش شکست و غرغر کرد و کوزه روغن عقرب را برداشت و برد تو اتاق و برگشت و دوباره به نماز ایستاد. چیزی به غروب آفتاب نمانده بود. دایی شکری هم رفت پیش کُله کبوترها و دَر

آنها را بازکرد و کبوترها تو حیاط ولو شدند. بغبغو می‌کردند. دور هم می‌چرخیدند و مزنگ می‌آمدند. دایی شکری ناگهان پایش را محکم به زمین کوبید که تمام کبوترها با آن صدا به پرواز درآمدند و دایی شکری نیز همان‌دم رو پشت بام کوتاه و گلی خانه‌شان بود.

چیزی نگذشت که آسمان صافِ پسین تابستان آبله‌گون شد و هرگوشه‌اش از انبوه کبوتران نقشی گرفت. چهارخانه می‌شدند. معلقی‌ها و بازیکن‌ها اوج گرفته بودند. چندتا تنبل که تنگ بام پرواز می‌کردند دایی را سخت برزخ کرده بودند که به ناچار یک شافوت و دوتا دستک آنها را از گرد بام دورکرد.

کبوترِ «نشان» یک پلنگِ کوچک اندام چالاک پرعضله‌ای بود که مثل دل آدمیزاد تو آسمان، بالاتر از همه پرپر می‌زد. بازیکن‌ها کمانه می‌زدند، تو شاخ می‌زدند و ناگهان خودشان را از اوج چنان ول می‌کردند که گویی تیرخورده بودند و به سوی زمین سرازیر می‌شدند؛ ولی زود دوباره اوج می‌گرفتند. و میان کمانه‌ها معلق می‌زدند و شکری حظ می‌کرد.

به یک چشم برهم زدن پلنگِ «نشان» طرف خورشید را گرفت و رفت. دل شکری لرزیدن گرفت. خورشید داشت تو رختخوابش یله می‌شد و نور سرخگونش پر و بال کبوترها را چراغان کرده بود. دل دایی شکری کنده شده بود. می‌دانست که اگر پلنگ همچنان طرف خورشید را بگیرد، شب بالا می‌ماند و هواکه تاریک شد یک گوشه‌ای می‌افتد. به دست و پا افتاد. اگر پلنگ برفی می‌شد دیگر به آن دست‌رسی نداشت. حیف بود. کبوتر بی‌مانندی بود. چنان آموخته بودکه از دل آسمان از دل شکری خبر داشت و خیال او را می‌خواند و به دلخواهش می‌گشت. اما حالا داشت برفی می‌شد.

ناچار از این بام به آن بام راهی شد و سرش تو آسمان دنبال پلنگ

بود. چشمان دایی به آسمان پر و خالی عادت داشت. هوا را پس دیده بود. پلنگ داشت برفی می‌شد. اما او ازش چشم برنمی‌گرفت. پلنگ خیلی اوج گرفته بود. اما هنوز او را می‌دید. مثل یک دانه برف در اوج آسمان پرپر می‌زد.

چند بام از خانه‌اش دور شده بود. از این کار خوشش نمی‌آمد که رو پشت‌بام خانه مردم برود. این کار کبوتربازان ناشی و دستپاچه بود که به دنبال کبوتر به بام بروند. حالا دیگر سوزش زنجیر دایی رحمان رو شانه‌اش بیشتر شده بود. عرق تن به زخم راه یافته بود. در دستپاچگی و دلهره‌ای که داشت، چشمش دنبال یک بلندی به گردش درآمد که بالای آن برود و بهتر بتواند مواظب پلنگ باشد.

بامِ سر پله‌ای را نشان کرد و برای رسیدن به بام سر پله، ناچار بود از روی یک کوچه باریک به بام دیگر بپرد. اما هنوز خیز برنداشته بود که ناگهان چشمش به دریچه خانه‌ای افتاد که از پشت شیشه آن، زنی با موهای افشان که تا روی شانه‌اش ریخته بود و یک جفت چشمِ سیاه سرمه‌سای نگران او بود. و خانه در دو قدمی او بود.

دایی شکری سر جایش چسبید. واله و شرم‌زده و غافلگیر شده و دست و پا گم کرده، به چشم‌های زن خیره ماند. چشم و چهر زن از میان دریچه‌ای که چار شیشه سفید غبارگرفته و یک صلیب چوبی آن را ساخته بود، خواهان و دلباخته، دایی شکری را می‌نگریست. دایی لرزید و دستی در موهای سیاه فشرده خود فرو برد. نگاهش تو دریچه گیر کرده بود. دلش تند تند می‌زد. خواست برگردد. کوشید به بالاتنه‌اش چرخی دهد و از آنجا بگریزد، اما پاهاش گل‌اندود بام‌گیر کرده بود. نمی‌دانست از آن چشم‌ها چه می‌خواست، و نمی‌دانست آن چشم‌ها از او چه می‌خواستند.

همچون چینه گلی خیس خورده‌ای رو زمین پهن شد. اما چشمانش تو دریچه، در چهره و چشمان زن لحیم شده بود. چشمان زن دلش را به زنجیر نگاه کشیده بود.

همه‌چیز تو سرش گم شده بود. فکر واراده‌اش خفته بود. نمی‌دانست کجاست و نمی‌دانست برای چه کاری به آنجا رفته بود. خلوتش از هم پاشیده شده بود. تنش به تنی راه یافته بود و داغیِ هرگز نبوده‌ای سر تا پایش را می‌سوزاند. چشمانی که در پناه ابری از موی سیاهِ آشفته آرمیده بود او را به سوی خود می‌کشید. اما او توان رفتن را نداشت. در عمرش چنان مو و رویی ندیده بود.

آتش غروب بر آن چشم و چهر زبانه می‌کشید و شعله آن رخ، در دل او شراره افکنده بود. لحظه‌ای پنداشت آن صورت بر جام نقش شده بود؛ اما سوزش آن نگاهِ زنده دلش را می‌شکافت. چهرِ زن تُنک‌تر و رقیق‌تر شد و سنگینی آن از پشت شیشه کاهش یافت. او از پشت دریچه گذشته بود؛ اما نقش اثیری و تابناکش بر جای بود و نگاه مرد در آن چفت شده بود. دایی دگرگون شده بود. مست بود. گم بود.

شب آمد. زبانه نگاه زن هنوز دلش را می‌سوزاند و نگاه او از چشمان زن کنده نمی‌شد. خیل کبوترها بالای سرش آواره بود. مادر و کبوترها و شیراز و خود را از یاد برده بود.

پریزاد و پریمان

در روزگار پیشین، در شهر ری دهگانی بود که دو فرزند داشت. پریزاد دختری و پریمان پسری که مادر آنها مرده بود. پس مرد دهگان از خاندان دیوان، دوشیزه‌ای به زنی گرفت. این دوشیزه که نخست سخت زیبا بود، چون به خانه شوی پای نهاد، در اندک زمان زیبایی از او بگردید و کم کم زشتی بر او چیره گشت؛ تا آنجا که به پیر زالی ترسناک و بدبوی بدل گشت و شوی و دو فرزند از او در هراس می‌بودند.

روزی پیرزال شوی را گفت: «دانی این زشتی و فرتوتی که هر روز بر من فزونی گیرد از چیست؟» شوی گفت: «ندانم.» پیرزال گفت: «این یک‌گونه بیماری است که چون دیو مادگان با آدمیان پیوند گیرند پدید آید. اکنون چاره کار آن است که تو فرزندان خود را بکشی و دل و جگر آنها را نزد من آری تا بخورم و درمان شوم. آنگاه زیباتر از آن گردم که نخست بودم.»

دهگان ناچار روز دیگر فرزندان را به بیابان برد و آنان را گفت: «فرزندان دلبند من! اکنون زشتی و پلیدی بر خاندان ما دست یافته و این دیوزاد ستمگر خواهد که من شما دوتن را، در راه زیبایی او قربانی کنم. شما دست یکدیگر را بگیرید و به دیار دیگر روید؛ شاید زندگی

بهتر یابید. گناه از من بوده است که نخست این دیو را به خانه خود راه دادم و راستی و شادی را از خانه راندم. بروید و هیچ‌گاه گرد دروغ و پلیدی نگردید.»

پریزاد و پریمان راه بیابان را پیش گرفتند و رفتند و رفتند تا پس از سه روز خُرد و خسته و گرسنه و پای آبله به درخت بزرگی رسیدند. این درخت «هئوم»[1] بود که بر چشمه ناهید سایهِ پهن خود را گسترده بود، برادر و خواهر در آغوش هم خفتند و از گرمی تن هم آرامش یافتند و زن و شوهر شدند. نُه ماه خواب آنها بود و در این زمان درخت «هئوم» در خواب به آنها خوراک می‌خورانید و چشمه ناهید به آنها می‌نوشاند.

پس از نه ماه، شبی پریزاد در خواب دید که همانجا بچه‌ای زائیده و از برگِ آن درخت او را خوراک داده. چون بیدار شد، دید دردش است. پس شوهر خود را بیدار کرد و گفت: «من دردم ا ست و می‌خواهم بزایم.»

پریمان او را در آغوش گرفت و نوازش کرد و بوئید و بوسید تا پریزاد زائید یک کُره اسب زرین موی کبود چشم و سرخ مژگان با سُم‌های پولادین که یک شاخِ راستِ زرین در میان پیشانی داشت؛ و چنان نوری از نوک شاخ او بیرون می‌زد که جهان را روشن می‌کرد. اسم او را گذاشتند مِهرک.

اما زن و شوهر از آن اسب خیلی ترسیدند زیرا تا آن زمان ندیده بودند آدمیزادی کره‌اسب بزاید؛ آن هم با شاخ نورانی و موی زرین و چشم کبود و مژگان سرخگون و سم‌های پولادین. پس پریمان به زنش

---

۱. در اوستا نام گیاهی است ایزدی و درمان‌بخش. هئوم نام ایزد درمان نیز هست.

گفت: «تا کسی از روزمان آگاه نشده، بیا تا او را همین‌جا بگذاریم و بگذریم.»

پریزاد از سخن شوی رنجید و گریست و گفت: «من بچه‌ام را دوست دارم و تاب دوری او را ندارم. تو چگونه دلت می‌آید که ما بچه خود را در این بیابان رها کنیم. آیا نمی‌ترسی زن پدرمان بیاید و دل و جگر او را بخورد؟»

آنگاه پریزاد خواب دوشین را برای شوی بازگفت و از او خواست تابرود و از برگ آن درخت برای مِهرک بیاورد تا بخورد. پریمان رفت و چند جوانه تر و تازه از درخت «هئوم» چید و آوردگرفت پیش مِهرک و او با دندان‌های کوچک تیز خود آنها راگاز زد و خورد. سپس مادرکفی آب از چشمه ناهید[1] برگرفت و او را سیراب کرد. اما دردم مهرک بزرگ شد تا شد یک اسب راهوار و دو بال نیرومند نیز بر شانه‌هایش رویید.

پریمان از بزرگ شدن ناگهانی اسب شاد شد و زن را گفت:

«بیا تا سوارش شویم و خود را به آبادی برسانیم.»

پریزاد غمگین شد و گریست و گفت:

«این اسب بچه ماست. تو چگونه روا می‌داری که بر پشت بچه خودت سوار شوی و او را بتازی؟ پشت بچه‌ام درد می‌گیرد. من چنین کاری را نمی‌کنم.

در این هنگام مِهرک پیش پای پریزاد زانو زد و دامن پیراهن او را به دندان‌گرفت و او را به سوار شدن خواند. پس همین‌که آنها بر پشت او جاگرفتند، مِهرک به پرواز درآمد و به زودی در آسمان اوج گرفت. از

---

۱. ناهید یا آناهیتا در ایران قدیم ایزد آب‌ها بوده است.

البرزکوه گذشتند و در پای فراخ کرت[1] را پشت سر گذاشتند و رفتند و رفتند تا به دیار اهریمن رسیدند و آنجا مِهرک فرود آمد.

اما در دیار اهریمن همیشه شب بود و روز نبود و خورشید و ماه سر نمی‌زد. آنجا تاریکی جاودانه بود و گرازان بر آدمیان سروری داشتند و مردم هیچ‌گاه نور ندیده بودند و چشمانشان از بی‌نوری رنجور بود. آنها از ترس گرازان زبان خود را نیز فراموش کرده بودند و سخن را از یاد برده بودند. همگی در گنگی و بی‌نوری بسر می‌بردند؛ و از جور و ستم گرازان، مردمی بیچاره و بیمار و نادان و ستمگر و دروغگو بار آمده بودند. مهر از میانشان رخت بربسته بود و همه دشمن هم بودند.

گرازان، خیل آدمیان را به کارهای رنجبار واداشته بودند و از آنها بیگاری و کارهای سخت می‌کشیدند. آدمیان را گروه گروه، در زندان‌ها باز داشته بودند و هر روز دسته دسته آنان را به کشتارگاه‌ها می‌بردند و سر می‌بریدند و از گوشتشان می‌خوردند. و پوستشان را چرم می‌کردند و در کاسه سرشان خوراک می‌خوردند. آدم‌ها را به خیش می‌بستند و بر آنان تازیانه می‌زدند. بر آنها سوار می‌شدند، و از آنها بار می‌کشیدند. به گاری و چرخ می‌بستندشان و آنها را به خرید و فروش می‌آوردند. خویشی و پدر و مادر و برادری از مردم آن سامان رخت بربسته بود.

چون مِهرک به آن سرزمین فرود آمد، از درخشش پیکر او سیاهی از آن سامان گریخت و همه‌جا روشن شد. «جهی»[2] ماده دیو

۱. نام پهلوی دریایی است در اوستا و معنای آن فراخ کناره است. بعضی محققان برآنند که مراد از فراخ کرت دریای خزر است. بعضی نیز دریاچه آرال را دانسته‌اند.

۲. دیو مؤنث مظهر زنان و همدست اهریمن.

بدسرشت که با اهریمن در دماوندکوه بود و به نگهبانی دیار گرازان می‌پرداخت، با دیدن روشنایی و فرود آمدن مهرک، اهریمن را که به خواب گرانی رفته بود بیدار کرد و گفت:

«گمان می‌برم که روزگار ما به سر آمده؛ همه‌جا را نور گرفته. تو سال‌های دراز مرا به امید هم‌خوابگی با تازه‌جوانی سرگرم و چشم به راه نگهداشتی؛ اینک برخیز و مرا با این جوان زیبا روی کابین بند. برخیز و چاره‌ای کن که جهان روشن شده و زود باشد که همه‌چیز در چشم مردم روشن شود و به خود آیند. بپاخیز و این نور را کور کن.»

اهریمن برخاست و سرگرمِ تابیدن کوره تاریکی شد. خیل گرازان که تاب دیدن روشنایی را نداشتند، همگی پای دماوندکوه گرد آمدند و دست نیاز به سوی اهریمن دراز کردند و او را نماز بردند و هزاران آدمی در راه او قربانی کردند و در خواست کردند تا مهرک را از میان بردارد و دوباره تاریکی را بر جهان آنها استوار گرداند.

اما اهریمن چندانکه کوشید و کوره تاریکی را تابید، نتوانست آن را به روشنایی چیره سازد. پس اژدهای «سروَر» را به جنگ مِهرک فرستاد. این اژدهای شاخدار، دیوی سخت نیرومند بود. او می‌توانست اسبان و مردان را در کام خود فرو برد. دو شاخ گوزنی بر سر داشت که با آنان می‌توانست سنگ‌های سترگ را از جای برکند. رنگ تنش از زهر، زرد بود؛ و زهری آبگون از بن دندان‌هایش می‌تراوید و به بلندی یک نیزه در پیشش روان بود. بر پشت، فلس‌های زهرناک داشت که هرگاه یکی از آنان را می‌پرانید شهری را نابود می‌کرد. دوبال چرکین نیز به گونه شب‌کوران بر شانه داشت. دوازده پا داشت با دهنی سخت فراخ و آتش‌زا که زبانه آتش سیاه از گلویش بیرون می‌زد.

پریزاد و پریمان و مِهرک زیر درخت ریباس [1] در خواب خوش بودند که ناگاه گرمای سوزنده‌ای تن آنها را خست و از خواب پریدند و اژدها را نزدیک خود دیدند. اژدها بی‌درنگ دم سوزانِ خود را به سوی مهرک پخش کرد. مِهرک جستی زد و برگُرده اژدها برآمد و نیم روز تمام تاخت زد و چون او را ناتوان ساخت، شاخ خود به تهیگاه او فرو برد و جگرش را بیرون کشید.

ناگاه تندر غرید و آذرخش برخاست و سیل روان شد و اهریمن در دماوند کوه دانست که کار اژدهای «سرور» سرآمده. پس بزرگ جاسوسانِ خود «گندرو» را فرمود تا به جنگ مهرک رود و او را کیفر دهد.

گندرو دیوی بدگهر بود. او سر خیل دروغگویان و تن‌پروران بود و در آسمان و در ژرفای دریا هردو توانست زیستن. او دروغگو و ستمگر بود و همواره در خوابی گران بسر می‌برد. زبانی چرب و چاپلوس و رویی نیکو وخواستنی داشت. وی چون به‌درخت ریباس رسید نرم و چاپلوس، با زبانی گول‌زن و فریبا سخن گفت:

«ای مِهرک دلاور!
تو دیارِ ما را روشن ساختی.
تو ما را زندگی دادی.
اکنون بیا تا سرت را شانه زنم.»
مهرک : «مادرم با من است،
او سر مرا شانه می‌زند.»
گندرو : «بیا تا سُم‌های پولادین ترا پرداخت کنم.»

---

۱. ریواس یا ریوند نام گیاهی است که بنابر اساطیر کهن، مشی و مشیانه که همانند آدم و حوا در روایات ایرانی هستند از آن پدید آمده‌اند.

مهرک : «پدرم با من است،
او سُم‌های مرا پرداخت می‌کند.»
گندرو : «به شهر ما بدرا!
بیا تا راه را به تو بنمایانم.»
مهرک : «فرّکیانی با من است،
هرجا که خواهم مرا رهنمون شود.»

پس گندرو مویی از سر برگرفت و از آن نیزه‌ای آتشین ساخت و به سوی مهرک پرتاب کرد. نیزه به جگرگاه پریمان نشست و از آن گذشت به کنده درخت ریباس برآمد و در دم برگ‌هایش فرو ریخت. مِهرک به پرواز آمد. گندرو نیز بپرید؛ و آن دو در آسمان به هم درآویختند و گندرو مهرک را به افسون به دریای فراخ‌کرت کشانید و زیر آب فرو برد و آنگاه زنجیر دروغ از کمر برگرفت و خواست گردن مهرک را به چنبر آن درآورد، که ناگاه مهرک شاخ راست و تیز خود را به جگرگاه گندرو فرو برد و جانش بستد.

آنگاه دریای فراخ کرت جوشیدن گرفت و تندر برخاست و آذرخش دمید. مهرک به جایگاه پدر و مادر بازگشت و پدر را مرده یافت. پس، از چشمان کبودش خون بارید و هر چکه آن که بر زمین افتاد لاله‌ای رویید و بیابان لاله‌زار گشت. آنگاه پیکر بی‌جان پدر و پریزاد مادر خویش را، بر پشت گرفت و به سوی البرزکوه به پرواز درآمد.

لاله‌های زمین نیز همراه مهرک به آسمان به پرواز آمدند و آسمان از لاله‌ها خونین گشت. آنگاه مهرک درون اُستودانی[1] بر فراز البرزکوه فرود آمد و پیکر پدر را در آنجا سپرد و لاله‌ها نیز اُستودان را فراگرفتند. پس مهرک و پریزاد دوباره به دیار اهریمن بازگشتند.

---

۱. استخوان‌دان، دخمه، گورستان، مقبره زردشتیان.

اما اهریمن بدانسـته بـود کـه کـار گندرو نیـز سـاخته آمـده. پس
سوسماری از ته دریای فراخ کرت بگرفت و از او مادیانی به چهره و
گونه مهرک بساخت همچنان زرین مو و کبود چشم و سرخ مژگان و
زرینه شاخ و بال‌های نیرومند؛ و او را سرمه‌دانی از سرمه مرگ ارزان
بداد و گفت باید نزدیک مهرک شوی و کار او را بسازی.

چون آن دیو به نزدیک مهرک رسید در اندامی زیبا و چهری خوب،
مهرک از دیدار وی سخت شاد شد و مهر او را در دل جـای داد؛ از
آن‌رو که به گونه و چهر به خویش نزدیک یافتش. پس او را گفت: «تو
کیستی و چه نام داری و در دیار اهریمن به چه کاری؟»

دیو پاسخ گفت: «مرا نامِ چهرک است و جفت توام. اهریمن مـرا
اینجا در بند داشته و چون دریافتم که تو به این سامان آمده‌ای، پیش
تو آمده‌ام تا مرا برهانی.»

مهرک دل براو بسوزاند و به سوی او گام برداشت. پریزاد نگران
وی می‌بود و او را گفت نرود و از چهرک دوری جوید. مهرک گوش
نداد و پیش چهرک شد و چون نزدیک او آمد بویی سخت ناخوش ازو
شنید. پس او را گفت: «تو به این زیبایی، این بوی ناخوش که داری از
چیست؟»

چهرک شرمگین گفت: «این بوی اهریمن است که بر من نشسته. اما
دل خوش دار که چون من و ازین دیار برویم، این بوی ناخوش نیز از تن
من برخیزد. اینک نزدیک بیا تا شاخ زیبایت را ببوسم. شاخ تو سخت
تابناک و آراسته است. شاخ من در همنشینی با اهریمن زشت شده.
اکنون بیا تا آن نگین زیبا را ببوسم.»

مهرک نزدیک رفت و شاخ خود را پیش فـرا داشت. امـا چهرک
بدسرشت سرمه مرگ ارزان برگرفت و بر چشمان او پاشید. اما پیش از

آنکه چهرک بدسرشت بر نگین فرّکیانی دست یازد، دو برگ سبز که تا آن زمان بر شاخ درخت ریباس بر پای بود، به پرواز آمدند و سپر چشمان مهرک شدند. ناگاه سرمه مرگ ارزان بر زمین ریخت و غباری سخت سیاه جهان را فراگرفت. پس از زمانی که غبار فرونشست مهرک سوسمار سترگی را دید که بر خاک افتاده و در خود پیچ و تاب همی خورد و از چهرک نیز نشانی نه. پس بدانست که آن از نیرنگ‌های دیو بوده است.

پس اهریمن بدانست که نیرنگ سوسمار نیز برگرفته و فرّکیانی او را نابود کرده. پس او دست «جهی» بدسرشت را برگرفت و هردو به درون تنوره دماوند گریختند و آنجا پنهان شدند. آنگاه مهرک و مادر به شهر درآمدند و هنوز خیل گرازان در کوهپایه دماوند در راز و نیاز به درگاه اهریمن می‌بودند. مردمان که همیشه در تاریکی زیسته بودند، اندک اندک چشمانشان به روشنی گرایید و سایه و روشنی از هم کردند. اما نه آنچنان روشن که همه چیز توانستی دیدن. پس همه نزدیک مهرک گرد آمدند. آنگاه مهرک بر آنها چنین خواند:

«اهورا مزدا جهان را پاک آفرید.

اکنون:

گوژی و کژی و پیسی و دیوانگی

بر تن‌ها نشسته.

شما را خوشبو آفرید:

اکنون:

بوی ناخوشِ شما،

هوا را بیالوده.

شما را روشن چشم آفرید.

اکنون:
به تاری جاودان اندرید.
شما را آزاد آفرید.
اکنون:
همه در بندید.
شما را دوستی و مهر آموخت.
اکنون:
ما و خورشید و ستارگان
از شما گریخته‌اند.
به شما خنده ارزانی داشت.
اکنون:
گریهٔ تاریکی‌زده شما،
جغدان ویرانه را
خواب از سر ربوده.
به شما راستی داد،
اکنون:
خاکستر آتشکده‌ها را
دروغ در بر گرفته.
دیدگانِ نابینا،
گوش‌های کر،
و لبانِ دوخته،
در سر دارید.
شما می‌رنجید،
و گرازان برمی‌خورند،

اهریمن بر شما دست یافته.

اینک:

چشم بگشائید

و گوش فرا دهید

و بخیه از لبان بگشائید.»

مردمِ راستی و خرد از میان گمشده و همواره در دروغ زیسته و هرگز روشنی ندیده و پیوسته با رنج و کژی خو گرفته، به خشم شوریدند:

«تو با ما بیگانه‌ای.

زیرا

چیزی از پیکر سوزان تو می‌تراود

که

چشمانِ ما را رنجه می‌دارد.

از پیش ما گمشو!

و این نفرینِ جادویی

که از پیکر تو می‌خیزد

از این دیار

با خود ببر.

چشمانِ ما،

از پرتو تن تو می‌سوزد.

گمشو!

و این بدبختی و رنج

از ما دور کن.

ما

۲۰۸ / صادق چوبک

به زندگی خود
خو گرفته‌ایم
و
همان را می‌خواهیم.
نه ترا
آن رنجی
که از پرتو پیکر تو
بر چشم ما می‌نشیند
جانکاه است.»

اهریمن از درونِ سیاه‌چالِ دماوند کوه فریاد خشم مردم بشنود و
شاد شد و دردم «جهی»، دیو بدسرشت را بگرفت و او را به گونه و
چهر زیباروی‌ترین زنان درآورد و خود نیز به چهرهٔ جوانی سخت
دلاور و خوبروی درآمد و آنگاه «جهی» را گفت:

«آنچه از من خواستی اکنون راست آمد. ترا به مهرک دهم تا از او
کام برگیری.»

پس هردو تنوره کشیدند و میان خیل آدمیان و پیش مهرک فرود
آمدند. آنگاه اهریمن مهرک را آواز داد:

«اگر خواهی ترا باور داریم، بباید که خود از میان ما جُفتی بگزینی،
و مادرِ خود را به زنی به ما دهی و آنگاه در دیار ما بزی‌ای. اینک
خواهر من که از زیبارویان این جهان است به زنی برگیر و مادر خود را
به زنی به من ده. اگر تو چنان کنی، ما نیز آنچه تو فرمایی پذیره شویم.»

مهرک پذیرفت. دردم زمین و آسمان سیاه و پلید گشت و فرّ کیانی
از او بگریخت و در ژرفای دریای فراخ‌کرت پنهان شد، از آنکه مادر
خود به اهریمن به زنی داده بود و خود با ماده دیوی پیوند گرفته بود.

آنگاه سیاهی بر روشنایی چیره گشت. آنگاه گرازان شادمان به شهر درآمدند. آنگاه اهریمن و «جهی»، مهرک و پریزاد را در چنگ گرفتند و به سیاه‌چالِ دماوند کوه بردند. و آنگاه مهرک زن خویش را پیرزالی پلید و بدبو یافت که سوسماران بر تن او لانه داشتند. و آنگاه پریزاد شوی خود را دیو سهمگین یافت که ماران و کژدمان در تن او خانه کرده بودند. و آنگاه گرازان دوباره بر آدمیان سروری یافتند و تاری جاویدان چیره گشت.

عکس‌هایی از صادق چوبک

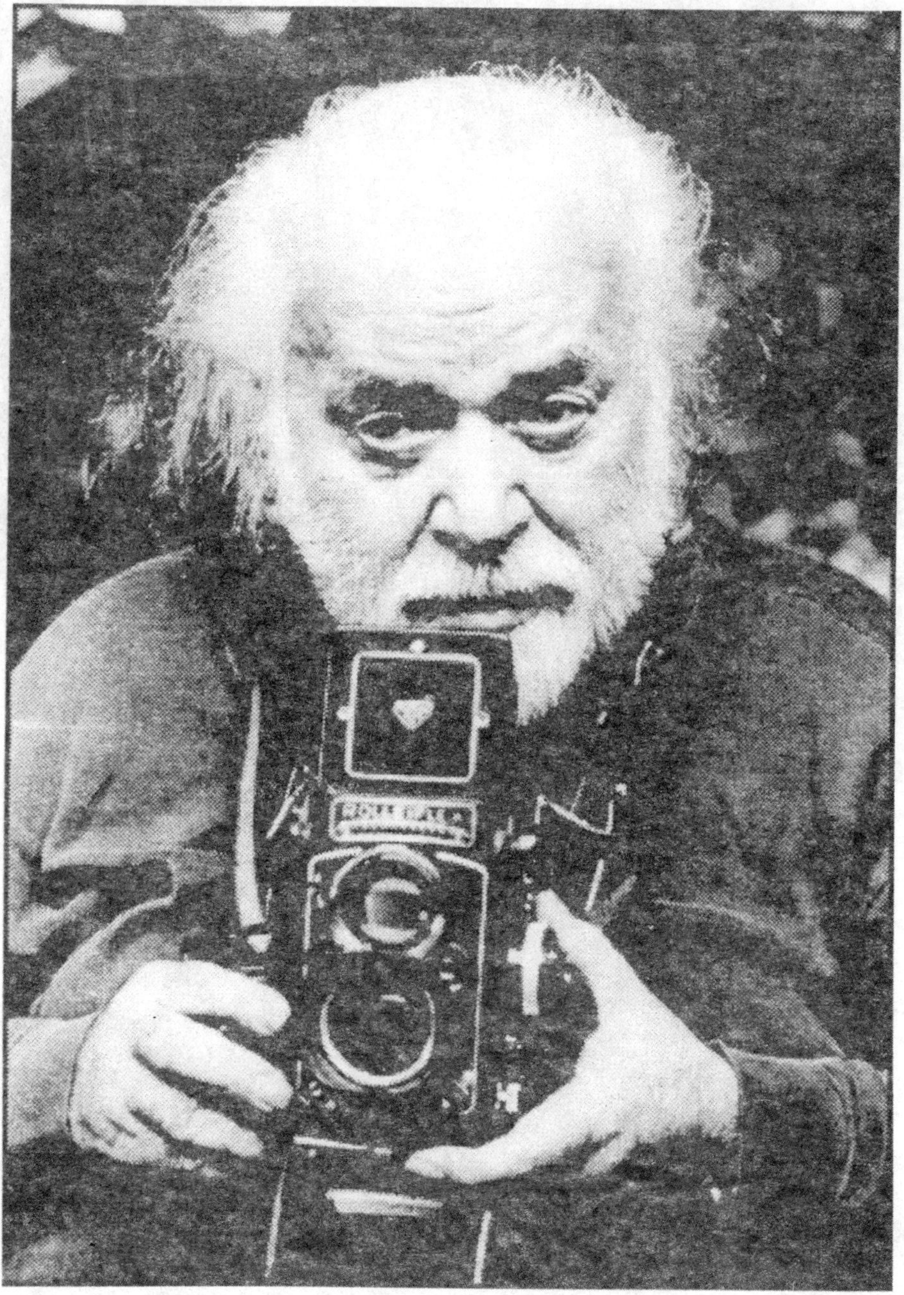

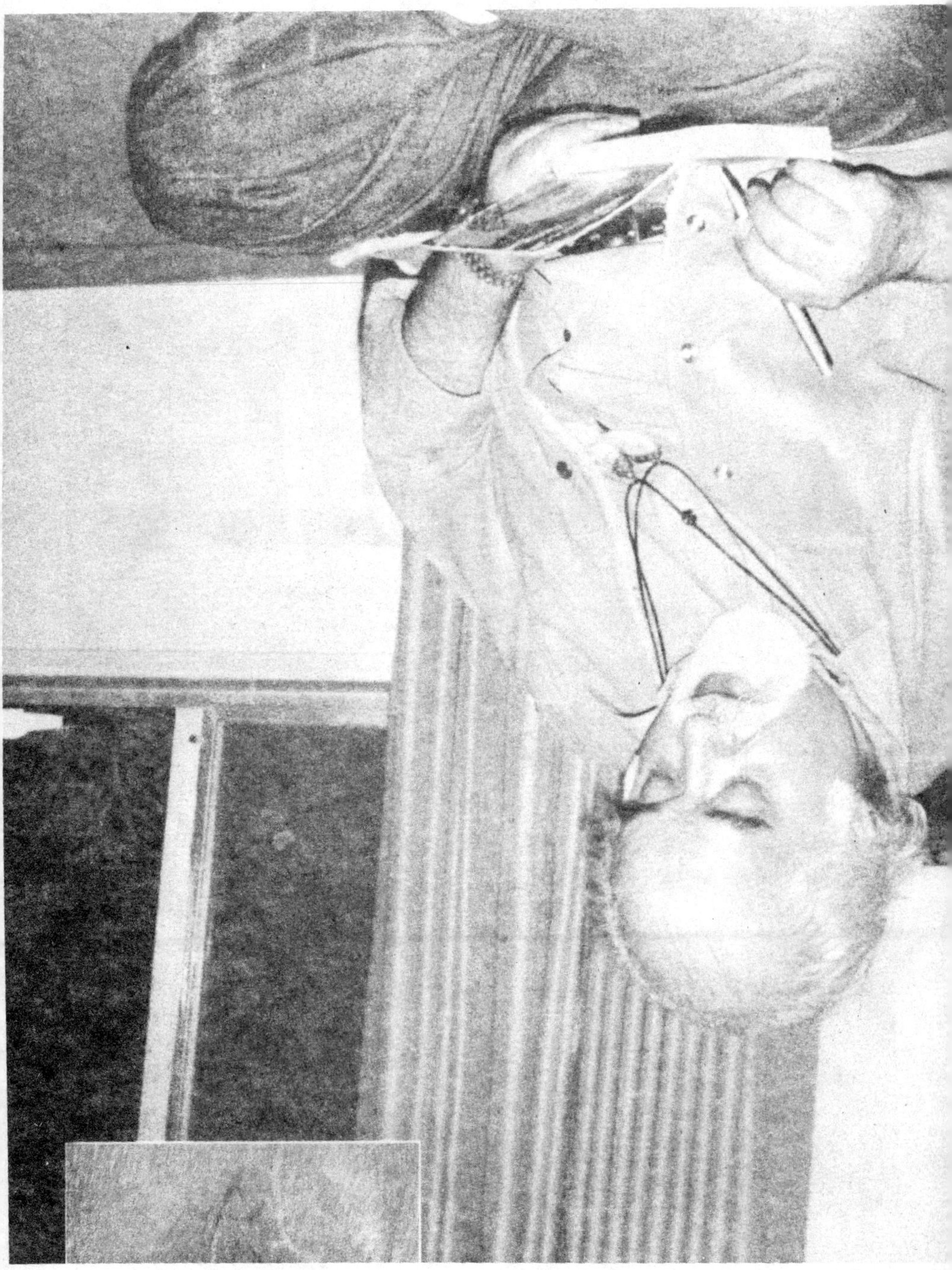

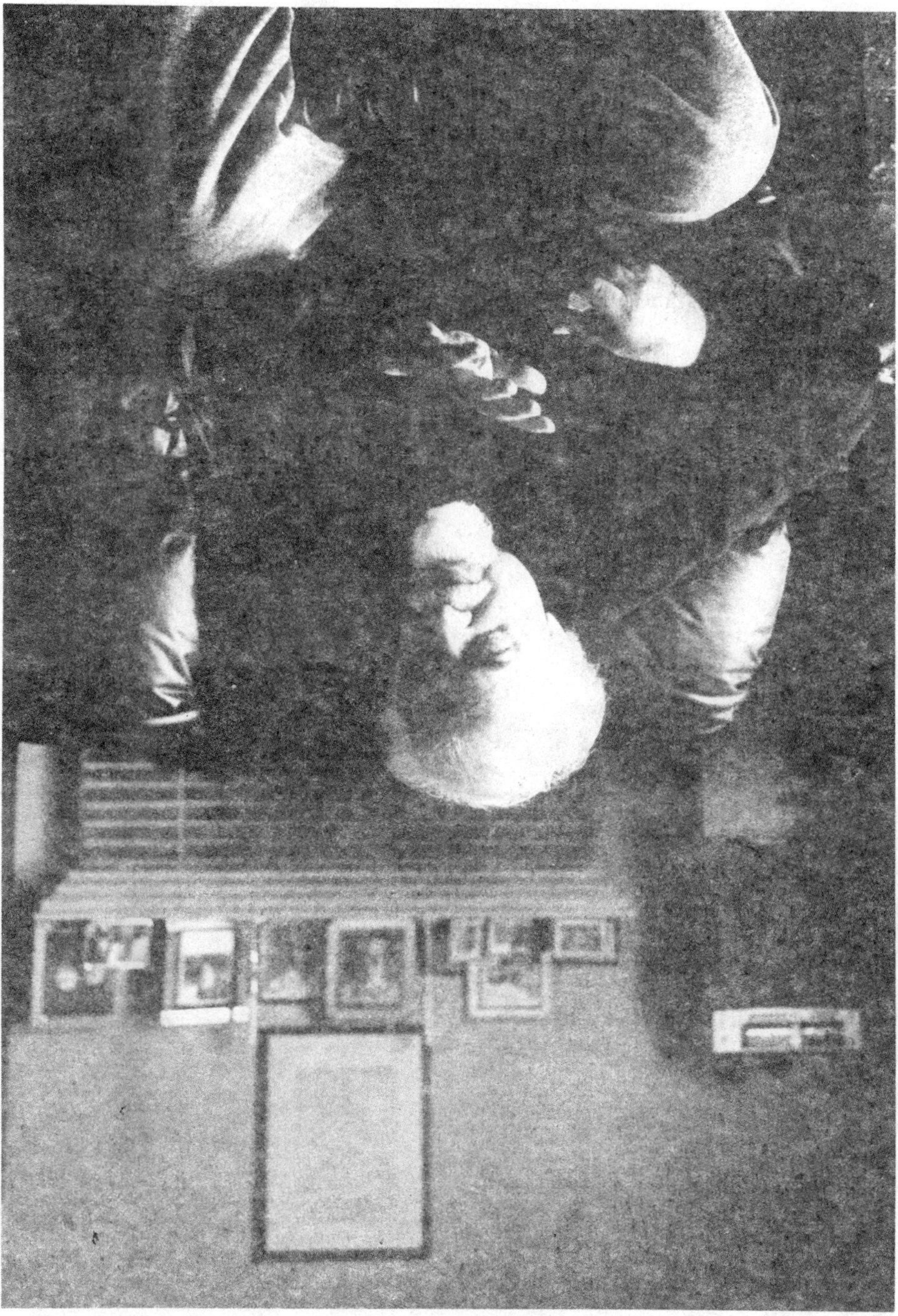

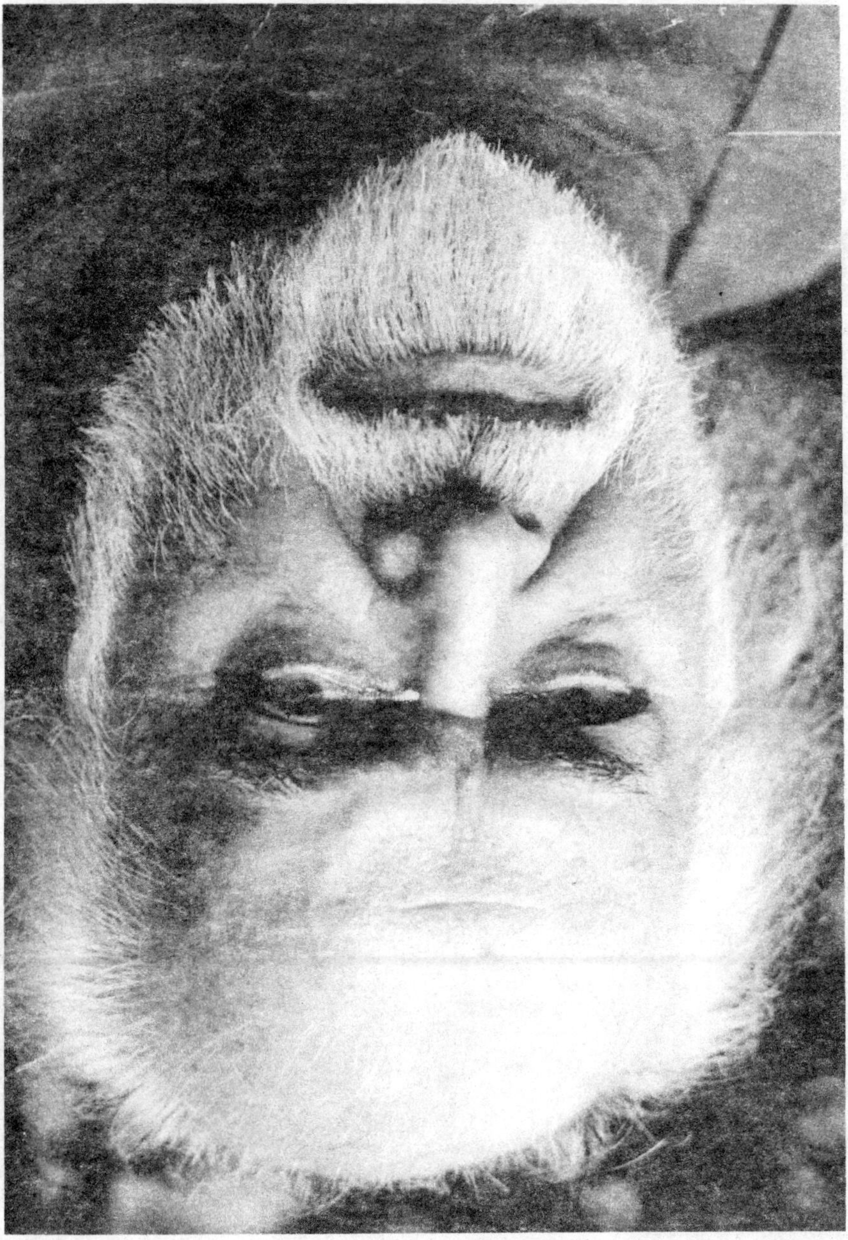

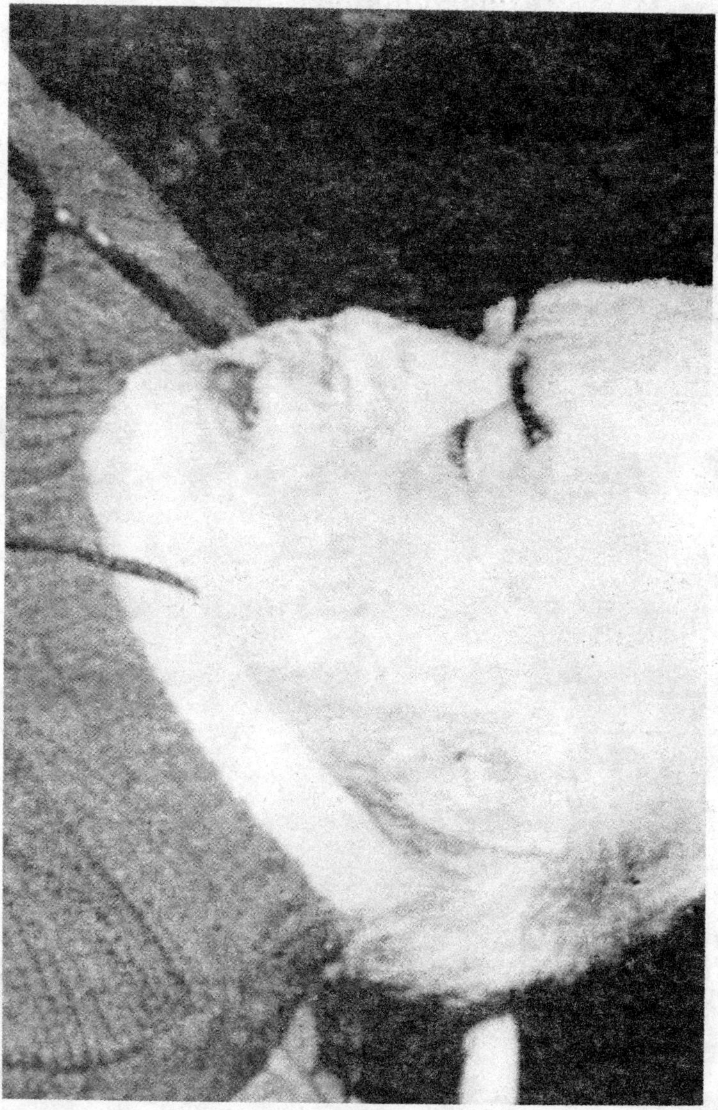

03474789